KB122427

선승을 기리다

설송을 기리다

서 · 장 · 원 · 수 · 필 · 집

새로운 세상으로 이끌어 준 수필의 바다

수필가가 넘쳐나고 수필집이 발에 채일 지경이라고 한다. 수필집이 쏟아지는데 거기에 나까지 한 줌 보탠다는 데에 주저하지 않을 수 없었다. 그러나 한편으로는 올해 칠순을 맞아 수필집을 내리라는 속내를 품고 있었음 또한 사실이다.

그러면서도 망설였던 것은 과연 나의 작품이 책으로 묶어 낼 만큼 문학성이 있느냐고 자문할 때 부끄러움이 앞섬을 부인할 수 없어서다. 그런 머뭇거림에도 불구하고 아내의 적극적인 권유로 용기를 내었음을 고백한다.

수필을 만난 지 십 년, 아마도 내 삶에서 가장 즐겁고 보람 있었던 때를 꼽는다면 수필과 함께 동고동락해 온 지난 십 년이라고 하겠다. 직장에서 보낸 삼십 년을 결코 가벼이 볼 수는 없지만 내 정신을 살찌우고 삶의 만족도를 높여 준 점에서는 비교 불허다.

꼭 십 년 전, 서울시민대학에서 손광성 선생의 수필 강의는 나에게 신선한 충격이었다. 직장 생활에서 업무상 썼던 글과는 전혀 다른 차원이었다. 문학으로서의 수필은 나를 새로운 세상으로 이끌었다.

그 후로 수필의 바다에 빠져 노닐면서 느티나무 문우들을 만났고 한결 순도 높은 수필문학을 가까이 할 수 있어서 더없이 즐겁고 행복했다.

작품은 십 년 전의 것부터 최근에 쓴 것까지 두루 섞여 있다. 그렇다 보니 오래전 작품 중에는 현재의 사정과 좀 어긋나는 내용도 있어 말미에 연도를 표시했다.

작품 배열은 성격에 따라 다섯 개 부류部類로 나눴다. 각 부류에 붙이는 소제목은 흔히 작품 제목 중에서 하나를 내세우는데, 이 책에서는 작품 성격에 맞춰 별도의 소제목을 붙였다. '과연 어느 독자가 있어 끝까지 읽어 줄 것인가' 하는 의구심을 가지면서도 미련을 떨었다.

'설송雪松'은 실은 나의 법명法名이다. 이십여 년 전 불경 공부를 마칠 때 지광 스님이 내려 준 법명을 되지 못하게 호號로 써먹었을 뿐이다. 한편 이 책의 표제에 쓰인 '설송'은 나의 호와는 무관함을 밝혀 둔다.

일 년이 훨씬 넘는 시간 동안 병고에 힘들어하는 나를 일으켜 세우고 보듬어 준 아내에게 이생을 다할 때까지 사랑한다는 말을 꼭 해 주고 싶다. 아울러 두 딸과 두 박 서방, 아들과 며늘아기는 물론 여섯 손주들에게도 '하찌'가 이 세상 누구보다 사랑한다는 말을 전한다. 그리고 편집에 성심을 다해 준 이지출판사 서용순 대표에게 깊이 감사드린다.

2015년 12월

설송　서　장　원

나의 개똥철학

삶을 즐기다

내 가족, 내 새끼

생활 속의 소품들

베도는 추억과 그리움

나의 개똥철학

바람은 바람이려니

　바람은 다 어디로 갔는지. 한여름 오후, 나뭇잎 하나 흔들리지 않는 한낮의 정적靜寂에 숨이 막힐 것만 같다. 바람에 대한 갈증은 웃옷을 벗어던지고 창문을 열어젖히게 한다. 문풍지가 아느작거릴 만큼 살며시 스며드는 미풍의 맛을 어찌 잊을까.

　"아이구, 그 바람 한번 시원하다. 살찌것다."

　바람 한 점에서도 여유를 찾았던 옛 어르신들의 삶은 참 소박했다.

　땀을 바가지로 흘리며 올라선 산 정상에서 맞는 푸르디푸른 바람의 맛이라니, 어쩌면 그 맛에 이끌려 산에 오르는 게 아닐까. 그 순간 이마의 땀방울을 훔쳐가는 한줄기 '바람'은 그 무엇과도 바꿀 수 없는 간절한 '바람願望'일 것이다. 그런가 하면 깊은 계곡, 폭포수 아래에서 치솟는 냉풍은 아예 한여름 더위를 얼려 버리기라도 할 것 같은 위세다.

섬송을 기리다

보이지도 않고 손에 잡히지도 않는 바람이지만 그것은 비를 불러 오고 천둥 번개를 몰고 오기도 한다. 또 봄이면 꽃으로 하여금 열매 를 맺게 하고 가을이면 곡식을 말려 겨울 날 채비를 도와준다. 그런 가 하면 한순간 스치는 회오리바람은 노신사의 중절모를 벗기거나 한껏 뽐내고 나온 여인네의 치맛자락을 슬쩍 들추는 심술을 부리기 도 한다. 그런 애교는 어디까지나 점잖을 때의 경우이고 일단 화가 나서 '분기탱천憤氣撑天'의 지경에 이르면 얘기가 사뭇 달라진다. 산기슭의 거목을 쓰러뜨리고 멀쩡한 지붕을 걷어차 버리는가 하면 바다에서는 거함을 뒤집어 놓기도 한다.

저지난해 큰 상처를 남긴 태풍 '곤파스'가 그랬다. 그날 새벽녘, 휘몰아치는 비바람에 들창문이 요란하게 흔들리는 소리를 잠결에 들었다. 아침부터 뉴스에서는 온통 태풍이 할퀴고 간 피해 현장 소 식을 전하고 있었다. 간판이 날아가고 가로수가 뽑혔다면서 거리마 다 마구 뒤엉켜 널브러진 흉물스런 광경을 보여 주었다. 바람의 위 력은 대단했다. 자연 앞에 교만하지 말라는 경고인지도 모르겠다.

뒷산에 올라가 엄청난 태풍의 위력에 또 한 번 놀랐다. 덩치가 크 고 잎이 좀 무성하다 싶은 나무들은 거의 다 꺾이거나 뿌리째 뽑혀 서 넘어져 있었다. 넉장거리로 쓰러져 있는 몰골이 가히 볼만했다. 온 산에 질펀한 상흔을 보면서 그 무서움에 몸을 떨었다. 참혹한 모 습은 '목불인견目不忍見'이라는 말에 딱 어울렸다.

바람은 무서운 폭군마냥 위세를 부리다가도 착한 얼굴에 미소까 지 띠고 다가오기도 한다. 그것은 삶의 틀을 깨버리는 흉기가 될 수도 있지만 잘만 써먹으면 생활의 윤기를 더해 주는 윤활유가 될 수도 있다는 이치를 일깨워 준다. "시름일랑 바람에 날리고 크게 한번 웃어 보자"는 노랫말처럼 내면의 근심 걱정까지도 날려 버리는 바람에 대해서는 그 고마움에 경의를 표해야 할 판이다.

그런 바람인지라 쓰기에 따라서는 제법 쓸모가 있을 때도 있다. 난감한 일 앞에 손바닥 바람으로 면구스러움을 식히는 여인의 모습은 참 아름답다. 풍구로 바람을 일으켜 아궁이 불을 지피기도 하고 키를 까붙어 알곡을 가려내는 데는 그만이다. 또 거대한 바람개비를 돌려 전력을 만들어 내는 데 이르러서는 바람의 효용을 더 이상 논할 필요가 없다. 바람은 잘만 부리면 아주 요긴한 무형의 '경제재經濟財'가 될 수 있는 것이다.

그러나 바람은 인간의 몸속으로 파고들기도 한다. 우리 몸에 바람이 들면 멀쩡한 사람을 반신불수로 만들기도 하고, 마음에 들면 허풍쟁이가 되거나 아예 가정을 파탄내기도 한다. 그것은 남녀도, 노소도 가리지 않는다. 바람이 여인의 가슴에 파고들면 얼마나 기막힌 요술을 부리는지 모를 일이다.

아주 오래전, 바람결에 들은 소문이 있다. 이웃에 사는 여인이 춤바람이 나서 집을 나갔다느니, 그래서 결국엔 남편과 헤어졌다느니 하는 풍문에 어머니는 "아이구, 그 애들이 무슨 죄가 있냐. 애들 불쌍해서 어쩌냐"며 한숨을 내쉬시던 모습이 선하다. 그녀에게 몰아쳤던 바람은 춤바람만이 아니라 사랑의 열풍이 더해졌을 게다. 그 몹쓸 바람이 얼마나 유혹을 했으면 어린 자식들마저 내팽개치게 했을까.

고향에서 자식들을 건사하면서 시부모까지 모시는 아내를 내박쳐 두고 '사업합네' 하며 외지에 나갔다가 바람이 나 딴살림을 차린 집안 어른이 있었다. 오랜 세월이 흘렀지만 지금도 그 후유증이 남아 있는 것을 본다. 가족에게 그 바람은 늦가을 소슬바람보다도 더 스산하고, 한겨울 문틈으로 스며드는 황소바람보다 더 차가웠을 것이다.

사람이 치정에 얽히다 보면 칼바람을 일으키고 결국에는 한을 품고 날뛰다 피바람을 불러오는 일도 있다. 바람은 잘 재워야지 자칫 잘못 거느리다간 볼썽사나운 꼴을 당할 수도 있지 싶어 몸을 사리게 된다.

바람이 없다면 바람 날 일도 바람 들 일도 없겠지만, 사는 맛이 영 밋밋할 것만 같다. 젊은 날, 어디선가 불어오는 광풍에 휩쓸리거나 열풍에 한 번쯤 데지 않은 이가 있을까. 하다못해 한 가닥 미풍이라도 스친 적이 없다면 사막 한가운데 버려진 인생과 무에 다를까. 아니면 늦바람에 허둥대다가 망신을 당하는 주책도 있을 것이다. 흔히 바람 맞았다느니 바람을 피운다는 둥 바람을 가볍게 여기기도 하지만 우습게 봤다가는 큰코다칠 수도 있는 게 바람의 이치가 아니겠는가.

서정주 시인은 "스물세 해 동안 나를 키운 건 팔 할이 바람이다" 라고 읊었다. 그에게 바람은 곧 젊음의 방황이고 시련이며 고난이 었으니 떨쳐 버릴 수 없는 삶의 동반자였던 셈이다. 내면의 바람은 잘 다스려야 하는, 그러면서도 언제까지나 데리고 살아야만 하는 심술쟁이임에 틀림없다. 그러니만큼 우리의 '바람顧望'은 '바람'이 딴전 피우지 않도록 다독거리면서 부려먹을 일이다. (2012)

설송을 기리다

　희뿌연 눈송이가 대책도 없이 쏟아진다. 마치 하늘이 뚫리기라도 한 듯 흠뻑지게 내리붓는다. 휘몰아치는 눈보라는 마음을 움츠러들게 하지만 살포시 내리는 함박눈은 언제 봐도 포근하다. 하늘의 축복인 양, 천사의 소리 없는 합창인 양, 눈송이의 화려한 군무가 펼쳐진다. 바람 한 점 없는 공간에서 너울거리며 내려앉는 양은 우아하다고 해야 할까, 엄숙하다고 해야 할까.

　수령樹齡이 수백 년은 됨직한 노송 위에도 떡눈이 소복이 쌓인다. 오층 아파트 창밖으로 보이는 소나무 무리 위에 소복소복 내려앉은 풍경은 한 폭의 수묵화다. 마치 오래된 풍속화인 듯 깊은 맛을 전해준다. 망연한 기분으로 한참을 봐도 설송의 풍채風采가 보기 좋다.

　다음 날 뒷동산에 올랐다. 제법 굵직한 소나무 가지가 뚝뚝 부러져 있는 모습이 여기저기 눈에 띄었다. 마치 청춘의 꿈이 꺾인 젊은

이를 보는 듯했다. 어제의 폭설 때문이리라. 솔가지 위에 쌓이는 눈의 무게가 얼마나 나가기에 팔뚝만한 가지가 견디지 못하는 것일까 하는 의구심이 들었다. 눈의 무게보다는 소나무의 올곧은 결기 때문이 아닐까 싶었다.

예부터 강직의 상징으로 여겨 온 것이 송죽이고 보면 꺾일지언정 휘어지지는 않겠다는 그런 고집 때문일지도 모르겠다. 우람한 소나무 거목을 올려다보고 있자면 어느 이름 높은 우국지사나 철갑을 두른 위풍당당한 장수를 닮았다는 생각을 떨칠 수가 없다.

한국인이 첫손에 꼽는 나무라면 단연 소나무가 아닐까. 우리네 정서에 누구나 한 그루씩은 품고 있다고 해도 좋을 만큼 소나무는 고향의 원형질 같은 나무다. 그래서 그런지 근래 들어 아파트나 건물 조경에 소나무가 빠지는 법이 없다. 사철 푸른 기개는 물론이고 고고한 자태는 어떤 나무와도 비할 수 없는 품격이 있다. 또 소나무에서 풍기는 향은 어떠한가. 솔향은 한국인의 체질과 가장 닮은 냄새이고 그 속에는 우리 혼이 숨 쉬고 있다. 호랑이를 백수百獸의 제왕이라 한다면 소나무는 백수百樹의 으뜸이라 할 만하다.

소나무는 흐뭇하고도 정겨운 신화의 주인공으로 등장하기도 한다. 내 고향 속리산 어귀에 있는 정이품송과 그의 배필인 정부인송을 이름이다. 정이품송의 의연하고도 당당한 자태는 '과연 정이품의 관직을 받을 만하구나' 하는 생각이 들게 한다. 십여 리 남짓 떨어져 사는 정부인 역시 고아한 품격이 있어 부창부수라 하겠다. 그들이 소나무가 아니라도 그런 작위와 대접을 받을 수 있었을까 싶을 정도로 품위가 있다.

소나무는 우리 일상생활 속에도 깊이 들어와 있었다. 아이가 태어나면 대문 앞에 붉은 고추며 숯과 함께 생솔가지를 엮어서 금줄을 쳤다. 또 관솔은 어둠을 밝히고 세상으로 나아가는 등불이 되기도 했다. 그런가 하면 소나무 속껍질은 어렵던 시절 굶주림을 달래는 양식이기도 했다. 오늘날에는 상상하기도 어렵지만 소나무가 선조들에게는 고단한 삶을 지탱해 주는 한 가닥 명줄이었다. 소나무 둥치의 거북 등짝마냥 튼 보굿은 마치 핍박과 굶주림에 시달리는 민초들의 속을 닮았다. 그런 고난 중에도 송연松煙은 묵墨으로 환생하여 화선지 위에 삶의 지혜와 은근한 묵향을 남겼다.

초등학교 오학년 무렵으로 기억하고 있다. 아버지는 백여 평쯤 되는 집 앞 공터에다가 살림집을 지으셨다. 마당이 널찍하고 햇볕이 잘 드는 목조 기와집이었다. 어머니는 목수 아저씨에게 때마다 점심을 내다 주셨는데 그를 대하는 자세가 언제나 겸손하다는 느낌이 들었다. 목수는 보통 집 짓는 이가 아니었다. 어린 내 눈에도 언제나 묵묵히 톱질을 하고 대패로 재목을 다듬는 모습이 도를 닦는 수행자 같았다. 나는 학교에서 돌아오는 길에 가끔 집 짓는 현장을 들르곤 했다. 그곳에서는 아침 햇살이 안개 속에 스며들듯 은은한 소나무 냄새가 퍼졌다. 그 솔향이 지금도 코끝에 맴도는 듯하다.

궁궐 목재는 금강소나무를 주로 썼다고 한다. 숭례문 복원공사에도 황장목이니 적송이니 하는 바로 그 금강소나무를 썼다는 소식이다. 일전에 다녀온 경상북도 봉화며 울진, 영양 등 가는 곳마다 적송

수림이 눈길을 사로잡았다. 불영계곡을 끼고 넘는 고갯마루에서 내려다본 경치는 황홀하기까지 했다. 저 멀리 계곡을 품에 안은 것처럼 나래를 펴고 있는 소나무 군락은 그대로가 선경이었다. 한 그루 한 그루의 모양도 운치가 있지만 고색이 은근하게 번지는 솔숲은 고향의 품에 안긴 것 같은 아늑함이 있었다. 불그레한 빛이 감도는 송림의 분위기가 푸근했다.

그러나 내가 좋아하는 소나무는 따로 있다. 어느 산이든 오르다 보면 바위 틈새에 뿌리를 박고 겨우 명줄이 붙어 있는 소나무가 눈에 들어올 때가 있다. 모진 풍파에 치여 제대로 자라지 못한 한 그루의 보득솔. 갖은 악조건 속에서도 소나무 보드기의 자세는 당당하고 의연하다. 마치 오랜 세월 가꾸어 온 분재를 보는 것 같다. 옹이가 지고 가지가 뒤틀린 것이 세월을 박제剝製해 놓은 듯하다. 산행 중 숨이 턱에 닿으면서도 고풍스러운 보득솔의 자태 앞에 서면 잠시나마 그 골계미滑稽美에 흠뻑 빠져들곤 한다.

며칠 전에 내린 눈이 그대로인데 또다시 많은 눈이 내린다. 골똘히 소나무 생각에 잠겼다가 언뜻 정신을 차리고 보니 어느새 눈은 시나브로 잦아들고 있다. 푸른 솔 위에 흰 눈이 어우러진 노송의 풍취가 엄숙한 분위기를 자아내고 있다. 나는 '설송雪松'을 바라보면서 속세의 연을 내려놓은 선승禪僧의 모습을 떠올렸다. 그 늠름한 기상은 나에게 추상秋霜같은 삶의 길을 가르쳐 주는 듯했다. (2010)

눈물의 의미

"여자가 열 번 울 때 남자는 한 번을 운다"는 노랫말이 있다.

남자는 눈물을 아낀다. 어지간해서는 눈물을 보이지 않는다. 남자는 강해야 한다는 고정관념과 나약함을 보이지 않겠다는 의지가 눈물을 거두게 한다. 한편 눈물은 슬플 때만 흐르는 것은 아니다. 크나큰 기쁨이나 주체할 수 없는 감동의 순간에도 눈물은 있다. 그래서 "웃음은 슬플 때를 위해 있는 것이고 눈물은 기쁠 때를 위해 있는 것이다"라는 역설도 있다.

'눈물'에는 어떤 의미가 담겨 있는가. 여자의 눈물은 무기가 되기도 한다지만 남자에게도 눈물은 나름의 의미가 있다.

사십여 년 전 초겨울 공군에 입대했다. 군 생활에 대한 막연한 불안감에 더해서 십이월의 한기가 마음까지 움츠리게 했다. 혹한 속의 고된 훈련은 세상물정 모르던 철부지에겐 가혹했다. 야간에

선승을 기리다

받는 기합은 더욱 힘들었다. 단잠에 빠져 있을 때 들려오는 '기상' 소리는 저승사자가 부르는 소리가 그렇지 싶었다. 한밤중 칼바람 속에 팬티 바람으로 연병장에 장승마냥 부동자세로 서 있던 기억. 반나체로 눈밭을 기고 영하의 얼음물 속에 민둥머리를 디밀어야 했던 기억. 시려 곱아서 오므라지지 않는 손바닥을 회초리로 잘못 맞아 손가락에 상처가 나고 생인손을 앓다가 결국은 손톱이 빠졌던 기억. 이개월 간의 훈련을 마치는 날, 홀가분하기보다는 그런 기억들로 머릿속은 울분과 서글픔으로 뒤엉켰다.

그날, 부모님이 대전 훈련소로 면회를 오셨다. 부모님을 마주하자마자 눈물이 주체할 수 없이 쏟아졌다. 누구나 겪는 군 생활의 애환이라지만 평범한 청소년기를 지낸 나로서는 퍽이나 서러웠다.

어머니는 한겨울에 첫아들인 나를 낳으신 직후 산후조리가 부실한 탓인지 중풍을 앓으셨다고 한다. 그 후로도 여러 차례 비슷한 병환을 앓았고 한번 몸져누우면 수개월씩 일어나질 못하셨다. 그럴 때마다 집안 어른들은 "니 에미는 니 아버지 때문에 살았다"고 했다. 그만큼 어머니에 대한 아버지의 정성은 지극했다. 군복무 중일 때도 어머니는 병환으로 두 달째 누워 계셨었다. 말년 휴가를 나와서 그 정경을 바라보는 나의 심경은 참혹할 뿐이었다. 육남매의 맏이인 처지에 어머니에 대한 측은함과 암담함이 나를 짓눌렀다. 어머니가 안 보이는 윗방으로 건너가서 먼산바라기를 하는 두 눈에서는 하염없이 눈물이 흘렀다.

어머니의 병고로 인한 회한의 눈물이라서 지금도 부모님에 대한 안쓰러움이 마음 한구석에 남아 있다. 잊을 만하면 찾아오는 병고에다 육남매를 보듬어야 하는 두 분의 고충이 얼마나 컸을까, 생각만 해도 가슴이 먹먹해졌다.

그 후로는 수십 년간 가슴이 뚫린 듯 눈물이 쏟아지는 경험은 없다. 부모님이 돌아가셨을 때도 주체하지 못할 만큼의 눈물은 아니었다. 두 분 다 팔십 수壽를 하셨고 상당기간 병환에 시달리다가 가셨기에 그만큼 애통함이 덜했는지도 모르겠다.

그러다가 최근에 참담한 슬픔을 겪었다. 아들의 장모께서 졸지에 쓰러져 유언 한마디 없이 별세한 것이다. 평소 건강에 아무런 이상 징후도 없이 정상적인 생활을 해 왔는데 한순간 의식을 잃고 쓰러졌고 병원에서는 과다한 뇌출혈로 진단했다. 의식불명 상태로 꼭 삼 주를 보내고 가족과 눈 한번 맞추지 못하고 운명했다.

아직은 한참이라고 할 수 있는 쉰여덟에 생을 마감했으니 더욱 애통했다. 외손자 재롱도 보면서 여생을 즐겨야 할 연세에 명을 달리했으니 너무도 허망했다. 출산을 한 달여 앞두고 있는 며느리가 몹시 안타까웠다. 안사돈의 영정을 보는 순간 눈물이 쏟아졌다. 어쩌면 그것은 내 삶의 미래를 예감하는 눈물일 수도 있었을 것이다.

흔히들 늙어 가면서 감성이 예민해지고 대수롭지 않은 일에도 눈물을 찔끔거린다더니 근래 들어 나도 그런 일이 자주 있다. 신문이나 텔레비전을 보다가 차마 대하기 힘든 참상을 보다 보면 누선淚腺에 자극이 오고 이내 눈시울이 젖어들었다. 그럴 때면 머릿속으로는 군색한 변명을 늘어놓으면서 얼른 천장이나 창밖을 바라보곤 했다.

옆에 아내라도 있으면 들킬까 싶어 슬그머니 자리를 뜨기도 했다.

며칠 전에도 그랬다. 육이오 전쟁 중 전사한 일등병이 오십팔 년 만에 한줌의 재가 되어 여든두 살의 신부에게 돌아왔다는 기사를 보면서 또 눈시울이 뜨거워졌다. 열일곱 살에 결혼해 아들 하나를 둔 채 평생을 수절한 할머니는 "꿈인지 생시인지 모르겠다. 남편이 살아온 것만 같다"고 했다. 총탄 자국이 선명한 수통과 손목시계, 숟가락 등의 유품이 함께 전해졌는데 반세기를 넘어 기다려 온 그 늙은 새댁을 생각하는 순간 긴 한숨이 터져 나왔다.

이를 '늙어 감'의 한 증표로 그러려니 하고 자연스럽게 받아들여야 하는 건지, 주책이라고 여겨 가급적 자제해야 될 일인지, 가늠하기가 어렵다. 어찌되었든 눈물은 감정의 찌꺼기를 걸러내는 작용도 있다 하니 그런 의미로라도 위안을 삼아야겠다.

눈물이 마음의 주름살까지도 펴준다는 말에 수긍이 간다. 얼굴에 세월의 더께가 쌓일수록 마음은 비워야 한다는 가르침은 언제나 누구에게나 진리임에 틀림없을 것이다. 마음을 비운 자리에 그만큼의 눈물로 채우려는 것은 어떤 섭리인지도 모르겠다. 어쩌면 눈물은 인간의 메마른 마음에 내리는 빗물이라고 할 수도 있겠다. 또 눈물은 신이 인간에게 준 치유治癒의 정화수라는 말도 있다. 그러니 슬픔이 복받치면 참지 말고 울어야지 굳이 멀리할 이유는 없다고 했다.

비가 없다면 세상은 그 순간부터 사막으로 변하고 말 듯 눈물은 우리 삶에 온기를 불어넣고 감성을 키우는 비와 같은 존재가 아닐까.

(2009)

사흘간의 출가

　언젠가 얼핏 '출가出家'를 떠올린 적이 있다. 온갖 번뇌를 다 털고 인연의 끈을 모두 끊어버리고 싶은 충동이 일 때도 있었다. 불문佛門에 든다는 것이 얼마나 힘든 고행일까 짐작도 못하면서 그런 상념에 젖은 적이 있었다. 그런 생각 때문만은 아니지만 우연찮은 기회에 어느 법우의 권유로 사흘간의 사찰 생활을 체험했다.

　지난해 삼월 오대산 월정사에서 열리는 수련회에 참여했다. 좀 늦은 오후, 사찰 경내에 들어서자 경건함이 가슴 저 밑바닥에서부터 밀려왔다. 절은 마음 닦는 도량道場이고 속세를 떠나 있는 환경이 그런 분위기를 자아내는 데 한몫을 더했다.

　저녁 공양 후 종루 앞으로 모였다. 스님 세 분이 두드리는 법고法鼓 소리가 신비로웠다. 율동감이 넘치는 북소리는 광야를 내닫는 말발굽 소리이기도 하고 천군만마를 호령하는 장수의 고함 같기도

섬송을 기리다

했다. 이어지는 목어木魚의 둔탁한 듯 경쾌한 음향은 북소리와 어우러져 귓가에 다가오는 화음이 참 좋았다. 다음 순간에는 우렁찬 종소리가 천지를 뒤흔들었다. 묵직하고 웅장한 천둥소리가 산허리를 후벼파고드는가 싶더니 이어지는 잔잔한 여운이 가슴을 에는 아릿함이 있다. 고달픈 삶에 찌든 중생을 어루만져 주는 듯했다. 이들은 하나같이 속을 비움으로써 더 높고 더 맑은 소리를 중생에게 들려준다.

법고 의식이 끝나고 대법당에서 예불이 시작되었다. 예불문을 봉독한 다음 반야심경, 석가모니 정근, 천수경 등의 봉송이 이어졌다. 이어서 강론이 있었다. 옛 고승의 가르침을 오늘에 새긴다는 것이 쉬운 것은 아니다. 자기를 위한 수행은 고독할 수밖에 없는 것. 처절한 수행을 통해서 '성불'의 길로 한걸음 나아갈 수 있었던 대덕 스님들은 불자들에게 수행을 위해서는 고독과 친해져야 한다는 가르침을 주었다.

숙소로 돌아와 도반道伴들과 눈인사를 나눴다. 난생처음 사찰에서 맞이하는 밤이다. '절간'에서의 첫날 밤, 사소한 거동에도 불편함을 느끼는 것은 그만큼 나 스스로가 마음을 비우고 수양을 쌓고자 하는 자세가 부족하기 때문이 아닌가 하는 생각에 자괴심이 들었다.

이튿날 새벽 네 시, 스님들이 도량석道場釋을 돌면서 치는 목탁소리가 고단한 잠을 깨웠다. 새벽에 일어나는 것만큼 힘든 것도 없다. '아침형 인간'이 못 되다 보니 더욱 어렵다. 수련복을 주섬주

섬 꿰고 아침 예불에 참석했다. 새벽 공기를 가르는 청아한 독경이 산새들도 깨웠다. 아침마다 독경 소리를 듣는 산새들은 아마도 마음의 때를 씻고 다음 생에서는 중생을 제도하는 스님으로 환생하지 않을까. 아침 공양에 이어서 울력으로 법당 청소와 숙소의 침구를 손질했다. 이런 일들이 다 마음밭을 가는 수련이라고 스님들은 일렀다.

아침 여덟 시, 약 1킬로미터 거리의 전나무 숲길을 따라 일주문까지 '경행經行'을 했다. 아름드리 전나무 숲을 거닐면서 가슴에 파고드는 아침 기운의 상쾌함, 산사의 고요함이 전해 주는 충만감, 그리고 나무 바다의 한복판에서 끓어오르는 희열은 또 다른 행복감이었다.

일주문에서 차량으로 상원사까지 가서 다시 도보 산행으로 오대 중의 하나인 서대(염불암)로 향했다. 해발 천 미터가 넘는 고지대여서 제법 쌀쌀했다. 암자는 너와지붕이다. 매서운 바람이라도 몰아치면 너와들은 속절없이 공중제비를 할 것만 같았다. 법당은 워낙 협소해서 밖에서 인솔 스님을 따라 반야심경을 봉송하고 나서 부처님께 삼배를 올렸다.

주먹밥과 단무지 몇 조각으로 간식을 했다. 쌀랑한 날씨에 밖에서 먹으니 속에서부터 오들오들 떨렸다. 이것도 수행의 연장이려니 싶어서 마음을 다잡았다.

오후에는 송광사 강주 스님의 법문이 있었고 저녁에는 예불이 이어졌다. 아홉 시부터 이번 수행의 중심인 좌선에 들었다. 사십 분 좌선, 이십 분 휴식하는 방식으로 세 번 반복하니 자정 넘어 새벽

선승을 기리다

한 시가 다 됐다. 장시간 가부좌跏趺坐를 틀고 버틴다는 것 자체가 고행이다. 휴식 중에는 '묵언默言' 속에 법당 내를 계속 돌았다.

좌선을 통한 참선수행은 끝없는 고통을 참아냄을 이름이다. 보지도, 듣지도, 말하지도 않고 오로지 앉아만 있는 것이다. 조금이라도 자세가 흐트러지거나 졸면 죽비가 날아와 어깨를 후려쳤다. 정적을 깨뜨리는 죽비 소리는 천둥과도 같으며 번개처럼 정신을 번쩍 들게 했다. 처음에는 다리가 저리고, 졸음에 정신은 혼미해지고, 온몸이 뒤틀렸다. 한 시간을 앉아 있기가 하루보다 더 길게 느껴졌다. 온갖 잡념이 파도처럼 밀려왔다. 하지만 시간이 지날수록 마음의 안정을 되찾아 자신만의 오롯한 경계에 들게 되었다.

사흘째 새벽. 도량석 목탁 소리에 도반들의 재촉이 심했다. 얼굴에 물만 바르고 법당에 들어섰다. 깊은 산속의 삼월은 한겨울과 진배없었다. 아침 법회에 이어 사자암에서 '삼보일배'를 시작했다. 발걸음을 세 번 옮길 때마다 한 번씩 온몸을 땅 위에 누임으로써 자신을 최대한 낮춘다는 경배 의식. 오체투지五體投地, 이는 열반涅槃을 향해 나아가고자 하는 구도자의 자세다.

아침에 흩날리던 눈발은 오간 데 없고 한낮이 되니 날씨도 좀 따뜻해졌다. 언 땅은 녹아 축축하고 질척질척한 데도 있다. 우리네 삶에 어디 마른 땅만 있던가. 정오에 적멸보궁에 도착, 법당 앞에서 합장을 함으로써 삼보일배를 끝냈다.

부처님 품속에서 지낸 사흘간의 온기가 은근한 기쁨으로 몸속에 스며들었다. 속세를 떠나 산다는 것, 부처님 법 따라 산다는 것, 마음을 비운다는 것이 얼마나 힘든 고행인지 어렴풋하게나마 느낌이 왔다. 그러면서도 한편으로는 자만에 빠진 '땡중'의 어리석음 같은 것은 아닐까 하는 의구심이 스치기도 했다.

첩첩산중, 정상에는 잔설이 희끗한데 숲 사이로 보이는 창공에는 삼월의 봄기운이 엷게 배어 있다. 그러나 아직 외투를 벗으려면 보다 긴 인내가 있어야겠다. (2006)

노년의 아름다움

"9988…!"

요즘 중장년층이 술잔을 부딪치면서 외치는 구호다. '구십구 세까지 팔팔하게' 살자는 의미라는데, 최근에는 거기에다 덧붙여서 '9988234'라고 한술 더 뜬다. 구십구 세까지 팔팔하게 살다가 딱 이틀만 앓고 삼일째 죽자'는 것이다. 일견 그럴듯하다. 그만큼 죽음에 대해 피동적이기보다 능동적으로 변하고 있는 것이다.

그러나 확실한 것은 오늘을 충실하게 삶으로써 내일을 건강하게 맞이할 수 있고 죽음도 보다 당당하게 맞이할 수 있다고 볼 때, 얼마 전 동네 정보화교실에서 만난 한 할머니가 자꾸 생각났다.

지난 연초부터 몇 개월 동안 다닌 정보화교실에는 삼십여 명의 수강생이 컴퓨터 공부에 열심이었다. 이십여 명은 사오십 대 여성이고 나머지는 오육십 대 남성이다. 내가 속한 반은 '인터넷 제대로 활용하기' 반이다. 그러니까 이 반에 등록한 분들은 어느 정도 컴퓨터를 활용할 줄 아는 실력은 갖춘 셈이다. 그중에서 유난히 눈에 띄는 고령의 할머니가 계셨다. 대개 이십여 분 일찍 와서 복습도 하고 차도 한잔 했다. 그날도 좀 일찍 들어서는데 그 할머니가 앞서 들어가셨다. 얼핏 봬도 여든은 돼 보이지만 다복한 가정의 따뜻함이 배어 나오는 그런 얼굴이었다. 곱디고운 티가 물씬 묻어나는 어르신이었다.

"할머니, 컴퓨터 재미있으세요?"

"예, 저는 재미로 배우는 게 아니라 필요해서 배우는 거예요."

"······."

"저 혼자 지내거든요. 어디 구청이나 동사무소 일도 봐야지요. 자식들하고 메일도 주고받고, 미국에 있는 손자에게 사진도 보내구요!"

덧붙여 하시는 말씀이 "주위 사람들이 경로당에 놀러오라고 하는데 바빠서 못 간다고 하면 뭐가 그렇게 바쁘냐 한다"면서 오히려 그 사람들이 딱하다는 듯한 말투다. 교실에 들어서서 강사가 준비해 놓는 커피를 들면서 슬그머니 여쭤 봤다.

"어르신, 연세가 어떻게 되세요?"

잠시 나를 바라보더니 "올해 여든아홉"이라는 대답이 또렷하게 돌아왔다. 나는 잠시 할머니를 멍하니 바라봤다. '아니, 이럴 수가 있을까' 싶었다. 요즘 수십 년 직장 생활을 마감하고 퇴직하는 오십대 장년들 중 적지 않은 이들이 이메일 주소 하나 없이 컴퓨터를 외면하는 마당에 '아흔이 다 된 노인이 손자와 이메일을 주고받고 구청 일을 인터넷으로 한다니…' 내심 놀라지 않을 수 없었다.

지난 삼월 초 서울시민대학에 등록했다. 지난해부터 벼르던 터라 이모저모 검토한 끝에 '수필문학' 초급반 강좌와 '중국 바로알기' 강좌를 신청했고 3월 6일 첫 강의를 들었다. 앞 시간인 중국 바로알기 강좌에는 삼십 대 초반의 젊은 교수 앞에 육칠십 대 노년층이 대부분이었다. 나이를 잊고 노후의 여생이 아니라 창창한 젊음을 누리려는 '늙은 젊은이들'이 친근하게 다가왔다.

두 번째 시간인 수필문학 역시 기대가 컸다. 담당 교수가 자기소개를 하면서 하는 말씀이, 그간의 경험으로 봐서 수강생들이 자기를 아랫사람처럼 대하는 바람에 거북했다는 취지의 말을 하면서 흑판에 출생연도를 썼다.

'1935'

순간 수강생들로부터 놀랍다는 듯 일제히 탄성이 터졌다. 강의실에 들어서는 외모를 보면서 육십 대 초반으로 봤고 그 말씀을 들으면서 다시금 아무리 뜯어 봐도 육십 대 중반 이상으로는 봐줄 수 없는 동안童顔이었다. 그러면서 연세가 더 많은 분이 계신지 모르겠다고 하자 앞쪽에 있던 한 수강생이 "제가 29년생입니다!" 하니 좌중에 들릴 듯 말 듯한 웃음소리가 번졌다. 다음 순간 뒤쪽에서 맞장구치는 이가 있었다.

"여기 27년생도 있습니다."

그러자 더 큰 웃음소리와 감탄사가 뒤섞여 분위기가 한결 훈훈하게 녹아들었다. 요즘엔 확실히 인생은 칠십부터, 아니 팔십부터라 해도 과하지 않은 세상이다. 너나없이 건강관리에 힘쓰면서 자기 나름대로의 생활을 가꾸어 가기 때문이리라.

고고呱呱의 소리를 지르며 세상에 온 새 생명이 얼마나 아름다운 가. 인간만이 아니라 동물들도 어린 새끼 적에는 얼마나 예쁘고 귀 여운가. 앙증맞고 함함하다. 커가면서도 씩씩하고 늠름하다. 사람 이야 더 말할 것도 없다. 하나의 독립된 인격체로 성장하면서 보여 주는 천진난만한 어린이의 아름다움, 청춘을 구가하는 젊은이의 패 기와 열정, 인생을 관조하는 중년의 중후함과 노련미, 곱게 늙어 가 는 노부부의 소박한 웃음 속에서 어느 가수의 노랫말처럼 "사람이 꽃보다 아름답다"는 외침에 고개를 주억거리지 않을 수 없다.

삶을 어떻게 가꾸어 가느냐에 따라 그 결과는 하늘과 땅 차이가 난 다. 수백 년 된 우람한 거목을 보노라면 그 장대한 모습과 하늘 끝 모르게 뻗어나간 기상은 세월의 흐름이 노추老醜로만 나타나는 것은 아니고 또 다른 아름다움을 연출할 수도 있다는 것을 온몸으로 느끼 게 한다. 사람도 마찬가지 아닐까. 역경을 이겨 낸 이의 두 어깨에는 든든한 믿음이 있고 땀이 밴 얼굴에 떠오르는 웃음은 신선하기까지 하다. 깊이 파인 주름은 인고의 세월을 웅변해 주지만 그만큼 진한 삶의 의미를 일깨워 주기도 하는 것이다.

"백수가 과로사 한다"는 말도 있듯이 허드렛일로 시간에 쫓기는 이 들이 많다. 그러나 내 앞에 놓인 시간을 '어떻게 활용하느냐'에 따라 한 달 후, 일 년 후에 그 결과가 어떠하리라는 것은 물어보나 마나다.

'여든'에 '글'을 배우고 '아흔'에 '컴퓨터'를 배우겠다고 나서는 그 도전정신은 아름답다. 주변에는 8090의 연세에도 3040의 젊음 못지않게 생활을 즐기고 자기 분야에 일가견을 갖는 분들이 적지 않다. 또 어려운 이웃을 따뜻하게 감싸안는 이들도 많다. 그만큼 자기 삶을 가꾸면서도 베풀 줄 아는 지혜가 있는 분들이다.

그런 이들은 아마 죽음까지도 담담하게 웃으면서 맞이하지 않을까 싶다. 과연 나는 얼마만큼이나 삶을 보람 있고 의미 있게 꾸려 가는지 자문해 본다. (2007)

결혼을 장난으로 아나

　결혼이란? 남녀의 몸과 영혼의 결합. 그럼 결혼식은 무엇인가? 일가친척과 지인들 앞에서 '부부의 관계 맺음'을 서약하고 더불어 자축하는 의식이라 할 것이다. 생각만 해도 설레는 결혼. 비록 나에게는 아득하게 먼 옛 이야기가 되어 버렸지만 얼마나 아름답고도 경건한 의식인가. 그렇다면 그 의식을 철부지 장난하듯 치러서는 곤란하지 않겠는가.

　얼마 전 가까운 이의 자녀 결혼식에 참석했었다. 여느 결혼식과는 다르게 예물을 교환하고 키스를 시키고는 서로에게 사랑을 다짐하는 편지를 낭독했다. 이어서 신랑이 신부에게 바치는 노래를 했다. 거기에다가 팔굽혀펴기에 만세삼창까지 시키는 게 아닌가. 그러더니 신부에게는 '봉 잡았다'를 외치게 했다. 무언가 경박해 보이는 예식 풍경에 속에서부터 느끼한 것이 슬그머니 올라왔다. 이런 느낌이 나만의 유별난 것인지 모르겠지만 거부감 비스름한 무언가가 뒤따라 나왔다.

갈수록 결혼 풍속도가 변하고 있다. 물론 모든 결혼식이 다 그런 건 아니지만 품위가 있어야 할 결혼식장은 마치 개그 프로처럼 희화화戲畫化되고 있다. 결혼식은 으레 그렇게 하는 것인 양 유행처럼 번지고 있다.

인생을 새로 출발하는 순간부터 진지함은 없다. 제2의 삶의 시작을 코미디 공연처럼 하는 것이다. 갈수록 이혼율이 급증하는 이면에는 그런 웃음거리로 전락한 결혼식, 경건함이 사라져 버린 예식이 한몫하는 건 아닐까 하는 생뚱맞은 생각이 들기도 한다.

거기에 더해 요즘 받는 청첩장의 내용도 별스럽다.

"저희 두 사람이 사랑과 믿음으로 한 가정을 이루게 되었습니다. 바쁘시더라도 부디 오셔서 저희들의 앞날을 축복하고 격려해 주시면 더없는 기쁨이겠습니다."

이런 청첩장을 보고서 좀 황당하다는 느낌을 지울 수가 없다. 혼주는 어디 가고 알지도 못하는 젊은이들에게서 '내가 결혼하니 와주시오' 하고 통지서를 받은 꼴이 아닌가. 뭔가 격에 맞지 않을 뿐더러 결례라는 생각을 지울 수가 없다. 이런 내용의 청첩장이 자꾸 늘어나는 추세를 보면서 젊은이들의 자기중심적인 사고의 틀이 더욱 굳어지지 않을까 하는 노파심이 들었다.

그런가 하면 양가 부모 명의로 보낸 청첩 내용이 정중할 뿐더러 한 편의 시와 같아서 보기에도 무척 흐뭇했다.

"딸을 얻는 기쁨으로, 아들을 얻는 행복으로 두 집안이 가약을 맺고자 합니다. 아름다운 사랑으로 날개를 펴는 이들에게 축복과 격려 부탁드립니다."

결혼은 준비 단계에서부터 적절한 절차와 예의를 갖춘 의례가 되어야 하지 않을까 하는 생각이다. 예식에서 신랑 신부가 주인공이라면 감독과 연출은 혼주인 부모의 몫이어야 한다고 보기 때문이다. 그렇다면 결혼식 초대도 당연히 의식을 주관하는 부모가 초대하는 형식을 취해야 옳다고 본다.

결혼 의례에서 또 하나 중요한 요소는 주례다. '인륜지대사' 라는 말이 있듯이 긴 인생살이에서 결혼이라는 매듭은 매우 큰 의미가 있고 어쩌면 전혀 다른 세계로 들어서는 하나의 통과의례라고 할 수 있다. 그런 의식을 주관하는 자리에 아무나 세울 수는 없을 것이다. 주례를 선다는 것은 망망대해를 헤쳐 나갈 함선의 진수식을 주관하는 것이라고 해도 좋겠다. 한 가정을 꾸린다는 건 분명 대해를 헤쳐 나가는 것과 같다고 해도 어긋난 말은 아니다.

그동안 열예닐곱 번 결혼식 주례를 섰다. 대개는 같이 근무하는 직원이었고 친구 아들딸 결혼식 주례를 몇 차례 부탁받기도 했다. 주례사는 부부간의 사랑이나 부모에 대해 효를 강조하고 건강과 근검절약을 당부하면서 마무리하는 것이 보통이다. 나는 거기에 한마디를 덧붙여 당부하곤 했다.

"생활인으로서 그리고 사회인으로서 정도를 가라는 것입니다. 가정에서는 부부로서 그리고 부모로서의 길이 있고, 사회에서는 사회인으로서의 길이 있습니다. 그것은 근면과 성실 그리고 책임감입니다. 더불어 신용이야말로 그 무엇과도 바꿀 수 없는 큰 자산인 것입니다. 나아가 이웃과 사회에 대한 배려입니다. 이 사회는 너무나 인정이 메마르고 삭막하다고 합니다. 정겨운 이웃사촌이 사라지고 있습니다. 어려운 이웃에 대한 작은 관심이나 사회적 무질서와 부조리에 대한 한마디의 항변이 이 사회를 좀 더 건강하고 따뜻하게 한다는 걸 잊지 마십시오. 이 사회가 밝고 건강할 때 내 직장과 내 가정도 그만큼 건강해질 수 있다고 봅니다."

옷깃만 스쳐도 인연이라는데 결혼은 얼마만한 인연의 끈이 얽혀야만 이루어지는 것일까. 주변에 보면 혼기를 놓친 자녀를 두고 남모르게 속앓이를 하는 이들이 적잖다. 하늘이 내려 주었다는 천생연분도 있지만 지지리도 인연을 찾지 못하는 청춘남녀도 많고 많은 게 현실이다. 소중한 만남이 화목한 가정으로 이어져 행복의 꽃을 피우길 바라지만 현실은 '넘고 처진다' 는 말이 있듯이 그렇지 못해 안타깝기만 하다.

'결혼은 미친 짓이다' 는 영화도 있었고 이혼과 재혼을 무슨 화려한 경력인 양 여기는 반죽 좋은 이들이 오히려 유명세를 타기도 하는 세상이다. 만남과 헤어짐이 너무도 대수롭잖게 이루어지는 세태라서 결혼의 신성함을 되뇐다는 게 시대에 뒤진 넋두리가 아닌지 자문해 보기도 한다.

하기야 결혼의 근원을 따지고 보면 종족번식을 위한 '짝짓기' 라 해도 크게 틀린 말은 아니다. 그렇지만 사람이 '짝짓기' 만을 위해 결혼을 하는 것은 결코 아니지 않는가. 더군다나 동물 중에서도 일부일처로 평생을 같이하는 금슬 좋은 것들이 있는 마당에, 나는 결혼과 가정의 소중함을 결코 가벼이 볼 수는 없다는 점을 굽힐 수는 없다.

옛 어른들은 결혼 생활을 막 시작하는 젊은이들에게 "검은 머리 파뿌리 되도록 잘 살라"고 이르곤 했다. 요즘 젊은이들은 그런 '지당한 말씀'을 받아들이려 하지 않는 경향이 있어 안타까울 뿐이다. 아무리 세상이 바뀌어도 변할 수 없는, 변하면 안 되는 것이 있는 법 아니겠는가.

그런 상념에 젖어 새삼 결혼의 의미를 되새겨 보았다. (2010)

남편이 왜 오빠야?

　모든 사물에는 이름이 있다. 사람도 누구나 이름을 가지고 있다. 그리고 사람과 사람 사이에도 그 관계에 따라 이름이 붙는다. 미술이나 조각 같은 예술작품의 경우에 마땅한 이름이 없으면 아예 '무제無題'라고 내걸거나 숫자로 대신하기도 하지만 그런 이름도 이름임에는 틀림없다.

　이 세상만이 아니라 온 우주의 모든 존재는 그 이름으로부터 시작된다. 요즘은 전통적인 호칭이 쓰이질 않고 신조어가 만들어지거나 다른 이름이 전용 또는 남용되기도 한다. 그런 현상을 그르다고 비하하거나 평가 절하할 것만은 아니다. 워낙 사회경제적 환경이나 제도와 규범이 급변하다 보니 그에 맞추어 새로운 용어와 명칭이 생겨나기도 하고 사라지기도 한다. 지극히 정상적인 사회적 진화라 할 수 있겠다.

사람에 대한 호칭은 그 사람과의 관계나 상황에 따라 적절한 표현을 써야 매끄러운 법이다. 아주 예전의 일이다.

어느 날 퇴근길에 시내버스를 탔다. 차내는 빈자리가 듬성듬성한데 삼십 대 중반쯤 보이는 젊은 부인이 서너 살 정도의 아이를 데리고 옆자리에 와 섰다. 그 젊은 엄마가 '할아버지…' 운운하면서 아이에게 뭔가 말을 했다. 그녀가 말한 '할아버지'는 분명 나를 두고 하는 말이었다. 한순간 뭐라고 응대를 해야 하나, 그냥 못 들은 척해야 하나, 갈등을 느끼면서 창밖을 응시한 적이 있다. 내 나이 사십 중반에 할아버지 소리를 들었으니 착잡하지 않겠는가. 그때나 지금이나 내 얼굴이 몇 살쯤은 더 들어 보이기는 하지만 그래도 당황스런 기분은 떨칠 수가 없었다.

상가나 백화점에서 직원으로부터 흔히 '아버님'이란 호칭을 들을 때가 있다. 예전엔 아저씨나 아주머니, 고객님 또는 손님이 통상 부르는 호칭이었다. 그것이 언제부턴가 선생님이나 사모님으로 진화하더니 근래엔 아버님, 어머님으로 변하고 있다. '고객은 왕'에서 '고객은 신'이라고 추켜세우면서 고객만족이 고객졸도로 탈바꿈하더니 '아저씨'가 '아버지'로 변신한 것이다.

이런 변화는 상술을 앞세운 진화라고 하겠지만 가족 관계에서도 좀 요상한 변화가 일어나고 있다. '여보'가 '오빠'가 된 지 오래다. 요즘 젊은 부인들은 모두 남편 아닌 오빠를 데리고 산다. 드라마 속에서나 주변에서 흔히 듣다 보니 이젠 귀에 익어서 그렇게 낯설게 느껴지지도 않는다. 내 며느리도, 내 딸도 제 남편을 오빠라 부르니 어쩌랴. 연애 시절에 애인을 오빠라 칭하는 것이야 나무랄 게 없지 만 결혼 후에도 계속 오빠는 아무래도 어색하다.

며칠 전에는 두어 달 전에 결혼한 며느리가 제 손위 시누이에게 '언니'라고 부르는 것을 듣고는 '어, 언니라니…' 하고 한순간 혼란 스러웠다. 그러나 다음 순간 '그래, 그것도 괜찮지…' 하는 생각이 들었다. 며느리도 친정에서 외동딸이니 언니가 하나 생긴 걸로 삼 을 수도 있겠다 싶었다. 주변에서 시어머니를 아예 엄마라 부르는 며느리를 본 적도 있다.

늙어 가면서도 '엄마' '아빠'를 놓을 줄 모르는 이들이 있는 것이 야 그렇다 치더라도 한편에서는 웃지 못할 현상이 벌어지고 있다. 강아지를 자식으로 둔 엄마, 아빠가 급속히 늘어나고 있는 것이다. 아무래도 어색하다. 아들딸과 강아지가 형제지간이 되는 셈인데, 인간의 존엄을 생각해야 되지 않을까.

인간의 생명은 우주와도 바꿀 수 없을 만큼 존귀하고 신성불가침 의 영역임엔 틀림없다. 그런 만큼 '나' 자신을 나타내는 이름姓名이 얼마나 소중한가. 이름이란 지구상에 유일하게 존재하는 '나'를 표 기하고 세상에 드러내기 위한 방편이다.

예부터 호랑이는 죽어서 '가죽'을 남기고 사람은 '이름'을 남긴 다고 하지 않는가. '나'를 표기하면서 무슨 사물을 표시하듯 하거나 일련번호를 매기듯 할 수는 없는 것이다. 큰 족적을 남겨 청사靑史 에 기록되는 것도 결국은 이름이다.

그런 가운데 한쪽에서는 희한한 일이 나타나고 있어서 상을 찌푸리게 한다. 자기 이름을 표기하는 데 부모의 양성兩性을 앞에 붙여서 부르는 이들이 생겨나고 있다. 가령 부모 성이 '김씨'와 '이씨'고 자기 이름이 '순자'면 '김이순자'라고 부른다. 그런 식이라면 자식 대에서는 성이 넉 자가 될 것이고 손자 대가 되면 여덟 자의 성을 코끼리 코마냥 주렁주렁 매달고 다녀야 할 것이다.

흔히 페미니스트임을 자처하는 이들 중에 이런 이름을 내세우는 사람들이 있다. 이들이 주장하는 남녀평등이란 개념을 이런 데서 찾으려 한다면 번지수를 잘못 짚은 것이고 오히려 남녀평등의 진실을 왜곡하는 것이다. 일부 선진국에서는 결혼과 함께 여자는 아예 자기 성을 버리고 남자의 성을 따르는 경우까지 있다.

또 하나 간과할 수 없는 것은 나를 이 세상에 존재케 한 아버지가 누구고 어머니가 누구냐는 것을 가리는 문제다. 동물도 우량 혈통을 보존하기 위해서는 족보를 따져서 보존하고 관리한다. 하물며 인간에게 있어서 부모와 조상이 누구라는 것을 따지는 것은 너무도 당연하다.

개정 민법에서는 원칙적으로 아버지의 성을 따르되, 예외로 부부가 혼인신고 시 합의하면 어머니의 성도 따를 수 있도록 했다. 미혼모, 이혼, 재혼, 배우자 사망, 입양 등으로 한 가정에 여러 성이 존재하는 시대여서 성의 선택 폭을 넓힌 것은 시대적 흐름이라 하겠다.

그런데 법조문 중 '부성父性 원칙'이 남녀차별 조항이라며 이를 삭제하자는 의견이 일부에서 나오는 모양이다. 그러나 '부성 원칙'이란 큰 줄기마저 없애면 어떤 일이 벌어질까. 형제자매와 사촌,

선숙을 기리다

고종과 이종의 성이 뒤죽박죽되면 사회적 혼란은 물론이고, 국가적 인력관리의 비효율성은 보나마나일 것이다.

모든 사물의 이름은 분명해야 한다. 그 대상을 명료하게 분별할 수 있는 이름이면 족하다. 기왕이면 듣기 좋고 부르기 편리하고 아름답다면 더욱 좋겠다. 사람 관계를 나타내는 이름 역시 사회적으로 널리 통용되는 명칭으로 불러야 되지 않겠는가. 그래야 관계가 분명해지고 오해의 여지도 없애는 것이 된다.

장인을 아버님이라 부르고 시어머니를 엄마라 부르는 것은 봐준다 치더라도 한 부모 밑에서 자란 '오빠'와 한 이부자리 속에서 살을 맞대는 '오빠'는 분명 달라야 할 것이다. 적절하고 명확한 이름과 호칭이야말로 좋은 인간 관계 형성의 첫걸음이 아닐까 싶다.

(2007)

쌀 한 톨의 여정

예전 어른들 말씀이 "쌀농사는 여든여덟 번 손이 가야 한다"고 했다. 쌀 미米자에서 유래한 말이겠지만 그만큼 수많은 노고가 들어가야 한다는 뜻이다. 요즘 벼농사는 기계가 거의 다 해 주니 농민의 수고로움도 절반은 덜어내야 할 것이다. 거기에다 수입까지 하니 쌀이 남아돈다. 쌀 증산을 위해 오랜 세월 얼마나 많은 노력을 기울였는지, 요즘 젊은 세대는 그 눈물겨운 사연을 알기나 할까. 그렇다고 옛날 못 먹던 시절 이야기를 꺼내 봤자 귀담아 듣지도 않겠지만.

북한 주민이 굶주림에 시달리는 것은 천하가 다 아는 현실이다. 먼 옛일도, 미래도 아닌 현재의 실상이다. 북한 동포는 '이밥에 고깃국'이 소원이라는데 우리네는 흰 쌀밥은 무슨 영양소가 부족하니 현미를 먹으라는 둥, 잡곡밥을 먹어야 좋다는 둥 말이 많다.

그렇게 남아도는 쌀이지만 70년대까지만 해도 절대 부족이었다.

섬솔을기리다

그때는 '혼식과 분식 장려'가 주요 정책이었고, 보리밥이라도 먹으면 다행이고 감자나 옥수수, 아니면 멀건 풀죽으로 겨우 끼니를 잇는 이들도 적지 않았다.

서러운 허기를 면하게 해 준 것이 바로 통일벼다. 범국가적인 쌀 증산정책으로 통일벼를 개발한 것이 결정적이었다. 그때부터 쌀 생산이 꾸준히 늘었다. 그런데 이번에는 국민의 입맛이 변하면서 쌀 생산은 느는데 소비량은 자꾸 줄어든다. 아이들은 쌀이 어디서 열리는지도 모르고 '쌀나무'라고 하니 더 말해 무엇하랴.

70년대 초 농협에서 직장 생활을 시작했다. 내 집은 땅 한 평 없었지만 늘 농민들과 함께하는 터였다. 그 시절, 농협은 농사철 따라 제때 농자금을 대주거나 비료나 농약 같은 자재를 공급하는 일이 주된 업무였다. 아울러 군청이나 농촌지도소와 더불어 농민을 지도하고 지원하는 데 많은 역할을 했다.

삼월이면 농민들은 못자리 준비에 한눈팔 새가 없었다. 논에는 물꼬를 터서 물을 가두고 쟁기질로 바닥을 다듬었다. "논에 물 대는 소리 하고 자식 목구멍에 밥 넘어가는 소리만큼 듣기 좋은 것도 없다"는 어른들의 말씀이 지금도 귀에 감긴다. 가난한 시절이었다고는 해도 한해 농사를 시작하는 들녘은 푸근했다.

본격적인 농사철에 접어들면 이웃 간에 품앗이로 도움을 주고받았다. 처음 직장 생활을 시작한 곳이 시골이라서 모내기철이면 어김없이 봉사활동을 했다. 맨발로 논바닥에 들어서면 발바닥에 전해 오는 미끈둥하고 간지러운 묘한 느낌, 평소 발걸음을 하지 않는 논이다 보니 그런 느낌이 오래 남아 있다. 못줄을 띄우는 이의 구령에 따라 한 줄로 늘어선 모내기꾼들의 손놀림도 잽싸게 움직였다. 꾼들이 출출해질 무렵이면 새참 광주리를 이고 논두렁을 걸어오는 아낙네의 발걸음도 덩달아 잦다. 해가 서산에 걸릴 때쯤에야 작업이 마무리되고 모내기가 끝난 유월의 들판은 일렁이는 푸른 파도가 싱그러웠다.

장마와 태풍을 이겨 낸 벼는 팔월의 타오르는 태양 아래 이삭을 익히면서 풍년을 예약했다. 황금물결에 눈이 부실 즈음 한가위 추석이 다가오고 올된 벼는 수확의 손길을 기다렸다. 명절을 지낸 농부들은 본격적인 가을걷이에 바빴다. 한창 바쁜 농사철에는 부지깽이도 한몫을 거들어야 할 판이었다.

볏가리가 이층집보다 더 높이 올라가고 벼 타작을 하는 날은 탈곡기 소리가 온 동네를 감싸안고 돌아갔다. 아이들도 괜히 신이 나 뒹굴고 강아지까지 덩실춤을 췄다. 멍석 위에 벼 낟알이 쌓이고 그 위로는 까끄라기가 수북했다. 그걸 다시 걷어내고 알곡만을 간추려서 가마니에 담아야 일단계 수확 작업이 끝났다. 볏가마니가 쌓일수록 흥얼거리는 풍년가는 입가를 떠날 줄 몰랐다.

일일이 손길이 가야만 했던 벼농사가 80년대로 넘어오면서 기계가 대신하기 시작했다. 모내기도 '이앙기'라는 놈이 나타나 열 사람, 아니 수십 명 몫을 해내질 않나, 수확 작업도 '콤바인'이란 녀석이 아예 벼 베기부터 탈곡까지 한꺼번에 해치우니 '농사혁명'이 일어났다 해도 틀린 말이 아니었다. 그런 기계화 덕분에 농촌 인구가 엄청나게 줄었어도 그 힘든 농사일을 꾸려 나갈 수 있었던 것이다.

그렇다고 벼가 그대로 우리 밥상에 오르는 것은 아니다. 정미소에서 벼를 찧어야 드디어 곱디고운 쌀로 환생한다. 벼에서 쌀로 변신하는 방법도 세월 따라 많은 변화가 있다. 집안에서 아낙이 한 줌씩 절구에 넣고 찧던 것은 그만두더라도 물레방아가 돌리는 방앗간에서 찧던 방법은 낭만이라도 있었다. 그랬던 쌀 방아가 요란한 엔진 소리에 피댓줄 돌아가는 소리까지 더해서 귀가 먹먹할 지경이 되어야 하얀 햅쌀을 쏟아 내곤 했다.

이제는 그것도 옛이야기가 되었고 '종합미곡처리장' 이라는 현대식 이름을 단 쌀 공장에서 대량으로 쌀을 토해 내는 세상이 되었다. 예전에는 박박 깎아서 하얀 얼굴이어야만 대접을 받았으나 요즘에는 겉옷만 살짝 벗은 누리끼리한 현미가 건강에 더 좋다고 즐겨 찾기도 한다. 세상인심이 바뀌고 있다.

쌀이 식탁에 오르기 위한 마지막 여정 또한 대단한 인내가 필요하다. 밥솥에서 '살신성인' 의 과정을 거치고도 '뜸' 이라는 수련을 더 해야 참 맛을 낸다. 그렇게 기나긴 여정을 거친 '쌀' 이 드디어 '밥' 이 되어 우리 식탁에 오른다.

우리 집에서는 하루 세 끼 밥을 먹는다. 간혹 밀가루 음식으로 대신할 때도 있지만 대개는 밥이다. 특히 아침식사는 일 년 365일 밥이라 해도 틀린 말은 아니다. 어린 손자들도 당연히 밥이 주식이다. 밥 기운으로 산다는 말이 있다.

농민의 땀과 정성이 오롯이 담겨 있는 한 톨의 쌀, 쌀은 분명 생명의 원천이다. 밥은 쌀의 화신이고 우리 삶의 원형질이다. (2014)

텃밭을 가꾸면서

　사진작가 한정식의 수필 「손바닥 논」을 읽었다. 그의 어머니는 손바닥만 한 뜰에다가 상추씨도 뿌리고 아욱도 심어서 밥상에 올렸다고 한다. 그리고 "이렇게 쓰고 보니 제법 뜰이라도 있었던 듯싶지만, 정말로 내 손바닥의 반쪽이나 될까 말까 한 좁은 뜰에 그렇게 심었으니 마술에 가까운 재주가 아닐 수 없었다"고 했다. 그가 뜰이라 한 것은 이를테면 '텃밭'을 말한 것일 게다.

　예전에는 대개 울 안팎으로 약간의 텃밭이 있었다. 그것은 적잖이 살림에 보탬이 되기도 했다. 봄 햇살이 따스해질 무렵이면 서둘러 밭으로 나갔다. 한겨울 혹한을 이겨 낸 흙은 촉감부터가 다르다. 씨앗을 품는 흙에는 온기가 있다. 어느 시인이 읊었듯이 '씨앗이 햇살과 내통'을 해서 움을 틔운다.

　중학교 졸업 때까지 살았던 고향 집 울안에는 제법 널찍한 텃밭이

선숲을 거니다

있었다. 아마 백여 평은 됨 직했다. 밭에는 여러 가지 채소를 심었다. 뭔가를 심기 위해서는 먼저 밭갈이를 해야 했다. 열 몇 살의 소년에게 백여 평의 밭은 광야와도 같았다. 그 넓은 땅을 삽으로 한 뼘 한 뼘 일궈 나간다는 것은 중노동이었다.

봄에는 상추와 쑥갓, 고추와 토마토 그리고 가지 따위를 심었고 밭 가장자리에는 옥수수도 빼놓지 않았다. 판자 울타리에는 호박 넝쿨이 출렁거렸다. 나는 초여름으로 들어서면 미처 붉어지지도 않은 토마토를 따 먹고 아직 수염이 싱싱한 옥수수 껍질을 벗겨 보면서 군침부터 흘리기도 했다. 철부지 소견에 그런 농사가 우리 집 살림에 알속 있는 부업이란 걸 몰랐다. 그 밖에도 우리 집 마당 한쪽에는 두어 마리 돼지를 쳤고, 봄이면 으레 어미닭이 노란 병아리 열댓 마리를 몰고 다녔다. 그런 병아리를 바라보는 내 마음은 봄 햇살보다 더 따뜻하게 젖었다.

여름이 막바지에 이르면 배추며 무를 심고 한쪽에는 파와 부추도 심어 겨우살이 준비를 했다. 해가 설핏해질 무렵이면 어머니는 풋고추를 따고 울타리를 타고 올라간 호박잎도 따셨다. 그런 어머니의 모습을 요즘은 아내에게서 본다.

논밭뙈기 한 평 없는 내가 이웃 간의 정리로 멀지 않은 곳에 텃밭을 가꾸고 있으니 행운이라 하겠다. 이곳 암사동으로 이사를 온 후 직장 동료가 밭 한 자락을 부쳐 보라고 내주어 시작한 농사가 오 년째다. 온갖 생물이 움트는 사월 초부터 늦가을까지가 나에게는 농사철이다. 아내도 손에 흙 묻히며 이것저것 가꾸는 걸 꽤나 즐기는

지라 각다분한 생활 속에서도 틈만 나면 밭에 가잔다. 갔다 온 지
며칠 되지 않았어도 가면 또 할 일이 있고 이런저런 푸성귀를 담아
온다.

"그래도 농사가 어수룩해. 밭에만 오면 빈손으로는 안 가니 말이
야. 참 신통하기도 하지."

아내의 말에 나도 고개를 주억거린다. 하다못해 밭에서 건질 것이
없으면 밭 주변이나 언덕배기에서 참비름이나 명아주를 뜯기도 하
고 씀바귀를 캘 때도 있다. 원래 텃밭 농사라는 것이 본격적인 생업
으로 건사할 만한 것은 못 되고 놀기 삼아 가꾸는 심심풀이라 하겠
다. 좀 여유 있는 입장에서 부려 보는 '여흥' 이라 한다면 망발일까.

아내가 나물을 뜯는 동안 내가 하는 일은 대부분 잡초 뽑기다. 칠
팔월 햇볕 아래 뻗어 나가는 잡초의 생명력은 대단하다. 몇 년째 텃
밭을 가꾸면서 터득한 지혜는 결실을 제대로 거두려면 무엇보다 잡
초를 잘 다스려야 한다는 것이다.

텃밭을 오가면서 문득 내 마음의 텃밭은 잘 가꾸고 있는 것인지
하는 생각이 들었다.

'마음의 텃밭이라니?'

마음의 텃밭은 어떤 모양일까. 끝없는 하늘이거나 아늑한 들녘이
거나 아니면 무형의 그 무엇이 아닐까. 그럼 거기에다가 나는 지금
무엇을 가꾸고 있는가. '마음밭' 을 가꾼다는 것은 결국 마음을 갈
고 닦음을 이름일 것이다. 그것은 곧 보다 바르고 보다 성실하고 보
다 슬기로운 삶으로 거듭나기 위해 나 자신을 끊임없이 담금질하는

선숲을 거리다

것이라고 할 수 있겠다.

 그러나 사람의 마음이란 것이 그렇게 단순하지도, 호락호락한 것
도 아니지 않은가. 아무리 다잡으려 해도 시도 때도 없이 잡념은 끼
어들게 마련이다. 그 잡념이란 것이 곧 마음밭의 잡초가 아닌가. 게
으름, 핑계, 욕심, 원망, 시기와 질투…. 선업善業을 지으려 하나 잠
시만 한눈을 팔아도 돋아나는 잡념이 텃밭의 잡초를 무색하게 한다.

 윤동주 시인은 「내 인생에 가을이 오면」에서 이렇게 결미를 맺었다.

 내 인생에 가을이 오면
 나는 나에게 어떤 열매를 얼마나 맺었느냐고 물을 것입니다.

 내 마음밭에 좋은 생각의 씨를 뿌려
 좋은 말과 좋은 행동의 열매를 부지런히 키워야 하겠습니다.

 내 인생은 이제 깊어가는 늦가을 어디쯤에 이르렀다. 이미 찬 서
리가 내리고 낙엽이 붉게 물들고 있다. 아직도 잡초나 원망하면서
무엇을 가꿀 것인지 망설이고 있을 처지가 아니지 않은가. 작황이
시원찮고 볼품은 없더라도 기왕에 가꾸고 있는 것들이나 잘 되도록
돌봐야겠다. 거창하게 사회적 공헌이 어떠니 하고 떠벌릴 주제는
못 되는 터다. 그렇지만 텃밭을 오가면서 즐거움을 맛보고 푸성귀
한 줌이라도 이웃과 나누고자 한다면 그것이 바로 '마음밭'을 가꾸
는 고갱이가 아닐까 싶다. (2013)

지하철은 한마당 인생극장

지하철만큼 우리네 삶의 단면을 생생하게 드러내는 곳이 있을까. 아침저녁으로 한창 붐비는 지하철은 말 그대로 인해人海다. 인파가 밀려나간 빈 공간에는 또 다른 파도가 밀려든다. '지옥철'이란 이름이 어색하지 않다. 필사적으로 차내에 발을 들여놓았더라도 사방으로부터 조이다 보면 몸과 몸 사이에 끼어 옴치고 뛸 수도 없게 된다. 젊은 여성들은 신음소리가 곧 터져 나올 듯 울상에 허우적대는 모습이 안쓰럽다.

아비규환阿鼻叫喚을 방불케 하는 상황인데도 그 비좁은 공간에 서서 독서삼매에 빠지는 학생이 있는가 하면, 아침신문을 접어들고 열심히 오늘의 싱싱한 뉴스를 좇아가는 이도 있다. 맞은편에는 지난밤 술이 아직 깨지 않았는지 손잡이에 매달려 고개를 떨구고 있는 젊은이도 있다.

한낮의 지하철은 그래도 좀 여유가 있다. 대신 나이든 어르신들이 많다. 며칠 전 어떤 모임에서 들은 친구의 너스레가 떠올랐다. 요즘 나이 육십은 '이순'이요 일흔은 '고희'라고 하는데 예순다섯은 무어라고 하는지 아느냐고 물었다. 다들 무슨 뚱딴지같은 소리냐는 듯 멀뚱하니 쳐다보자 친구가 하는 말.

"요즘 예순다섯은 '지공거사'라고 한대."

그래도 그게 무슨 소리인지 눈치를 채지 못하자 그가 덧붙였다.

"예순다섯이면 지하철 공짜로 탄다는 말이야."

그때서야 여기저기서 웃음이 터졌다. 그러나 다음 순간 다들 씁쓰레한 표정이 역력했다.

지하철 풍경은 가지가지다. 초미니스커트 차림으로 앉아서 연신 짧은 치맛자락을 끌어내리며 옷매무새에 신경을 쓰는 아가씨는 눈길 주기가 민망하다. 어떤 남녀는 서로 부둥켜안고 볼을 비벼대 눈살을 찌푸리게 하는가 하면, 다소곳이 앉아서 웃음 띤 얼굴에 손을 맞잡고 소곤거리는 한 쌍의 모습은 아름답다. 젊은 엄마가 재잘대는 세 살배기 아기에게 '조용히 하라'고 검지손가락을 입에 갖다 대는 모습은 미소를 머금게 한다.

지하철엔 별스런 사람도 많다. 꼭 맨 끝자리만 고집하는 사람, 빈자리가 여기저기 있는데도 굳이 서서 가는 젊은이, 노약자석이 비어 있는데도 그쪽은 마다하는 노신사, 졸음에 겨워서 자꾸 옆 사람에게로 쓰러지는 아저씨와 그게 싫어서 얼굴을 찡그리는 아가씨, 젊은이가 양보한 자리에 털썩 주저앉으면서도 '고맙다'는 인사 한

마디 않는 늙은이, 전화기에 대고 차 안이 쩌렁쩌렁 울릴 정도로 고함치는 중년의 사내, 무슨 사연이 그리 많은지 수십 분 동안 전화기를 귀에 대고 있는 아줌마, 참으로 다양한 군상이 지하철을 요지경으로 만든다.

이런저런 사연이 뒤엉키고 또 소통하는 지하철이지만 차내에서 가장 필요한 것은 질서 의식과 서로에 대한 배려가 아닐까. 타고 내릴 때마다 볼썽사나운 꼴을 보게 된다. 내리지도 않으면서 출입구 정면이나 문 옆에 떡 버티고 서 있는 사람들. 그런가 하면 내리기도 전에 먼저 타려고 틈새를 비집고 들어오는 사람. 더욱 가관인 것은 승차 대기선 한가운데 버티고 있어 내리는 사람과 정면으로 마주치는 사람들의 무신경이다.

지하철 풍경 중에 빼놓을 수 없는 것은 행상과 걸인들이다. 몇 년 사이 서민경제가 어려워지면서 행상이 부쩍 늘었다. 대부분 중년 남성들이었는데 언제부턴가 여성, 그것도 삼십 대로 보이는 젊은 여성도 심심찮게 등장한다. 그녀들은 당당하고 걸쭉하니 상품 선전을 잘도 한다.

승차 대기선에 있던 여인이 "아유, 이런 데서 담배를 피워…" 하며 불편한 심기를 내비쳤다. 추레해 보이는 중년 남자가 전동 휠체어에 앉아 담배를 피우고 있었다. 그의 머리 위로 담배 연기가 스멀스멀 피어올랐다. 얼굴은 거무칙칙하니 몰골이 거칠어 보였다. 걸인의 행색이 틀림없다.

연기 나는 꽁초가 바닥에 나뒹굴었다. 곧바로 열차가 몰고 온 바람에 꽁초는 연기처럼 사라졌다. 문이 닫히고 방금 전 그 전동휠체어가 다가왔다. 빨간 바구니를 승객들에게 내밀었다. 일그러진 얼굴을 하고 구걸을 했다. 잠시 '비록 몸은 허물어졌을망정 정신만이라도 곧추선 자세로 임할 수는 없을까' 하는 상념에 젖었다.

판소리 「심청가」 한 대목을 읊으면서 지나가는 노인을 만난 적이 있다. 참 별난 사람도 있구나 싶어 보니 그의 손에 작은 바구니가 들려 있었다. 구걸을 할지라도 내 눈엔 신선하기까지 했다. 그에게는 지하철 안이 판소리 한마당 무대가 되는 셈이다.

바둑책을 보며 바둑 삼매에 빠져 있는 이에게 바로 옆자리 중년 여인이 작은 책자를 건넸다. 언뜻 보니 무슨 종교 홍보자료처럼 보였다. 못마땅해하는 이에게 부득부득 쥐어 주고는 자기는 은행 통장을 꺼내어 유심히 들여다보고 있다. 포교와 돈, 이상과 현실의 괴리가 하늘과 땅만큼이나 크다.

달리는 전철에서 결혼식 이벤트를 벌이는가 하면 철로로 뛰어들어 한 많은 세상을 하직하려는 이를 간발의 차이로 구해 내는 의인義人이 공존하는 지하철은 분명 요지경이다. 거기에다 장사꾼에서 걸인까지 등장하는 지하철은 남녀노소 각양각색의 배우 아닌 배우들이 어우러져 펼치는 한마당 인생극장이다.

이 실시간의 공연장에서 과연 나는 어떤 배역을 맡고 있는가. 주연은커녕 단역 한 자리라도 제대로 소화해 내는 그런 인생 연기자가 돼야 할 텐데 하는 생각에 이르자 슬그머니 자괴감이 일면서 머리가 띵하고 속이 더부룩하다. 위염이 또 도지나 보다. (2007)

과거로의 시간여행

　우리 몸은 결코 과거로 되돌아갈 수 없다. 광속을 돌파하는 속도로 내달리면 과거로 거슬러 갈 수도 있다는 과학이론이 있긴 해도 아직은 이론일 뿐이다. 그러나 선조들이 이루어 놓은 유형 무형의 역사적 유물과 유적을 통해 우리는 과거를 되짚어 올라가 볼 수 있다. 오랜 인류의 족적을 더듬어 보는 것을 '과거로의 시간여행'이라 이름 붙일 수 있지 않을까.

　인류의 조상이 남긴 흔적을 통해 긴 역사의 물줄기를 거슬러 가 봤다. 백여 년에서부터 수천 년의 시간이 한순간 내 앞에 펼쳐지는 현실에 전율을 느끼지 않을 수 없었다.

　서울시립미술관에서 '근대 조각의 아버지'라는 칭송을 받고 있는 오귀스트 로댕(1840년생)을 만났다. 그의 명작 「생각하는 사람」 앞에서 걸음을 멈추었다. 조각상의 심각한 표정을 보면서 잠시 생각에 빠졌다.

'이 사람은 과연 그 긴 시간 동안 무슨 생각을 하고 있었을까.'

로댕 이전에는 유럽에서 조각은 한낱 건축물의 부속품 정도로 여겨져 조각 고유의 예술적 가치를 찾기가 어려운 시대였다고 한다. 그런 조각의 위치를 순수창작미술 분야로 이끌어 낸 로댕은 '천재 조각가'라는 명성을 얻을 수 있었다. 그는 영혼과 육체가 결합된 역동적 작품으로 조각의 새로운 역사를 썼다는 평가를 받고 있다.

그의 대표작 중 하나인 「신의 손」은 그에게 '신의 손을 지닌 인간'이란 찬사까지 더해 줬다. 그의 손길이 닿으면 아무 의미 없던 흙이 풍부한 표정을 띠고 투박한 돌덩어리도 생명력이 넘쳐났다. 마치 조물주가 흙으로 인간을 빚어 생명을 불어넣은 것처럼 일상에 지친 우리에게 새로운 삶의 기운을 일깨웠다.

감히 신의 경지를 넘어섰다는 평가를 받기에 더 이상 그의 예술성을 논할 여지는 없을지도 모르겠다. 전시장을 나서는 느낌은 백여 년의 시간이 전혀 녹슬지 않았다는 생동감에 취한 기분이었다.

얼마 전에 다녀온 캄보디아 앙코르와트 유적지에서 다시금 아득한 세월의 흔적을 목격했다. 팔백여 년 전에 지은 석축 사원은 오백 년 이상 사람의 손길이 닿지 않았던 탓인지 세월의 때가 고스란히 엉겨붙어 건물 전체가 온통 새까맣게 퇴락했다. 곳곳이 무너졌고 어느 곳에는 열대림답게 거대한 나무둥치가 건물 위에 올라타고 있거나 휘감고 있다. 십여 명이 두 팔로 감아 안아도 다 못할 만큼의 거목이다. 그 큰 나무가 석축을 움켜잡고 있는 모습을 보면서 엄청난 세월의 무게에 압도당하지 않을 수 없었다. 가히 충격적이었다.

회랑의 벽면 부조浮彫에는 당시의 사회상과 왕궁의 생활상, 종교 의식, 외적과의 전투 장면까지 세세한 조각들이 새겨져 있었다. 그 장엄한 건축물을 둘러보면서 돌 하나하나에 백성들의 피와 땀과 원성이 스며 있는 듯 보였다. 사원을 나서는데 석공의 돌 쪼는 소리에 섞여 아낙의 나지막한 울부짖음이 팔백 년을 이어 내려와 이국의 나그네 귓전을 파고드는 것만 같았다.

국립중앙박물관은 영국박물관The British Museum이 소장하고 있는 그리스 조각품을 빌려 와 '세계문명전, 그리스의 신과 인간'을 전시했다. 신들의 제왕 제우스, 인간으로 태어났으나 시련을 극복하고 신이 된 헤라클레스 등 고대 그리스인이 상상했던 신들을 만났다. 신화에 등장하는 '불멸의 존재'들을 인간의 모습과 감정을 지닌 형상으로 보여 주었다.

그리스인들은 남성의 건장한 신체가 젊음의 미덕을 나타낸다고 생각했으며 균형과 리듬, 비례를 중시했다. 일반적으로 남성은 맨몸 표현이 많지만 여성은 옷을 입은 모습이다. 아름다운 몸의 극치를 보여 주는 나체가 눈에 많이 띄었다. 대리석 나신裸身들은 완벽한 육체미에 앞서 돌의 질감부터 시선을 사로잡았다. 숨을 쉬고 있는 듯한 얼굴 표정과 근육의 세밀한 묘사가 생생했다. 억센 팔과 다리의 근육질과 생활에 지친 표정들이 사실적이다.

또한 얼굴을 붉힐 만큼 노골적인 성행위를 담은 조각상이나 동성애를 묘사한 작품도 더러 보였다. 당시의 풍속을 상상해 보면 이천여 년을 뛰어넘어 오늘날의 세태를 그대로 재현해 놓은 듯했다.

백여 년의 과거로부터 구백 년을 거슬러 오른 다음 한참을 건너 뛰어 이천오백 년 전의 고대로 올라가 봤다. 신화의 시대로 일컬어지는 그 시간 속에는 정녕 놀라운 역사의 맥박이 꿈틀대고 있었다. 안개 속 신화가 아니라 생생한 인간의 발자국이 있고 온기가 느껴지는 체취가 물씬 풍겼다.

이천오백 년. 이 까마득한 시간 앞에서 인간은 한낱 티끌 같은 존재라는 것을 실감하면서 겸허해지지 않을 수 없었다. 시간은 쏜살같이 간다고도 하고 세월은 유수와 같다는 말도 있다. 그러나 이들 그리스 조각상에게서는 '쏜살'도 '유수'도 아예 흔적조차 찾을 수가 없다. 시간이라는 절대자 앞에 우리는 백 년을 버티기도 어려운데 지금 내 앞에는 수천 년을 견뎌 온 역사가 온전히 그 자태를 보여 주고 있다.

이천오백 년 전이면 한반도에는 고조선이 삶을 꾸리던 시대 아닌가. 이 땅 위에는 과연 어떤 족적이 남아 있을까. 그들에게는 유형의 유물이 아득한 시간을 말해 주지만 우리에게는 무형의 전설이 가슴에 새겨져 있을 뿐이다. 저걸 만든 사람은 누구를 위하여, 무엇 때문에 혼신의 땀을 흘렸을까. 아니, 이천오백 년 뒤에 누군가가 자기 작품 앞에서 가슴 떨려 하리란 걸 상상이나 했을까. 그 세월의 무게 앞에서 잠깐 정신이 아찔했다.

우리 생각은 한순간에 천 리를 오가기도 하고, 천 년을 거슬러 올라갈 수도 있다. 그러나 나는 상상이 아니라 눈앞에 펼쳐지고 있는 현실에서 수천 년 과거로의 여행을 한 것이다. 그 유구한 인류의 족적이 이어져 내린 유적 앞에서 온몸으로 떨림을 느꼈다. 그 유적 하나하나에는 선인들의 숨결이 녹아 있고 예인藝人의 혼이 깃들어 있다. 면면히 이어 온 역사의 맥락 속에 지금의 문명이 있고 그 바탕 위에서 인류는 보다 슬기로운 삶을 누리고 있다. 분명 과거는 오늘에 살아 있을 뿐더러 미래를 밝혀 주는 길잡이이기도 하다. (2012)

삶을 즐기다

책은 밥, 그러나 건건이도 된다

아침부터 봄비가 추적추적 내렸다. 외출했다 돌아올 때까지도 비는 그치지 않았다. 마을버스에서 내려 우산을 펴들었다. 며칠 전부터 벼르던 머리를 깎기 위해 동네 이발소로 향했다. 손님 한 명 없는 이발소에 들어와 앉을 때까지도 손에 책을 들지 않았다는 걸 깨닫지 못했다. 의자에 앉아서 목에 보자기를 둘러쓰고 나서야 언뜻 생각이 났다.

"혹시 저기 탁자에 책 없어요?"

여자 이발사는 두리번거리더니 없다고 했다. 순간 머릿속이 혼란스러워지면서 생각의 얼개가 뒤죽박죽이 됐다.

'전철에서는 분명 가지고 내린 것 같은데, 그럼 버스에다 놓고 내렸나…'

젖은 우산을 둘둘 말아 간수하려고 책을 등 뒤에다 놓았던 기억이 어렴풋이 떠올랐다. 씁쓸한 기분을 떨칠 수가 없었다.

　그날은 '사월애' 모임에 다녀오는 길이었다. 지역 문화원에서 여러 해 문학 강의를 하던 교수께서 그만두게 되자 수강생들이 섭섭하니 한 달에 한 번 모임을 갖기로 했었다. 그렇게 시작한 모임이 벌써 일 년이 되었다.

　지난달 모임 때 어느 회원이 "밥만 먹고 헤어지지 말고 작품 한 편씩 읽고 와서 얘기를 나누는 시간을 가져보면 어떻겠느냐"고 제안했다. 다들 흔쾌히 동의했고 문화원 강의 때 써먹던 『문제 소설집』을 가지고 하기로 했었다.

　그날 독후감 토론회를 처음 가졌다. 그리고 돌아오는 버스에다 책을 놓고 내린 것이다. 못내 아쉬웠다. 더군다나 잃어버린 것으로 끝나는 게 아니라 앞으로 계속 써야 하는 책이라서 도리 없이 다시 사야 할 판이다.

　이발을 끝내고 내렸던 마을버스를 다시 타고 종점까지 갔다. '내 옆에 앉았던 사람이 삼십 대 초반의 여성'이라는 기억을 떠올리면서 일말의 기대를 가지고 갔다. 종점 사무실 직원에게 책 제목과 연락처를 남겨두고 빗속을 걸어 나왔다. 우산 위로 떨어지는 봄비 소리가 그렇게 싫지만은 않은 게 뭔가 희망을 속삭이는 듯했다.

　그러나 일주일이 넘어도 아무런 소식이 없었다. 예전에는 빌린 책을 돌려주지 않아도 흉허물이 되지 않았다는 전설 같은 이야기도 전해지는 터에 기대를 건다는 게 헛된 짓이 아닐까 싶었다.

　다시 인터넷 주문을 냈다. 평소 가격이 이만 원이 넘으면 택배비가 면제된다는 꼬임에 혹해서 나는 대개 세 권을 산다. 이번에도 최민자 수필집『흰꽃 향기』와 프랑스 작가 알랭 드 보통의 소설『왜 나는 너를 사랑하는가』를 포함해서 주문했다. 다음 날 곧장 배달된다는 메시지가 떴다. 약속대로 책이 도착했기에 반가운 마음으로 뜯어 보니 두 권뿐이었다. 한 권이 분실(?)된 셈이다. 포장 속에는 '흰꽃'은 고사하고 어떤 '향기'도 없었다. 해당 홈페이지 사고 신고 방에 사연을 적어 보냈다. 출판된 지 오래된 책이라 착오가 생겨 죄송하다는 답변을 듣고 난 며칠 후에 책이 왔다.

　새삼 책을 생각해 봤다. 책은 인류의 역사가 시작되면서 그 궤를 같이 해 왔다고 해도 틀린 말은 아닐 것이다. 책은 '영혼의 양식, 그러니까 영혼을 살찌우는 밥이고 반찬도 된다'는 말이 있다. 즐겨 찾는 어느 대형 서점의 벽두에 내걸린 표어가 인상적이다.

　　사람은 책을 만들고 책은 사람을 만든다.

　책의 중요성을 이보다 더 설파한 금언金言은 없을 것이다.

　나는 온통 책에 둘러싸여 지내고 있다. 비록 하루 독서량은 몇 쪽에 불과하지만 책 속에 파묻혀 있는 것만으로도 행복에 젖는다. 그래 그런지 책 욕심이 좀 많은 편이다. 나의 서재에는 넘칠 만큼 책이 쌓여 있음에도 종종 새로 나온 서평을 들여다보고 있자면 또 갖고 싶은 충동에 메모지를 꺼내 들곤 한다. 어쩌면 지적 허영심을 부추기는 사치 같은 것인지도 모르겠다. 그래도 그 허영심을 탓하고 싶은 생각은 없다.

요즘은 공공도서관에 이동도서관까지 생겨 책에 대한 접근성이 좋아졌음에도 책은 꼭 '내 것'으로 해야겠다는 고약한 심보를 가지고 있다. 그것은 책을 손에 쥐어 보고 싶은, 가슴에 품어 보고 싶은 욕심 때문이리라. 결국 그 심리의 저변에는 나 자신이 활자가 주는 어떤 마력에 빠졌음을 자인하지 않을 수 없다. 언제나 활자의 묘한 매력이 나를 달뜨게 한다. 어느 수필가가 작품 속에 인용한 초등학교 삼학년 어린이의 시다.

오줌이 누고 싶어서
변소에 갔더니
해바라기가
내 자지를 볼라고 한다.
나는 안 비에(보여) 줬다.

동시를 읽으면서 머릿속에 그려지는 장면이 얼마나 풋풋한지. 웃음이 절로 나왔다. 어떤 말이나 영상과도 확연히 구별되는, 활자가 주는 이미지가 나는 좋다.

더 중요한 것은 책을 어떻게 내 것으로 만드느냐는 점이다. 책이 책장에 꽂혀 있다고 해서 내 것이 되는 것은 결코 아니다. 내 안으로 들어와 맘껏 부려먹을 수 있을 때 내가 진정 그 책의 임자가 되는 것 아니겠는가. 허나 이는 얼마나 허황된 욕심인가. 책을 온전히

다 머릿속에 쌓아 둔다는 것은 불가능할 뿐더러 불필요하다. 그것은 책을 내 것으로 만드는 길이 아니지 않은가. 그렇게 되면 우리 머리는 용량 과다로 터져 버릴지도 모른다.

책은 분명 주식으로 먹어야 되겠지만 건건이도 되고 때로는 주전 부리로 즐기기도 한다. 그렇게 책에 빠져들다 보면, 안개비에 옷깃이 젖어들듯 우리 삶에는 살집이 붙고 마음에는 윤기가 돌 것이다. 그것이 곧 책을 갖고자 하는 목적이고 존재 이유가 아닐까.

나는 오늘도 책을 즐겨 먹는다. 먹다 보면 과식을 하거나 편식할 때도 있지만 그게 무에 대수랴 싶다. (2010)

글을 쓴다는 것은

"이제 안 나올 거야."

"그게 무슨 소리야, 안 나오긴…."

수필반 강의를 마치고 나오는 중에 옆을 지나는 두 여인이 주고받는 대화다. 얼핏 듣자 하니 방금 수강했던 동료 수강생들이다. 강의 중에 자신의 작품에 대한 교수의 논평에 마음이 편치 않은 기색이다. 구성이 산만하고 논조에 일관성이 없어서 어디서부터 손을 대야 할지 모르겠다면서 좀 더 고민을 해야 할 것이라는 취지의 평을 했었다. 듣기에 따라서는 좀 서운할 수도 있는 내용이었다.

새삼 글쓰기의 어려움을 실감하면서 막연하나마 내가 언제부터 '글'에 대해 관심을 가졌었는지 돌아보았다. 대학 때는 학보 기자인 친구를 따라서 학보사를 드나들다가 학보에 '시' 한 편을 실은 적이 있었다. 또 그 무렵 등하굣길에 마주치게 되는 이름도 성도 모르는 여학생을 먼발치서 바라보며 소설의 밑그림을 그린 적도 있었다. 머릿속에 그 여학생과 나와의 관계를 축으로 한 소설의 얼개를 엮어 놓고서는 처음 몇 장인가 쓰다가 내팽개친 기억이 있다. 그러나 그뿐, 그 후로는 '글'에 대해서는 별 관심을 두지 못했다.

직장에서는 업무의 일환으로 교재를 만들며 잡문을 몇 편 썼었다. 그 후 월간지 『새농민』을 담당하면서 글쓰기와 편집에 대한 체험을 했다. 그러나 그때는 '문학'을 염두에 둔 것이 아니고 업무로 기사를 썼을 뿐이다. 문학의 향취가 물씬한 그런 글과는 거리가 있었다. 직장 말년 청주에서 근무할 때, 지방지에 몇 번 칼럼을 쓰고 신문에 독자투고도 했지만 문학을 한다는 개념은 없었다.

백수 생활 몇 년 만에 친구를 따라 서울시민대학 수필 창작반에 등록했다. 평소 글에 대한 관심이 있었던 터라 망설임 없이 마음을 굳혔다. 손광성 교수의 강의를 들으면서 수필에 대한 애정이 봄날 아지랑이 피어나듯, 오월의 산야가 부지불식간에 신록으로 물들어 가듯, 나는 글의 매력 속으로 급속히 빠져들었다.

공부를 시작한 지 일 년 만에 '글'에 대한 기초는 터득한 양하면서 딴전을 피웠으니 스스로의 오만함에 몸 둘 바를 모를 지경이다. 시간이 지날수록 '글'은 그럭저럭 어렵지 않게 얻을 수 있다는 생각이 얼마나 어이없는 만용인지 깨닫게 되면서 부끄러움이 가슴을 쳤다. 스스로 교만했음을 고백하지 않을 수 없다. 세상을 밝히는 명문장들이 얼마나 많은 세월 동안 연마하고 고뇌한 산물인지 짐작조차 못했던 거다.

한 달에 두 번씩 참여하고 있는 '느티나무문우회' 합평회도 나에게는 아주 유익한 문학수업이다. 회원 십여 명이 격주로 갖는 이 합평회에서는 매번 두세 편의 수필 습작품을 가지고 진지한 비평과 토론이 이루어진다. 글을 보는 안목이 늘고 스스로에게도 채찍을 가하는 효과가 있다. 남의 글을 비평한다는 것이 조심스러울 뿐 아니라 어렵다. 직설적인 어법보다는 에둘러서 완곡하게 표현하려다 보니 쉽지 않다. 합평회를 통해서 많은 도움을 받고 있다.

문장의 요체는 역시 짜임새 있는 서사敍事와 탄성을 자아내게 할 만큼의 멋진 묘사라고 볼 때 문제의 본질은 바로 거기에 있다. 아름다운 글, 문학적인 향기가 있는 글을 쓰는 데는 문장력이 있어야 할 것이고 문장력은 무엇보다 풍부한 어휘력과 구성력이 있을 때 가능하다는 것은 너무도 자명한 이치다. 그런데 어휘는 무궁무진하다지만 내가 쓸 수 있는 어휘는 한계가 있다. 하기야 한 달에 책 한 권 제대로 소화하지도 못하면서 근사한 문장력을 구사하려 한다는 것은 과욕일 터.

글공부를 시작하고부터는 책을 읽으면서 멋진 표현, 무릎을 치게 하는 묘사는 따로 메모해 둔다. 좀 생소한 어휘는 사전을 뒤져 가면서 애를 써 보지만 역부족임을 절감할 뿐이다.

한글 고유어만이 아니라 한자어도 마찬가지다. 우리말은 수천 년 동안 변천해 오면서 한자문화의 영향을 받아 왔다. 한자는 우리 언어생활에서 피가 되었고 살을 이루고 있다. 한자 어휘를 떼어놓고는 문장을 쓰기가 어려운 것이 현실이다.

또한 우리말을 보다 효율적으로 또 경제적으로 사용하기 위해서도 한자가 반드시 필요하다. 물론 오늘날의 언어생활에 어울리지도 않는 고루하고 고답적인 한자어는 피해야겠지만 글의 의미를 보다 뚜렷이 부각시키고 예술성과 문학성을 살릴 수 있는 어휘는 적극 활용해야 한다고 생각한다.

'고희古稀'니 '입신入神' 또는 '쾌재快哉' '곤마困馬' 같은 한자어가 적재적소에 쓰임으로써 딱 어울리는 경우가 있다. 물론 순 우리말로도 짙은 문향을 풍길 수 있겠지만 '화룡점정畫龍點睛'의 기막힌 한자 어휘 하나가 그 글의 생명력을 살려내는 경우도 많다.

한자어에는 동음이의어도 많다. '연패連霸, 連敗, 역전驛前, 逆戰, 화재畫材, 火災, 공복空腹, 公僕'…. 이 낱말들은 일상생활에서 흔히 쓰는 말들이다. 그러나 한글로 쓰여 있다면 단숨에 알아챈다는 것이 그리 쉽지 않을 것이다. '연패' 같은 경우는 음은 같아도 의미는 정반대다. 한자의 기막힌 요술 아닌가. 물론 앞뒤 문장을 읽어 보면 이해는 하겠지만 작품 맛을 제대로 이해하고 음미하기 위해서는 어느 정도 한자 능력은 갖추어야 한다는 말이다. 한자를 알고 접하는 것과 모르고 대하는 것은 이해력에서 근본적인 차이가 있을 수밖에 없지 않겠는가.

열심히 수업을 받으면서 나 자신 조금씩 변화를 느끼기도 했다. 지난 학기에는 두 차례 습작품을 제출하여 교수의 감수와 비평을 받았다. 작품을 내기까지 수십 번 퇴고推敲를 했다. 마땅한 어휘가 떠오르지 않아 며칠씩 머리를 굴리기도 하고 문단을 앞으로 돌렸다

뒤로 미뤘다 수없이 짜깁기를 하기도 했다.

어떤 작품은 초고를 쓰고 수개월에 걸쳐 수정과 보완을 거듭했다. 내 딴에는 흡족한 뭔가를 느낄 때까지 잡고 늘어졌다. 그런 고심과 망설임 끝에 제출한 작품을 두고 지난해보다 많이 좋아졌다는 말씀에 마음 한구석에서는 자그마한 기쁨의 포말泡沫이 일었다.

갈수록 '글쓰기'에 대한 어려움과 한계를 느끼다가도 칭찬 한마디에 의욕과 희열이 스멀스멀 나를 달뜨게 한다. (2007)

나의 느티나무 이야기

 막 출판되어 나온 『느티나무』 동인지 창간호를 집어 들었다. 잉크 냄새가 코끝에 스치고 찡한 기분이 들면서 그간의 우여곡절이 언뜻 뇌리를 스쳤다. 비록 여럿이 힘을 모았다고는 해도 책을 펴낸다는 것이 어디 쉬운 일인가. 뿌듯한 마음으로 책을 가슴에 안았다.

 느티나무문우회가 창립된 지 이년 만인 2007년 오월, 동인지 발간에 시동을 걸려던 차에 제동이 걸려서 주저앉았던 기억이 새롭다. 문우들 간에 의견 차이도 있었지만 막상 수필집을 내야 한다는 압박감에 지레 겁을 먹었던 것도 같다. 아쉬움 속에 다시 두 해를 보냈고 이젠 좀 더 숙성되었다 싶었던지 문우들도 별다른 이의 없이 동인지 창간이 순조롭게 진행됐다.

 지난 오월 말경 원고가 모이고 몇 차례에 걸친 교정 작업에 열기가 더해졌다. 평소 직장 일 때문에 합평회에 제대로 얼굴을 내밀지 못하던 회원들까지 자리를 같이하니 즐거움도 보람도 배가 되는 분위기였다. 마지막 교정에 들어가서는 지도 선생님으로부터 받은 표지 그림과 제호가 찍힌 가假인쇄본이 눈앞에 놓였다. 목을 길게 빼고 넘겨다보던 문우들의 입에서 책이 인쇄되어 나온 듯 환호성이 터졌다.

책 머리글을 검토하면서 오간 수많은 설왕설래는 그만큼 첫 출산에 대한 기대가 크기 때문이라 하겠다. 저녁식사 자리에서까지 논의에 열을 올리다 보니 입으로 들어가는 밥술보다 튀어나오는 말의 성찬이 더 화려하기도 했다.

토의가 길어지면서 문장이 반 토막으로 잘렸다가 다시 살아나기도 하는 등 난항을 거듭했다. 거기서도 딱 떨어지는 '문장'이 나와 주질 않아서 다음 날 다시 검토하기로 할 만큼 난산이었다. 그런 글이야말로 모두가 동의할 수 있는 문장은 얻기 어렵다는 결론을 얻었다. 내심 그것이 정답이 아닐까 싶었다.

책이 나오는 날 아침, 급한 마음에 퇴계로에 있는 인쇄소로 찾아갔다. 인쇄소는 차가 드나들기에 불편할 만큼 허름한 골목길 깊숙한 곳에 자리잡고 있었다. 이미 깔끔하게 포장까지 돼서 날 기다리고 있던 책 뭉치를 보는 순간, 꿈에도 그리던 십년지기를 만난 듯했다. '어딜 갔다 이제 왔니, 어디 한번 보자꾸나' 하는 기분으로 책 묶음 하나를 풀었다.

『느티나무』가 산뜻한 모습으로 나에게 미소를 던졌다. 문우회를 만든 지 사년 만에 첫 결실을 본 셈이다. 마지막 교정을 볼 때까지도 내내 달뜨던 마음이 수필집을 대하는 순간 미쁨으로 변했다.

백 번째 합평회 날에 출판을 기념하는 자리를 마련했다. 들뜬 기분에 한 시간이나 먼저 나가서 준비한 현수막을 걸고 테이블 위에 화병도 챙기면서 설레는 기분을 자그시 눌렀다. 열네 명의 회원이 뜻을 모으고 열정을 다해 한 권의 책을 냈다는 사실이 꿈만 같았다. 비록 우리만의 조촐한 자축의 장이지만 수백 명 하객을 모신 여느 출판기념회장 못지않은 뿌듯함이 있었다.

사회자가 개회를 선언하고 신입회원을 소개한 데 이어 총무가 경과보고를 했다. 그 다음 회장 인사와 지도 선생님의 격려 말씀, 그리고 출판사 대표의 축사가 있고 나니 약간은 긴장된 듯했던 분위기가 한결 부드러워졌다. 꽃다발 증정에 케이크를 자르고 건배까지 하니 연방 웃음꽃이 터졌다. 과분한 칭찬에 쑥스러워 몸 둘 바를 몰라 하는 아이의 기분이 이럴까 싶었다.

나에게는 우리 문우회가 창간호를 낸다는 의미 외에 또 다른 숨겨진 의미가 있었다. 진작부터 이 책을 아내의 회갑 선물로 했으면 하는 생각에 아내에 관한 글도 한 편 끼워 넣었다. 책이 나오던 날이 마침 아내의 회갑일, 회갑연에 초대한 이들에게 한 권씩 선물하는 것도 의미가 있겠다 싶어 남몰래 별러 오던 터였다.

달포 전에는 책을 전해 주고 싶은 이들의 주소도 미리 챙겨 스티커도 출력해 두었다. 책만 덜렁 보내기보다는 인사장을 곁들이는 게 모양새가 좋겠다 싶어 문안도 써봤었다. 딸자식 시집보낼 때 신행길에 상객 달려 보내듯이.

"그간 어깨를 마주하며 글공부를 같이 했던 문우들과 함께 수필집을 냈습니다. 감히 여러분 앞에 내놓기가 좀 쑥스럽기도 합니다만 늦깎이의 자그마한 보람이란 생각으로 용기를 냈습니다. 고향마을 동구에는 우람한 느티나무가 아직 제자리를 지키고 있습니다. 저희 느티나무도 느긋한 휴식과 즐거움을 주는 쉼터가 될 수 있기를 바랍니다."

한 권 한 권 책갈피에 인사장을 끼우며 책을 받아 볼 지인들의 얼굴을 떠올려 봤다. 내 딴에는 정성을 다해 보냈는데 그들은 얼마나 반가운 선물로 여길까, 혹시라도 한두 페이지 들춰 보지도 않고 한 구석에 내팽개치지는 않을까, 별생각을 다 하면서 밤늦도록 봉투 작업을 했다. 보내고 나서 전화로 혹은 이메일로 '잘 받았다', '축하한다', '그런 활동을 하는 게 너무 부럽다' 느니 하는 인사가 여기저기서 날아왔다.

출판기념회를 마치고 나니 그간 긴장했던 심신에 나사가 풀렸는지 몸살기가 슬슬 신경을 건드렸다. 대개는 며칠 새에 슬그머니 사라지는 게 보통이었는데 이번에는 그게 아니다. 된통 걸린 듯했다.

"그렇게 바쁘게 돌아다니더니 몸이 무쇠라도 어디 견뎌 내겠수."

아내는 여러 날 기운을 차리지 못하는 나를 보면서 내심 못마땅한 모양이다. 출판기념회를 하던 무렵만 해도 이런저런 일로 좀 무리했던 것도 사실이다. 내 좋아서 하는 일이라지만 몸의 추는 경계선을 넘었나 보다. 열에 들떠 기운이 없고 콧물은 계속 휴지를 뽑아들게 하였지만 그래도 마음은 한결 가뿐했다.

직장에서 글을 쓰고 편집도 해 봤다고는 해도 이번 수필집만큼의 의미를 담아낼 수는 없다. 무슨 일이든 몰입해서 결실을 얻었을 때의 성취감, 그것은 무엇보다 값진 보람이고 살아가는 의미 그 자체가 아닐까 싶다. 분명히 『느티나무』는 제3의 인생을 꾸리고 있는 나에게 커다란 성취감을 안겨 주었다. (2009)

신문 중독증

아침마다 학수고대하던 임을 맞이하듯 신문이 반갑다. 신문지가 손끝에 전해 주는 촉감이 좋다. 이른 새벽에 신문을 배달하는 이의 수고로움에 대한 고마움도 잠시, '오늘의 톱뉴스는 뭘까' 하는 가벼운 궁금증을 다독이면서 펴 든다.

첫눈에 들어오는 굵직한 제목은 세상을 향한 호기심을 한껏 자극한다. 싱싱한 뉴스를 접하면서 하루를 연다는 건 분명 생활의 활력소가 된다. 한 면 한 면 펼칠 때마다 신문지가 내는 청량한 소리와 손끝에 감지되는 느낌이 신산하다. 신문은 바깥세상으로 통하는 관문인 셈이다.

나에게 신문은 하루도 굶을 수가 없는 밥이며 간식이기도 하다. 매일 반드시 봐야 한다는 생각이 골수에 박혀 있다. 세상 사람들에게는 하루만 지나도 '구문舊聞'이 되어 폐지 신세가 되지만 내게는 구문이란 없다. 시간에 쫓겨 제대로 보지 못한 날은 챙겨 두었다가 다음 날 아니면 며칠이 지나서라도 반드시 훑어본다. 며칠 여행이라도 다녀온 때는 밀린 신문을 처리(?)하느라 애를 먹으면서도 지면마다 내 시선이 한 번은 머물러야 직성이 풀린다.

미처 읽지 못한 신문더미를 몇 개월씩 쌓아 놓고 지낸 적도 있다. 특히 사설과 칼럼은 따로 찢어 두었다가 꼭 읽는다. 온통 세상사를 나의 시야에 담아야만 한다는 좀 엉뚱한 생각은 신문에 대한 집착일까, 아니면 중독이라고 해야 할지도 모르겠다.

한때는 신문 스크랩을 하느라 시간을 쏟아부은 적도 있었다. 그날 신문을 보고 나서 마음에 드는 칼럼이나 사설 한두 편은 반드시 가위질을 했다. 사회, 문화, 경제 등 분야별로 나눠 파일 정리를 했다. 그러나 십여 년 전부터는 '찜' 해 두고 싶은 기사를 보면 인터넷에서 검색해 컴퓨터 파일에 저장하는 방법으로 바꿨다.

그런데 최근에는 그마저 건수를 대폭 줄였다. 모아 두기만 했지 제대로 활용하지도 못하다 보니 그럴만한 가치가 있는 것인가 하는 회의가 들었기 때문이다. 그렇지만 신문을 보지 않고는 못 배기는 습관은 여전하다.

얼마 전, 내가 보는 신문에 창간 90돌을 기념해 발표한 독자수기가 실렸었다. 나의 신문에 대한 애정은 아무것도 아니었다. 부모 적부터 대를 이어서 봐왔다는 애독자는 보통이고 수십 년 동안 신문을 통째로 모았다거나 스크랩을 했다는 독자들의 집념과 열의는 아예 견줄 생각조차 말아야겠다 싶었다.

내가 신문에 빠지는 보다 큰 이유는 그 명쾌한 논리와 기가 막힌 설득력에 있다. 감명 깊은 칼럼을 읽고 나면 가슴이 다 얼얼하니 무엇에 취한 듯한 기분이 들기도 한다. 텔레비전이나 인터넷에서는 결코 맛볼 수 없는 묘미다.

신문 읽는 재미는 그것만이 아니다. 어느 문학작품보다도 멋지고 아름다운 문장의 매력, 미처 몰랐던 사실과 진실을 알게 되면서 느끼는 지적 만족감, 이해가 잘 안 되는 관심사에 대한 세세한 분석 기사를 통해 도움을 받았을 때의 즐거움 또한 크다.

'여왕의 마법, 그녀가 날아오를 때 관중의 심장은 멎었다.'

밴쿠버 동계올림픽에서 김연아 선수가 금메달을 목에 걸었을 때 내걸린 신문 기사 제목이다. 현장을 중계하는 방송에서는 결코 나오기 어려운 표현이다. 텔레비전 화면에서 볼 때의 그 감격과 흥분과 탄식은 그것대로 우리 망막에 깊은 인상을 남겼다. 화면이 감성을 지배하는 순간이라고 할 수 있겠다.

그러나 일단 감성의 시간이 지난 다음, 신문 기사는 보다 객관화된 내용으로 우리 이성을 자극했다. 사건 내용도 보다 구체적일 뿐 아니라 결정적 순간의 사진 한 장과 함께 실린 전문가의 해설과 논평은 다양하고 깊이가 있어 한 차원 높은 이해와 감동을 주었다. 그런가 하면 어느 저명인사의 논설보다 독자란에 실린 매끄럽고 설득력 있는 고교생의 글에 더 놀라기도 한다. 물론 불의와 비리를 고발하는 기사를 보면서 육두문자를 내뱉기도 하지만.

어느 전문가가 "신문이 고루고루 집어먹기 좋게 잘 차린 밥상이라면 텔레비전은 인스턴트 식품"이라고 했다. 신문과 텔레비전 뉴스를 명쾌하게 대비해 놓은 말이 아니겠는가. 그런데 갈수록 정보 교류의 장이 텔레비전만이 아니라 인터넷으로 옮겨 가다 보니 신문을 멀리하는 이들이 많은 것 같다. 특히 요즘 젊은이들은 신문도 인터넷으로 보면 된다는 생각인 듯하다. 최근에는 스마트폰 이용자가 폭발적으로 늘어나면서 그런 경향이 더욱 뚜렷하다.

그러나 종이신문과 인터넷 화면과는 확연히 다르다. 영상과 디지털 정보는 보고 나면 그대로 증발해 버리고 마는 '휘발성'인 데 반해 종이신문은 오랜 세월이 지나도 변치 않는 '기록물'이라는 절대적 가치가 있지 않을까. '활자'는 우리 머리로 하여금 '생각'을 하게 한다는 점을 결코 무시해서는 안 될 것이다.

그러나 갈수록 언론 매체들이 디지털화하는 추세다 보니 신문사마다 인터넷 신문을 겸영하면서 새로운 활로를 찾고 있다. 한 걸음 더 나가서 인터넷 상에서도 종이신문 형태로도 볼 수 있게 개발이 되었다니 종이신문에 대한 애착은 좀 덜어내야 할 것 같다. 신문을 펴 들었을 때의 아쉬움이라면 코끝에 스치는 특유의 잉크 냄새가 없어졌다는 점이다.

한때는 콩기름 냄새라 해서 자랑스레 내비치기도 하더니 언제부턴가 슬그머니 사라졌다. 그 잉크 냄새가 아련한 향수처럼 그립기도 하다. 향은 없어도 지면을 한 장씩 넘기는 맛과 차 한 잔의 여유가 나를 마냥 행복하게 만든다.

한편으로는 행복감에 젖어 있을 수만은 없는 세태인 것도 엄연한

설송을기리다

현실이다. 갈수록 언론의 중요성을 강조해야 하는 상황이니 시원하기보다는 답답증이 더해진다. 우리나라가 20-50클럽(소득 2만 불, 인구 5천만 명)에 들어섰다느니 선진국 문턱에 다다랐다고 큰소리를 치지만 아직 사회 곳곳에는 짙은 그늘이 끼어 있는 것도 사실이다.

날마다 흉악한 범죄는 끊이질 않고 비리와 탈법은 지면을 뒤덮는다. 종아리에서 피가 날 만큼 언론의 매서운 맛을 보여 주기를 바랄 뿐이다. (2010)

컴퓨터는 제2의 반려

　컴퓨터를 본격적으로 배우고자 작심한 것이 1995년이었다. 그해 팔월, 고향 충북에서 서울 모 지점으로 발령이 났다. 부임하자마자 지점장은 책임자들에게 컴퓨터로 작성한 문서가 아니면 결재하지 않겠다고 선언했다. 컴퓨터를 빨리 익히라고 에둘러 가하는 압력이었다. 그는 정년을 일 년 정도 앞둔 대선배지만 상당한 수준의 컴퓨터 실력을 갖추고 있어 디지털에 관한 한 신세대였던 셈이다. 당시만 해도 사십 대 중견 직원들은 아직 아날로그 시대에 머물러 있으면서 컴퓨터는 젊은이들 몫으로 여기던 터였다.

　짬나는 대로 사무실 한쪽에 있는 컴퓨터 앞에서 자판을 두드리며 단축키부터 익혔다. 그해 연말이 돼서야 내 집에도 PC를 들여놓았다. 대부분의 가정에는 이미 PC가 있었지만 우리 집엔 없었다. 대학생을 비롯해 학생이 셋이나 있는데도 컴퓨터가 필요 없다고 생각했던 거다. 내 딴에는 그것은 나중에 익히면 되는 '단순 기능'이란 생각에 젖어 있었다. 오히려 너무 일찍 접하면 아이들이 오락게임에 빠져 공부에 방해만 된다고 여겼다. 돌이켜보면 어처구니없는 생각이었지 싶지만 한편으론 일리가 없는 것도 아니었다. 컴퓨터 오락에 빠져 아예 중독 증상을 보이는 청소년이 많아 심각한 사회문제가 되는 현실을 볼 때 나의 걱정이 기우杞憂만은 아니었지 싶다.

어쨌든 PC를 들여놓고 주말이면 '컴퓨터교실'에도 쫓아다니면서 초보적인 기능을 익혔다. 인터넷보다는 워드를 먼저 익혀 문서 작성에 활용해야겠다는 의도가 더 컸다. 몇 해 전, 저장해 뒀던 디스켓을 정리하다 보니 동창회 모임을 알리는 문서며 사무소를 개설하면서 작성했던 업무추진계획서, 보고서, 홍보 문안 등 여러 자료가 나왔다. 그때는 사각형 디스켓이었는데 지금은 흔적조차 없어졌다. 요즈음에는 흔히 쓰던 CD조차 점점 용도가 줄어들 정도로 메모리 매체의 변화가 빠르다. 변화의 속도를 따라가기에 숨이 차다.

급격한 변화는 어느 분야에서나 어지러울 지경이었다. 직장 내에서도 일선 사무소까지 대부분 업무가 전산화되고 결재방식도 온라인화되면서 자연 인터넷에 대한 필요성은 더욱 커졌다.

그 무렵 인터넷 교육에 참여하면서 처음으로 이메일 주소도 가졌다. 이듬해에 교육원으로 자리를 옮기면서 인터넷과 더욱 친숙해졌고 자식들과도 이메일을 주고받았다. 대학생 아들이 "친구 아빠들 중에 우리 아빠만큼 컴퓨터 할 줄 아는 사람도 별로 없다"고 자랑스레 말했던 기억이 난다. 컴퓨터와 인터넷의 효용을 제대로 알고 참맛을 깨달아 갈 즈음 퇴직했다.

퇴직 후 실력이 많이 부족하다는 생각에 정보화교실을 찾아서 중급 수준의 컴퓨터 강의를 몇 개월 동안 들었다. 어깨너머로 실무만 익힌 터라 체계적인 깊이가 없었다. 그렇게 친숙해진 컴퓨터는 '백수' 생활이 농익어 갈수록 더욱더 내 생활의 반려가 되었다. 즐겁고 보람 있는 취미 그 자체가 되었다. 나아가서 취미 차원만이 아니라 이메일이나 인터넷 뱅킹을 이용함으로써 더욱 요긴한 생활의 이기利器가 되었다. 이제는 실용성보다 더 유익한 뇌 노화 예방이란 효용까지 덧붙여야 할 것이다.

인터넷에 가까워지면서 직장 동기나 학교 동창과 친교를 위한 카페를 만들어 운영하고 있다. 대문에는 "활발한 교류와 친목의 장으로 삼아 보다 적극적인 참여를 바란다"는 취지문까지 내걸었다. 지난해에는 문우들 모임에서도 인터넷 카페를 시작했는데 지금은 가장 활발한 친교의 장으로 활기가 넘친다. 그런가 하면 개인 홈페이지 격인 '블로그'도 개설했다. 비록 아무도 찾아 주지 않는 외딴섬 같은 공간이지만 나의 생각과 솜씨와 숨결이 녹아 있는 나만의 보금자리로 꾸미고 있다.

세상은 급격하게 변하고 있다. 이전 세대보다 삶의 환경이 좋아졌고 생활이 편리해졌다는 것을 누구도 부인하지 못할 것이다. 바로 그 저변에 디지털 문화가 깔려 있다. 그런 만큼 요즘 컴퓨터 없는 생활을 상상할 수 있을까. 우리는 컴퓨터가 언제 누구에 의해 발명되고 발전해 왔는지 알 필요도 없이 필수품으로 사용하고 있다. 나 역시 이것을 통해 음악을 듣고 사진을 편집하고 정보를 찾고 글을 쓴다. CD를 굽기도 하고 지인들과 소식을 주고받는가 하면 책도 주문하고 영화도 예매한다. 이역만리 떨어진 손자 녀석의 뛰노는 모습과 웃음소리까지도 보고 듣는다. 그때 그 지점장 선배가 내심 거슬리기도 했지만 컴퓨터를 익힐 수 있는 계기를 만들어 주었다는 점은 인정해야겠다.

컴퓨터 앞에 앉아 있는 시간이 길어지다 보니 "컴퓨터에 너무 빠져 있는 것 아니냐"는 아내의 지청구를 들을 때도 있다. 사실 어느 때는 너무 많은 시간을 빼앗기는 것 같아 자제하려 애쓰기도 한다. 하지만 동년배 지인들 중에는 컴퓨터와 아예 담을 쌓고 지내는 이들이 적잖다. 좀 한다 해도 겨우 낯가림을 면할 정도라서 괜히 안타깝게 느낄 때도 있다. 그러나 문득 "내가 왜 그들을 '안타까워' 하는 걸까" 하는 생각이 들기도 한다. 과연 내가 그들보다 앞서가는 삶을 사는 것이라고 할 수 있을까. 결코 그건 아닐 것이다. 오히려 그들이 더 유유자적 여유를 즐기는 참 생활인일지도 모르겠다.

요즘 들어 급변하는 세태에 대한 반작용인지 '느리게 살기' 라는 화두가 부쩍 눈길을 끈다. 아예 문명의 이기를 등지거나 산천초목을 벗 삼아 자연 속에 묻히는 이들도 적지 않다. 세상의 변화에 눈치껏 따르는 것이 현명한 건지, 적당히 아둔한 삶이 좋은 건지 좀 헷갈리기도 한다. 다만 나의 내면을 성찰하고 미래를 조명해 보는 지혜는 간직해야겠다. 나는 결코 컴퓨터에게 제2의 반려자 자리를 내놓으라고 하지는 않을 작정이다. (2008)

창공을 향해 속소리를 뽑아

"속소리로 하되 끈적끈적하게 해야 맛이 납니다."

일 년 가까이 노래 공부를 하면서 늘 듣는 소리다. 도대체 '속소리'는 어떤 소리며 어떻게 해야 끈적끈적한 느낌이 나는 건지. 한숨 짓는 소리로 하되 끙끙거리는 기분으로 하라고 한다. 노래 선생의 설명을 듣다 보면 알 것도 같으면서도 어렵다. 도무지 감각이 따라오질 않는다.

나이가 들면서 의욕도 줄어들고 만사가 귀찮아지는 것을 당연하게 여긴다. 그런 무기력에 빠지지 말고 뭔가 삶의 활력을 찾아보자는 뜻에서 노래 공부를 시작했다. 고교 동기생 여섯 명이 의기투합해서 개인 지도를 해 주는 노래교실을 찾았다. 사십여 년 만에 제대로 된 음악 수업을 받는다는 데에 약간의 떨림과 감흥이 없을 수 없다.

매주 한 차례씩 받는 수업은 신곡 위주로 지도해 준다. 수업에 들기 전에는 지난 시간에 건네 준 악보를 가지고 인터넷에서 검색한 노래를 들으며 예습을 한다. 수업은 먼저 가수의 노래를 몇 번 듣고 나서 선생의 선창에 따라 한 소절씩 부른다. 지난주에 배운 노래는 최석준의 '꽃을 든 남자'다. 몇 번 반복한 다음에는 개인별로 마이크를 잡고 부르게 한다.

　　외로운 가슴에 꽃씨를 뿌려요 사랑이 싹틀 수 있게
　　새벽에 맺힌 이슬이 꽃잎에 내릴 때부터 온통 나를 사로잡네요.

　목구멍을 최대한 벌리고 발음은 스타카토로 또박또박 분명하게 하란다. 그러면서도 속소리로 해야 한다. 한 자 한 자에 감정을 코팅해서 내보내라니 참으로 미묘하다. 아랫배로부터 소리를 끌어올려서 입으로 내보내지 말고 뒷목을 통해 뒤통수와 머리 위로 뿜어 올린 다음 눈과 귀를 통해 소리가 터져 나가도록 해야 한다고 강조한다.
　노랫말의 의미를 몸속에서 태워 연기로 내보내야 한다. 이어지는 소절이 이 노래의 절정이다. 여기서의 고음 처리 역시 배에서부터 잡아 올려서 숨넘어가듯이 소리를 들어 올려야 한다. 얼굴의 모든 세포를 열고 부풀려서 정수리로 내뿜어야 한다. 그래야 제 맛이 난다는 것이다.

　　나는야 꽃잎 되어 그대 가슴에 영원히 날고 싶어라
　　사랑에 취해 향기에 취해 그대에게 빠져 버린 나는 나는 꽃을 든 남자.

배에 힘을 주면서 나오지 않으려는 소리를 억지로 끄집어내려니 힘을 빼라는 목에는 오히려 힘이 들어가고 이마에는 힘줄이 돋으면서 현기증이 날 지경이 된다.

매주 한 곡씩 배우다 보니 벌써 오십여 곡에 이른다. 그 노래들을 컴퓨터에 저장해 두고 틈틈이 듣기도 하고 CD에 담아 나들이할 때면 차에서 으레 그 노래만 듣는다. 아내는 "그렇게 듣는데도 그거 하나 외우지도 못하고 그 모양이냐"고 타박이다.

내 딴에는 노력할 만큼 한다 싶은데 실력은 노상 그 시늉이다. 그중에는 썩 마음에 들어서 '나의 애창곡' 반열에 올려놓은 곡도 있고, 그렇지 못한 것은 별도 파일에 꽂혀 골방 신세를 면치 못하는 놈도 있다.

오늘도 교실을 나서면서 선생이 강조하는 '속소리'와 그 소리를 '눈과 귀'로 창공을 향해 내뿜으라는 말의 의미를 되새겨 본다. 유리창에 입김을 내뿜을 때처럼 소리를 밀어내야 한다. 그것이 속소리의 요령이다. 두 발을 굳게 딛고 위에서는 잡아 올리는데 아래서는 안 올라가려는 기분으로, 다시 말하면 뒷말들이 앞말을 밀어내듯이 해야 한다. 배에 힘을 주고 풍선을 불듯이, 복더위에 개가 헐떡거리듯이.

"목소리가 잡히긴 했는데 파워풀하지 못해요. 그리고 앞부분에서는 소리가 수면 아래 있다가 물 위로 살짝 올라오듯이 가볍게 해야 합니다."

도대체 어떻게 해야 수면 위로 가볍게 올라오는 것인지 답답해서

선승을 기리다

한계를 느끼기도 한다. 그런가 하면 "조금만 더 연습하시면 십팔번 곡으로 하셔도 되겠다"는 촌평을 들을 때는 은연중 기분이 가벼워진다.

원래 제대로 된 발성을 위해서는 복식호흡과 목에 힘 빼기가 중요하다. 우선 목을 편안한 상태로 만들어야 한다. 몸 여러 곳에 있는 공명강共鳴腔을 발달시키기 위해서는 공기를 주입해야 하고 그러기 위해서는 복식호흡이 필수다. 복식호흡을 해야 성대에 무리 없이 큰 압력으로 공기를 비강鼻腔 쪽으로 공급해 줄 수 있다. 공기가 없으면 피리를 불 수 없는 것과 같은 이치다. 호흡이 제대로 안 되면 좋은 소리를 낼 수 없다.

노래를 잘 부른다는 것은 얼마만큼 노력을 기울이느냐에 따라 차이가 있다. 그 첫 걸음은 악보와 가사를 외우는 것이다. 모 방송국에서 자칭 '국민프로'라고 자랑하는 '도전 1000곡' 프로는 볼 때마다 출연자들의 노력과 열정에 탄복하곤 한다. 더군다나 '왕중왕'에 이어 '황제'에 오르는 도전자들을 보면 존경심마저 든다. 아직도 가사를 제대로 외는 곡이 한 곡도 없으니 감탄할 수밖에 없다. '이 나이에 내 좋아하는 것 즐기면 그게 최고 아니겠는가' 하는 기분으로 만면에 웃음을 짓는다.

태초로부터 사람 사이에는 의사소통의 수단으로 '말'을 사용하면서 '말소리'의 고저장단이 그 방법으로 활용됐을 것이다. 그 연장선상에서 노랫가락이 자연히 흘러나오지 않았겠나.

가락에 흥과 멋이 곁들여지는 건 봄이 짙어지면 녹음이 우거지듯 정한 이치이고, 그 가락이 민요가 되고 판소리가 되고 오늘날 대중가요로도 발전해 왔다고 해도 크게 틀린 말은 아닐 것이다.

예술의 목적이 사람에게 감동과 쾌락을 주는 것이라면 대중가요가 어느 예술 분야보다도 그 공이 크다. 흔히 유행가라 부르는 이 대중가요 속에는 우리네 삶의 희로애락이 그대로 녹아 있다.

나는 오늘도 유행가와 더불어 하루를 엮는다. (2007)

그냥 흥얼거리는 게 즐거워

　강동아트센터에서 열린 '전국노래자랑'을 구경했다. 시작까지는 두 시간이나 남았는데도 토요일이라서 그런지 로비에는 이미 수백 명이 목을 길게 빼고 입장을 기다리고 있었다. 발목이 뻣뻣해지고 무릎이 신호를 보낼 때쯤 해서 공연장에 들어섰다. 칠백 석에 가까운 공연장은 빈자리 하나 없이 꽉 들어찼고 장내는 약간의 흥분과 기대감에 술렁거렸다.

　드디어 귀에 익은 실로폰 소리가 울리고 '국민오빠' 송해가 등장했다. 그는 아흔을 코앞에 두고 있음에도 오륙십 대 장년 못지않은 당당한 모습이다. 관중석에서 우레와 같은 박수와 함성이 터졌다.

　"전국~ 노래자랑~"

　이월 중순, 그날따라 찌푸린 하늘에서는 눈발이 흩날렸다. 미처 입장하지 못한 삼백여 명의 관객은 밖에 임시로 마련한 스크린을 보고 있다는 사회자의 코멘트가 있었다. 안쓰럽다는 마음과 이 프로가 대단하다는 생각이 교차했다.

드디어 첫 초대가수 오승근이 등장했다. 요즘 중장년층에서 폭발적인 인기를 끌고 있는 '내 나이가 어때서'를 불렀다. 현장에서 듣는 그만의 꺾고 뒤집고 흔드는 창법은 한결 매력적이다. 따라 부르는 관중의 노랫소리가 귀청을 파고들면서 달뜨게 했다. 장내는 그야말로 펄펄 끓는 가마솥의 열기로 가득 찼다. 출연자들이 나설 때마다 여기저기에는 현수막이 펄럭였다. 연신 터져 나오는 함성 속에 웃음꽃이 만발했다. 우렁찬 박수소리와 관중의 추임새가 한결 흥을 돋웠다. 우리 삶의 고뇌도, 슬픔도 다 날려 버릴 듯한 분위기였다.

본선이 있기 이틀 전, 노래자랑에 나갈 출연자들을 가리는 예심이 있다는 소식을 들었다. 외출에서 돌아오는 길에 호기심이 발동해 그냥 지나칠 수가 없었다. 좀 늦은 시간에 강동구민회관에 도착해 보니 육백 명을 수용한다는 강당은 이미 초만원이라 입구에서부터 입장을 막을 정도였다. 나 같은 구경꾼은 발 디딜 틈도 없이 강당은 예심 신청자만으로 가득 찬 셈이다. 노래를 즐기는 사람들이 이렇게 많은가 싶어 놀라웠다. 하기야 텔레비전 채널마다 음악 프로가 넘쳐나고 골목마다 늘어선 노래방이 '노래 공화국'임을 말해 주지 않는가.

보통 대중가요 한 곡을 부르는 데 삼 분에서 사 분 정도 걸린다. 그날 대부분의 출연자들은 두세 소절 부르는 것으로 끝이다. 채 일 분도 되지 않았다. 그렇게 일 분씩만 잡아도 육백 명이면 열 시간이 걸리는 셈이다. 오후 한 시에 시작한 예심은 그날 자정이 다 되어서야 끝났다는 후문이다.

"안녕하세요. 노래를 좋아하는 암사동의 김갑순입니다."

"트로트에 죽고 사는 강동의 가수 박돌쇠입니다."

"몸짱, 얼짱, 노래짱 이명자입니다."

저마다 끼가 넘치는 자기소개에 이어 몇 마디 부르면 대개는 결론이 났다. 심사위원이 "수고하셨습니다" 하면 불합격이고 "합격" 하면서 종이쪽지를 내밀면 1차 관문을 통과한 것이다. 그러나 그것으로 최종 합격이 아니고 2차 심사를 거쳐야 본무대에 오를 수 있다.

그렇게 바늘구멍 같은 관문을 통과한 열다섯 명의 노래꾼들이 무대에 서고 있다. 그들은 본선 무대를 밟는 것만으로도 무척 자랑스러운 듯 보였다. 나 역시 흥겨움에 박수를 치며 흥얼거리기도 했다. 한껏 멋을 낸 출연자들의 솜씨를 바라보면서 노래 공부에 푹 빠졌던 때를 떠올렸다.

근 팔 년 전에 친구 몇 명과 소일 삼아 배운 '노래'가 이즈음엔 가장 즐기는 취미 중 하나가 되었다. 어디서든 기회가 있으면 서슴없이 마이크를 잡는다. 실상 별 실력도 없으면서 이런 소리를 하면 오만하다는 핀잔을 들을지도 모르겠다. 그러나 솜씨는 보잘것없어도 노래를 부르는 자체에서 즐거움을 찾는다면 그게 진정한 노래꾼이 아닐까.

몇 년 전, 모교인 보은삼산초등학교 개교 백 주년 기념행사의 하나로 '동문노래자랑'이 있었다. 행사가 있기 달포 전쯤에 고향의 동기회장으로부터 연락이 왔다.

"친구야, 서울 동기들 중에 노래자랑에 나갈 사람 없겠나?"

"그래? 글쎄…, 내가 나가면 안 될까?"

그렇게 해서 오백여 명의 동문과 주민들이 함께한 모교 운동장에서 벌어진 노래자랑 무대에 섰다. 평소 즐겨 부르던 나훈아의 '고장 난 벽시계'를 불렀다. 막상 큰 무대에 오르고 보니 어찌나 떨리던지. 무슨 용기로 섰는지, 지금 생각해 봐도 얼떨떨하다.

잠시 회상에 잠겼다가 무대를 바라보니 삼십 초반의 젊은 여성이 낭랑한 목소리로 간드러지게 불러 젖힌다. 이어서 칠십 대 노신사가 힘차게 부른다. 그 어르신도 어지간히 노래를 좋아하는 눈치다.

요즘 '신 노년시대'라는 말과 함께 건강한 삶을 즐기라는 차원에서 '건강 십훈'이니 하는 가르침이 떠돈다. '골고루 먹어라', '많이 걸어라', '친구를 많이 사귀라'는 둥 말이 많지만 그중에서 눈에 띄는 것이 있다. 바로 '즐겁게 노래 부르기'다.

나는 어쩌다 주변 사람들과 어울려 노래방에 가기도 하지만 혼자서 들르기도 한다. 노래 삼매에 빠져 있다 보면 한 시간 정도는 금방 지나간다. 가끔은 집에서도 인터넷 노래방을 열어 노래에 취할 때도 있다. 즐겨 부르는 십여 곡의 노래를 입력한다. 감미로운 또는 경쾌한 전주곡이 흐른다. 전국노래자랑 무대에라도 오른 듯 일어서서 마이크를 잡고 아랫배에 힘을 준다. 내 서재는 청중 없는 단독 공연무대가 된다. 한껏 감정을 실어서 내지르는 고음은 나를 저 하늘로 띄워 올린다. 뿌듯한 감성이 나를 휘감는다. 그 시간만은 흐뭇한 기분에 젖어들면서 마냥 즐거운 걸 어쩌랴. (2014)

수석, 그 아름다움에 대하여

삼십여 년 전, 한때 수석壽石 취미에 푹 빠졌던 적이 있다. 수석 열풍이 전국의 돌밭을 들쑤셨었다. 일요일이면 동호인들과 아예 관광버스를 전세 내서 탐석探石을 다녔다.

수석을 취미로 삼는다는 건 돌의 질과 색상과 모양새를 감별하고 그 맛을 감상하면서 즐기는 것이다. 강변이나 해변, 혹은 어느 산간이라도 오랜 세월 풍화되고 마모돼서 미감美感을 느낄 수 있는 돌이 있다면 그곳이 곧 수석 산지다. 수석에 한참 열을 올리던 시절, 유명한 산지가 몇 군데 있었다.

애석가들이 좋아하기로는 오석烏石이 제일이다. 검은 색깔에 단단하면서도 독특한 질감과 부드러움까지 안겨오는 오석은 그 크기와 모양에도 불구하고 싹쓸이할 정도로 인기가 높았다. 그 오석이 남한강 줄기 따라 많이 분포돼 있었다. 여주, 충주, 문막, 단양 등지를 따라서 강변을 헤맸다. 특히 상류인 단양 인근은 오석의 보고였다. 배낭을 짊어지고 햇볕 내리쬐는 돌밭을 헤매는 몰골은 영락없는 몽유병자라고 해도 나무랄 수가 없었다. 보물찾기라도 하는 듯한 그 시간만큼은 아예 무아지경이었다. 한나절이 한순간에 지나갔다. 그러다가 그럴싸한 돌이라도 한 점 건지는 때는 '심봤다' 느니 '한건 했다'는 함성이 들녘에 울려 퍼지곤 했다.

수석은 좌대나 수반 위에 올려놓고 감상하므로 너무 크지도 작지도 않은 것이 좋다. 손바닥에 올려놓고 희롱할 정도로 작은 것은 그것대로 '소품'이라 해서 즐기는 이도 있지만 어디까지나 예외적이다.

수석은 생긴 모양에 따라 산수경석山水景石이나 물형석物形石 또는 추상석抽象石 등으로 나눈다. 이도 저도 아니면서 석질과 때깔이 좋아서 가까이하고 싶은 돌에는 애무석愛撫石이란 이름을 붙여 준다.

자연 현상을 끌어다가 돌 위에 그려 보는 산수경석은 그 형상이 천태만상이다. 아득한 지평선 끝으로 어렴풋이 산야가 시야에 들어오는 평원석이 있는가 하면, 계곡 아래로 폭포수가 내리꽂히면서 청아한 물소리가 귓가에 맴도는 폭포석도 있다.

물형석은 그보다 더 다양하다. 세상의 온갖 물체를 형상화해서 즐긴다. 심지어는 여성이나 남성의 심벌을 닮은 놈을 점잖게 진열해 놓고는 속으로 희희낙락하기도 한다. 그러나 그런 빼어난 산수경석이나 물형석은 그리 쉽게 손에 들어오지는 않는다. 추상석이나 애무석으로 만족하는 경우가 더 많다.

추상화를 보면서 자기 나름대로 해석하고 즐기듯이 추상석도 마찬

섬숭을 기리다

가지다. 애무석 역시 가까이 두고 감상하는 맛이 일품이다. 돌에 따라서 새초롬한 십대 소녀의 암팡진 냉기가 흐르기도 하고 푸근한 중년 여인의 품 같은 걸 느끼게도 한다. 시선 끝에 감겨오는 은근한 돌맛과 어루만질 때 손끝에 전해져 오는 감촉에는 미묘한 차이가 있다.

　내게는 선뜻 내놓을 만한 산수경석은 없지만 물형석 두 점과 애무석이 한 점 있다. 물개석과 초가석 그리고 제법 큼직한 사각형의 애무석이 그것이다. 물개석은 진갈색 피부에 엉덩이와 몸통에 볼륨감이 있는 데다가 고개를 약간 처들고 있는 형상이 영락없는 물개다. 단양 언저리에서 잡아온 이 물개는 몸길이가 삼십 센티미터가 약간 넘는다. 피부가 어찌나 매끄럽고 탄력이 있는지 좌대에 점잖게 올라앉아 있는 자태는 볼수록 의젓하다. 금방 물속에서 올라와 호기롭게 고개를 치켜든 자세다. 거기에 까만 눈이 있어 생동감을 더해준다. 조지훈이 수필 「돌의 미학」에서 '돌에도 피가 돈다'고 했던 말이 이놈을 두고 한 말인 듯하다.

　또 하나 초가석은 지붕 위에서 내려다본 크기는 가로가 한 뼘이 조금 안 되고 세로는 반 뼘이 좀 넘는다. 지리산 근처 강변을 거닐다가 우연히 발견한 횡재다. 그 놈을 들어올리는 순간 숨이 멎는 듯 짜릿한 전율을 느꼈다. 초가집 형상을 그대로 빼닮은 이 돌은 표면이 약간 오톨도톨하고 무광택의 회검은색이며 세월의 때가 은은하게 묻어난다. 아담한 토담 벽에 자그마한 창을 내고 겨우 엉덩이를 걸칠 만한 툇마루까지 낸 좌대 위에 앉혀 놓으니 아무리 들여다봐도 깊은 산골 초가집이 아닌가. 이십 수년이 넘도록 나는 그 초가집

골방을 떠난 적이 없다.

애무석은 젊은 여인 엉덩짝만 한 크기로 단양의 정통 오석이다. 전체 모양은 네모꼴이지만 수많은 세월 강물과 모래에 쓸리고 바람에 씻기면서 빚어진 어깨선의 굴곡이 일품이다. 그 수석을 강변에서 배낭에 짊어지고 나올 때는 꼭 마음에 두고 있던 여인을 보쌈해 오는 기분이었다. 모서리 굴곡이 앳된 여인의 목덜미 따라 흐르는 곡선미를 닮았고 살결은 정인情人의 가슴보다도 더 보드랍다. 피가 흐르고 맥박이 뛸 것만 같다. 어깨선을 따라 어루만지다 보면 좋은 사람을 보듬고 어느 호젓한 강변을 거니는 환상에 빠지기도 한다.

그런 재미로 수석을 가까이하다가 된통 혼난 적이 있었다. 열세 평짜리 아파트에 살 때다. 직장에서 수석 전시회를 한다면서 한 점씩 출품하라는 권유를 받았다. 어느 녀석을 출전시킬까 가늠하다가 표면이 꺼칠꺼칠하고 초콜릿 피부색을 한 녀석을 찍었다. 이십 킬로그램은 실히 될 만큼 제법 무거운 놈이었다.

살갗에 때가 많이 낀 게 영 마뜩찮아서 뜨거운 물에 목욕 한번 시킬 작정으로 양동이에 세제를 풀고 이 녀석을 집어넣고 펄펄 끓였다. 비좁은 주방보다 화장실에 가서 닦아야겠다는 생각으로 양동이째 옮기려고 몇 발짝 내딛는 순간 손잡이가 떨어지면서 뜨거운 물이 나를 덮쳤다. 하체에 크게 화상을 입었다. 십여 일간 병원 신세를 졌다. 직장에서는 오랫동안 "돌 삶다가 화상을 입었다"는 소문이 자자했었다.

그때를 전후해서 삼사 년은 탐석 다니랴, 좌대 깎으랴, 온통 수석에 빠졌었다. 그러나 여기저기 댐이 건설되면서 유명 수석 산지가 수몰되고 차차 수석 열풍도 잦아들었다. 특히 충주댐이 생기면서 즐겨 찾던 단양지역이 수몰된 것이 결정타가 되었다. 그 후로 탐석의 발길은 멈추었지만 돌밭을 향한 향수는 여전했고 수석에 어린 아름다움을 탐하는 마음은 지금도 변치 않고 있다.

돌 또한 변함이 없다. 돌이 연출해 내는 표정이 시선을 사로잡는다. 거기에는 푸근한 고향의 향수가 있고 따뜻한 정인의 손길이 있고 고단할 때 들려주는 친구의 위로가 있다. 그리고 무구無垢한 세월의 흔적은 은근과 끈기의 교훈을 일러주기도 한다. 수석은 언제나 그 자리에 있으면서 변함없이 나를 반긴다. (2009)

생활 속에 꽃이 없다면

　어느 집이나 화분 한두 개쯤은 있을 것이다. 우리 집에도 십여 개의 화분이 있다. 그런데 그 이름을 제대로 아는 것은 없다. 대충 이건 선인장 종류이고 저건 서양란이라는 정도다.

　'화분은 게으른 사람이 잘 기른다'는 말이 있을 만큼 너무 부지런을 떨다 보면 오히려 죽이기 십상이다. 그저 봄이면 분갈이나 해 주고 추워지면 집안으로 들여놓는 수준이니 훌륭한 작품을 만든다는 것은 아예 내 능력 밖의 일이다. 있는 그 자체로서 즐길 뿐이다.

　요즘은 가정용 화초가 거의 외국종에, 열대성식물이다. 일 년 내내 한데서 기르는 것보다 겨울이면 집안으로 들여놓아야 하는 화훼류가 많다. 식물도 신토불이 원리에서 벗어날 수 없는 법인데 사람들이 자기 욕심만으로 열대식물을 온대지방에 옮겨와 정착시키다 보니 식물은 자연 계절을 잊을 수밖에 없을 것이다. 인간이 저지르는 '식물 학대'라고 한다면 지나친 말일까. 우리 집에 있는 것들도 거의 다 외래종이다. 그렇지만 그들의 화려함을 외면할 수는 없는 것 또한 현실이다.

각별히 아끼는 화분이 세 개 있다. 입술꽃과 풍란은 친구들에게서 받은 선물이고 시클라멘은 우연한 기회에 인연을 맺은 것이다. 입술꽃은 농대에 있는 친구가 준 선물이다. 연구실에서 꺾꽂이를 해서 기른 것이라고 했다. 처음 얻어 올 때는 겨우 이파리 몇 장 붙은 채로 키가 한 뼘도 안 될 정도였는데 세월이 흐르다 보니 가지도 뻗고 제법 소담해졌다. 키가 크면서 가지가 휘청 늘어져 철사로 버팀대를 꽂아 주었다.

그런데 지난겨울에 소중하게 가꾼 이놈을 죽이는 줄 알았다. 일정 온도까지 저온 과정을 지나야 꽃눈이 생긴다는 농학박사 친구의 말이 떠올라 아파트 베란다 쪽 창가에 바짝 붙여 놨었다. 며칠 지난 후 저녁에 들어오니 아내가 "그렇게 요란을 떨더니 멀쩡한 화분 얼려 죽일 뻔했다"는 것이 아닌가. 거실 안쪽으로 들여다 놓은 화분을 보니 이파리가 축 늘어진 게 영락없이 죽은 것 같았다. 몇 년 잘 키웠는데 못내 아깝게 되었구나 싶어 아쉬움이 컸다. 다행히 이튿날 아침에 보니 기력을 차린 잎들이 제자리에 돌아와 있다. 잃어버린 귀물을 찾은 듯 무척 반가웠다.

이름에 '꽃' 자가 붙어 있는 걸로 봐서 분명히 꽃은 피는가 본데 언제쯤 어떻게 해 줘야 꽃을 피우는 건지 모르겠다. 원래 식물은 저마다 특성이 있어서 일정 기간 온도를 낮춰 줘야 '꽃눈'이 생기는 것도 있고 햇볕을 많이 받거나 반대로 적어야 꽃이 피는 종류도 있다.

그러니까 가정에서도 꽃을 제대로 피우려면 뭘 좀 알아야 하는데 그게 또한 그렇게 쉽지만은 않다. 설령 안다손 치더라도 아파트에서는 그 식물이 원하는 조건, 이를테면 적당한 온도와 습도와 일조량을 맞추어 준다는 것이 말처럼 쉽지 않다. 아니 어렵다기보다 불가능하다고 봐야 한다. 그러므로 그냥 잎이나마 활짝 피어 있는 모양새가 좋아서 열심히 돌보고 있다.

또 하나 애지중지하는 것은 지난가을 고향 친구에게서 얻은 '풍란'이다. 이것도 친구가 농업기술원에 근무하면서 인공 배양해 기른 것이어서 남다른 의미가 있다. 원래 산속 물가의 늙은 나무나 바닷가 암벽에 붙어살던 늘푸른 다년생으로 바람이 잘 통하는 곳을 좋아한다고 해서 풍란이라는 이름이 붙었다.

풍란은 육칠월경에 꽃이 핀다. 꽃향은 주로 빛이 없는 밤이나 흐린 날 진하게 풍기는데 달콤한 향이 코끝을 떠날 줄 모른다고 해서 더 유명한 난이다. 잎무늬와 모양새도 아름답거니와 겉으로 알몸을 드러내 놓고 각선미를 자랑하는 뽀얀 뿌리는 얼마나 풍만한지. 뿌리 끝에 달린 생장점의 영롱함은 풍란의 또 다른 매력이다.

풍란은 역시 그 의젓한 기품氣稟으로 해서 한층 더 대접을 받는다. 이파리도 품위가 있지만 화분이 청자라서 더욱 격조가 높다. 육칠월에 핀다는 꽃이 집안에 가둬 놔서 그런지 이월 초부터 꽃대를 내밀기 시작하더니 삼월에는 활짝 피었다. 앙증맞은 갓난아기 조막손 같기도 하고 막 깨어나 날기 시작한 노랑나비 같기도 한 게 가까이 볼수록 깜찍하다.

어느 난이든 그 꽃의 고고함은 서릿발 같은 춘향의 절개를 연상케 한다. 그런데 코끝에 스치는 향기는 제철이 아니라 그런지 그리 향긋하지 않다. 꽃이 그 자태의 아름다움과 함께 마음을 앗아갈 정도의 향기까지 겸비했다면 더 바랄 게 없겠지만 한편으론 과욕이란 생각도 든다.

봄이 한창일 즈음 꽃시장에 가봐야겠다는 생각이 맴돌았다. 시클라멘 때문이란 걸 알아챘다. 어느 여성 문우의 수필에서, 외국 생활 중에 겪은 시클라멘에 대한 추억을 회고하며 이십여 년이 지난 다음에야 그 꿈을 이루었다는 삶의 이야기가 참 좋았다. 며칠 전에 양재동 화훼시장까지 나가서 그 꽃을 색깔별로 세 개 사들고 왔다. 집에 있는 빈 도자기 화분에다 분갈이까지 하니 한결 돋보였다.

이른 봄부터 여름까지 피어 있다는 시클라멘 꽃의 향연은 무딘 가슴을 설레게 할 만큼 단연 압권이다. 시클라멘의 꽃말이 '겸손', '수줍음'이라는데 오히려 보는 이를 수줍게 했다. 자태가 너무도 아름다워 그 앞에만 서면 얼굴을 들기가 곤혹스러운 미인과도 같다. 까치발로 사뿐히 원무圓舞를 도는 날렵한 발레리나 같다고 해야 할까. 화사함이 이만한 꽃이 또 있을까 싶을 만큼 이 꽃의 유혹에 빠져 버렸다. 이 미녀 발레리나를 가까이하는 것이 내겐 요즘 또 하나의 활력소가 되고 있다.

이 지상의 모든 것은 그 존재 의미가 있다. 우리 생활 속에 들어와 있는 화초는 그 의미가 더욱 크다. 그들이 아름다운 꽃을 피우는 것은 나름의 치열한 생존 전략일 것이다. 사람들은 그 전략 위에서 오늘을 즐기고 내일의 삶의 틀을 엮어 나간다.

꽃은 시각은 물론 후각을 통해서도 우리 삶을 한결 밝고 또 넉넉하게 해 준다. 만일 우리 생활 속에 꽃이 없다면… 인간에게서 희노애락의 감정을 빼앗아 버리는 것과 같지 않을까. (2008)

탁구야 놀자

오랜만에 만난 후배가 술잔을 건네며 물었다.

"선배님, 요즘 뭘로 소일하십니까?"

소일거리야 많지만 요즘에는 탁구를 제일 즐긴다는 말에 후배는 반색을 했다. 자기도 탁구 좀 친다면서 언제 시합 한번 해 보잔다. 그날 동문회 자리는 탁구가 화제의 중심에 있어 한결 더 즐거웠다.

직장을 퇴직하고 나서 건강도 챙기면서 즐길 수 있는 것이 뭘까 궁리하다가 탁구를 떠올렸다. 직장에서도 간간이 라켓을 잡아 본 적이 있어 그렇게 낯설진 않았다.

본격적으로 탁구를 배우고 즐긴 지 십 년째다. 암사동으로 이사한 후 더욱 탁구에 빠져 지낸다. 일주일에 세 번 동사무소 탁구교실에 나간다. 이십여 명의 남녀 회원들과 어울리는 맛에 중독이 되었다. 요즘 어디를 가든 운동이나 취미생활 이야기가 나오면 나는 으레 탁구 예찬론자가 되었다.

탁구공은 지름이 40밀리미터에 무게라야 2.7그램밖에 나가지 않는다. 아마 구기 종목 중에서 가장 작지 않을까. 골프공이 작다고 해도 탁구공보다는 좀 크고 무게도 45.5그램으로 열여섯 배가 넘는다. 사실 노년에 들면서 탁구만큼 안성맞춤인 운동이 없다는 생각이다.

탁구가 좋다는 점을 여러 모로 꼽을 수 있다. 우선 탁구는 실내 운동이니 전천후로 즐길 수 있다. 비가 오든 눈이 내리든 바람이 불든 상관이 없다. 시간과 돈이 별로 들지 않는다. 딱 둘이만 있어도 된다. 거기다가 남녀노소 불문이다. 배우기도 수월하다. 마음먹고 한두 달만 열심히 하면 어느 만큼은 칠 수 있다. 또 강약을 조절해 가면서 칠 수 있어 그렇게 무리하거나 위험하지도 않다. 여기에 결정적으로 좋은 점은 매우 즐겁고 운동 효과가 크다는 점이다. 누구든지 자기가 좋아서 하는 운동인데 즐겁지 않은 것이 있으랴만 탁구야말로 아기자기한 맛이 그만이다.

탁구의 멋과 맛을 어찌 말로 다할 수 있을까. 탁구교실에서는 대개 시합을 한다. 상대방이 먼저 서브를 넣는다. 스핀을 먹인 공이 네트 위를 날렵하게 넘어온다. 이쪽에서 어물쩍하다간 네트에 걸려 곤두박질치게 생겼다. 순간 나도 커트로 겨우 넘긴다. 상대방은 힘껏 드라이브를 건다. 그렇게 몇 번을 넘나들던 공이 내 쪽 테이블 모서리를 살짝 스치면서 그대로 나가떨어진다. 옛지다. 서로 발휘할 수 있는 온갖 기술을 다 동원한다고 해 봤자 도토리 키 재기지만 느끼는 맛은 웃음을 터트리게 하고 쾌감을 극대치로 밀어올린다. 경기에 빠져 엎치락뒤치락 하다 보면 어느덧 스코어는 막바지에 이른다.

"십 대 구!"

아슬아슬한 접전 끝에 한 점 차까지 따라붙었다. 이어서 넘어오는 공을 스매싱으로 힘껏 내친다. 물찬 제비마냥 튀어 오른 공은 상대의 라켓을 살짝 비켜간다.

"와~ 십 대 십, 듀스."

"파이팅"을 외치며 라켓을 다잡아 쥐고 전의戰意를 불태운다. 듀스가 두 번 세 번 이어질수록 흥분과 긴장감은 높아지고 옆에서 보는 이들도 손에 땀을 쥐게 한다. 보통 오세트 한 게임을 치는 데 이십여 분이면 족하다. 십여 분만 뛰어도 온몸은 땀으로 범벅이 되고 마음의 찌꺼기까지 몽땅 빠져나가는 기분이다. 손에 쏙 안기는 그 작은 공이 부리는 요술은 가히 황홀경으로 밀어 넣는다. 연거푸 신음과 함성을 내지르게 하는 탁구의 묘미는 몸소 겪어 보지 않고는 실감하기가 어렵다.

지난해 강동구가 주최하는 지역 친선탁구대회에서 국가대표선수의 시범경기를 볼 기회가 있었다. 그들은 서브를 넣는 폼과 구질球質부터가 다르다. 한쪽 선수가 네트를 살짝 넘어오는 공을 날렵하게 걷어올린다. 상대는 드라이브를 걸어 힘껏 내리친다. 이쪽에서 넘어간 공을 저쪽 선수는 멋진 자세로 잽싸게 날려 보낸다. 강력한 회전력이 실린 공은 먹이를 쫓는 제비인 양 공중에 포물선을 그리며 날아간다.

그들의 기막힌 묘기에 관중석에서는 연방 탄성이 터져 나온다. 탁구의 매력을 한껏 보여 주는 명연기다. 그 작은 공이 손바닥 두 개만 한 라켓과 한 몸이 돼서 펼치는 기교가 예술의 경지라고 해도 좋겠다.

어쩌다가 집안에서도 손자들과 탁구를 친다. 녀석들이 종종 공과 라켓을 가지고 조른다.

"할아버지, 우리 탁구 쳐요."

공과 라켓은 있어도 테이블이 없으니 거실 마룻바닥에다 튀기면서 탁구 치는 흉내를 낸다. 손자들에게는 더없이 즐거운 놀이인 셈이다. 탁구가 때로는 우리 집 행복지수를 끌어올리는 소품 구실까지 한다.

탁구에서 얻는 소득은 한두 가지가 아니다. 건강을 다지고 정신을 맑게 해 줄 뿐만 아니라 시간을 유용하게 활용하는 수단이라는 면에서도 두말 할 필요가 없다. 그런 면에서 나에게 탁구는 누구도 떼놓을 수 없는 '절친'이다. 접때 만났던 그 후배의 도전을 받아 줘야 할 텐데, 언제 시간을 낼 수 있을지 챙겨봐야겠다. (2013)

내 가족, 내 새끼

아버지의 자리

"아무리 부자간이라지만 그렇게 닮을 수가 있을까."

나이가 들수록 동생들이나 집안사람들이 흔히 하던 말이다. 부자
간이든 형제간에 닮았다는 것이 화젯거리가 될 게 없을 터이지만
나와 나의 아버지만큼 닮다 보면 이야기가 달라질 수도 있다. 나 스
스로도 외모는 물론 체격이며 목소리나 성격까지도 많이 닮았음을
인정하지 않을 수 없다. 한번은 여동생 결혼식에 올라온 시골 외사
촌 형님이 방안에서 들려오는 내 목소리를 듣고 아버지로 착각했다
는 얘기를 두고두고 했다. 아내는 걸음걸이마저 그렇게 똑같을 수
가 있느냐고 감탄을 하곤 했다.

누구에게나 대여섯 살 어린 눈에 비친 아버지는 감히 올라갈 수
없는 높은 산일 것이다. 아니면 그 산에 사는 호랑이거나 그 산속에
모신 우상이기도 하다. 어쩌면 모든 생사여탈권을 움켜쥔 절대자일

수도 있겠다. 그런 존재도 세월이 가면서 평범한 사람으로 변신을 거듭하게 된다. 청소년기에 접어들면 아버지는 별 볼 일 없는 '꼰대'가 되거나 이웃집 아저씨 같은 존재로 변해 버리기도 한다.

나 역시 어릴 적에는, 적어도 중고등학교 시절까지는 내 아버지는 존경할 만한 훌륭한 인격자임을 의심하지 않았다. 그러나 세월이 가고 내 눈이 세속에 물들어가면서 내 아버지도 그렇고 그런 소시민이라는 걸 터득해 갔다. '콩 심은 데 콩 나고 팥 심은 데 팥 난다'는 것밖에 모르는 평범한 직장인이었고 지극히 성실한 가장이셨다.

초등학교 육 년 동안 '보은'이란 울타리를 벗어난 것은 내 기억에 딱 한 번뿐이었다. 오학년 땐가 무슨 일인지 아버지는 날 데리고 대전 유성온천에 가서 하루저녁 자고 왔다. 지금도 그 일본식 다다미 여관방의 아담하고 밝았던 분위기와 아버지와 나란히 누워 잤던 잠자리가 선명하게 떠오른다. 그런데 왜 거기에 갔었는지, 무슨 볼일이 있어서였는지, 그게 궁금할 때가 있는데 지금은 여쭈어 볼 수도 없다.

어릴 적 아버지는 직장일밖에 몰랐고 매우 근엄하지 않았나 싶다. 사무실도 '엎어지면 코 닿을 만큼' 가까웠다. 아버지는 거의 날마다 야근이었다. 저녁 때면 어머니는 "얘 장원아, 아버지 진지 잡수시라고 해라" 하고 심부름을 시켰다. 그래도 식구들이 밥을 다 먹고도 한참을 지나서야 아버지는 오셨다. 어떤 날은 그렇게 늦은 저녁을 드시고 또 사무실에 가시는 날도 있었다. 그 시절 농협이란 직장은 으레 그랬다. 그런 아버지가 얼마나 힘든 삶을 사셨는지 같은 건 염두에도 없을 만큼 철부지였다.

아버지는 어머니 때문에 웃음보다는 한숨을 더 많이 짓지 않으셨을까. 어머니는 평생 여러 차례 심한 병치레를 하셨다. 중풍으로 한 번 누웠다 하면 몇 개월씩 자리보전을 하셨다는데, 아버지는 어린 육남매 자식들을 어떻게 건사하셨을까. 얼마나 힘이 드셨을까. 지금 와서 생각해도 안쓰러움에 가슴이 먹먹해진다.

요즘 젊은 아빠들마냥 자식들과 허물없이 뒹구는 그런 아버지는 아니었다. 그렇지만 자라면서 크게 혼이 나거나 매를 맞은 기억은 없다. 다만 초등학교 육학년 무렵, 어느 날 저녁 밥상머리에서 꾸중을 들은 기억이 또렷하다. 아버지는 독상을 받고 어머니는 어린 동생과 한 상을 차리고 나는 큰 동생들과 둘러앉아 있었다. 채 밥술을 뜨기도 전에 아버지의 호통에 눈물만 뚝뚝 흘렸던 적이 있다. 무슨 잘못 때문인지는 분명한 기억은 없다. 아마 맏이 노릇을 제대로 못한다는 꾸중이 아니었을까 하는 추측이 들 뿐이다.

아버지는 명절이면 꼭 나를 데리고 큰집에 가셨다. 읍내에 살았던 우리는 삼십 리 거리를 걸어 다녔다. 어머니가 싸 주시는 명절 보따리를 들고 신작로를 타박타박 걸었다. 그 먼 길을 걸으면서도 아버지는 별달리 말씀이 없었다. 좀 과묵하셨던 것 같다. 그래도 어쩌다 약주라도 한잔 들고 들어오신 날은 꽤 호탕한 웃음소리와 함께 적잖이 긴 말씀이 아주 없었던 건 아니었다.

나는 아버지와 한 직장에서 몇 년간 같이 근무했었다.

"장원이도 이제 고생길에 들었구려."

내가 입사 시험에 합격한 날, 아버지가 어머니에게 하신 말씀이다.

그 당시 농협이란 직장이 얼마나 고달픈 일터인지를 온몸으로 겪고 계신 터에 자식마저 그 길로 들어서니 안타까워서 하신 말씀이라는 걸 내 진즉에 알지 못했다. 전공을 살려 직장을 찾다보니 부자가 한 직장에 몸담게 된 것이다. 충북 도내에 같이 근무하면서 재미있는 인연도 있다. 아버지와는 24년의 나이 차이가 난다. 아버지가 쉰둘에 근무하셨던 영동군 지부장 자리에 내가 24년 후 같은 나이에 그 자리로 갔으니 우연치고는 좀 별난 인연이었다. 그 후 아버지는 나의 첫 근무지였던 진천군 농협에서 마지막으로 근무하고 퇴직하셨다. 하기야 부자간으로 맺어진 혈연이 어지간한 인연인가.

아버지를 생각할 때면 지금도 죄송스러움을 떨쳐 버릴 수가 없는 일이 있다. 아버지가 진천군 농협에서 정년퇴임을 할 때였다. 한 시간 거리의 인접한 괴산군에서 근무하던 나는 퇴임식이 다 끝나갈 무렵에야 부랴부랴 식장에 들어섰다. 전날 동료 직원 결혼 축하 회식자리에서 술에 절었던 거다. 경황없이 아내와 두 아이를 데리고 택시로 달려갔지만 너무 늦어 버렸다. 아버지는 아무 말씀도 없으셨다. 제법 반듯한 퇴임식을 치른 나는 아버지의 퇴임식을 생각할 때면 더욱 그렇다.

당신께서는 돌아가시기 꼭 십 년 전에 묘지를 손수 마련해 놓으셨다. 그 무렵 직장인 사이에 자가용 바람이 불었고 나도 승용차를 마련했다. 어느 주말 아내와 나는 부모님을 모시고 천안에 있는 공원묘지를 찾았다. 아들이 모는 차를 타고 당신이 영면永眠할 터를 찾아가는 걸 그렇게 흐뭇해하셨다.

아버지는 지금 그곳에 어머니와 함께 잠들어 계신다. (2012)

어머니의 강

어머니는 저 강을 무사히 건너셨을까. 지난해 초여름 어머니가 끝내 돌아오지 못할 강 저편으로 떠나셨다. 부모와의 사별은 그 누구의 죽음과도 견줄 수 없는 절박함이 있게 마련이다. 운명하시는 순간 내 머릿속은 하얗게 표백된 듯 아무것도 떠오르지 않았다. 실타래가 마구 얽힌 듯 정신이 혼미해져서 무엇을 어떻게 해야 할지 갈피를 잡을 수가 없었다. 이제 어머니와는 영원한 이별이란 생각에 밀려드는 슬픔과 안타까움으로 가슴이 미어졌다.

초저녁부터 호스피스 병동에서 열 시간 넘게 임종을 지켰다. 사신 死神의 그림자가 어른거리는 경계에서 삶의 끈을 놓지 않으려는 어떤 몸짓 같은 것도 보이지 않았다. 두 해가 넘는 병고로 어머니는 오래전에 이미 수수깡처럼 야위어 있었다. 더구나 식음을 전혀 못하는 상황에서 코로 연결된 생명줄에 의지한 채 그 긴 시간을 견디었으니 오죽하셨겠는가. 시간이 지나면서 동공은 풀린 상태였지만 무엇인가는 인식하는 것 같았다. 아무 의미도 담지 못한 채 허공을 바라보는 눈길이 처연했다. 손마디는 이미 검푸른 빛이 돌고 있어 운명의 시간이 다가오고 있다는 걸 짐작게 했다.

　육남매와 며느리가 둘러앉아 어머니 얼굴에서 눈을 떼지 못했다. 시간은 자정을 넘기고 무거운 침묵만이 지친 몸을 짓눌렀다. 정적의 무게를 이기지 못하겠는 듯 여동생이 옛날 어머니 얘기를 해서 잠시 깊은 침묵에 억눌린 허공을 갈랐다. 호흡은 매우 불규칙해져서 숨이 멈춘 게 아닌가 하고 가까이 들여다보곤 했다. 그러다 몇 초 후엔 다시 긴 숨을 내쉬었다. 가슴께가 희미하게 들썩이는 걸로 겨우 숨이 이루어지고 있다는 것을 감지할 수 있을 뿐이었다.

　새벽 한 시가 넘어가면서 호흡은 더욱 고르지 못했다. 십여 초 이상이나 숨을 멈추었다가 다시 토해 내길 반복했다. 그럴 때면 이젠 영영 가시는구나 싶어서 다들 애절하게 '엄마'를 불렀다. 그러면 다음 순간 '푸~' 하고 날숨을 토해 냈다. 두어 시간이나 그런 힘겨운 숨을 반복했다. 어느 순간 숨을 쉬는지 마는지 분간하기 어려워졌다. 그리고 이내 멈추었다. 손마디에 남아 있던 온기마저 스러졌다. 이승에 오실 때 점지됐던 '혼불'이 육신을 떠나간 것이다.

　삶과 죽음의 경계를 뛰어넘을 수는 없다는 단절감이 엄습했다. 생사의 경계란 무엇인가. 어떻게 구분되는 것인가. 어느 성직자가 "어린 시절, 때가 된 줄도 모르고 동무들과 놀다가 '얘야, 밥 먹어라' 하고 엄마가 부르면 달려가는 것이 죽음 아닐까"라고 말했다는

데, 공감이 갔다. 해 지는 줄도 모르고 놀다가 밥 먹으라고 부르면, 어떤 아이는 놀던 장난감을 잘 챙겨 가고, 어떤 아이는 다시는 놀지 않을 것처럼 다 팽개치고 무작정 달려간다. 어쩌면 장난감을 챙기지 않아 꾸중을 들을지 모르는데도 앞뒤 가리지 않고 내달리기만 한다는 것이다. 그것이 우리 삶이고 죽음으로 가는 모습이 아닐는지.

어머니는 이승에서 꾸리던 삶에서 무엇을 얼마나 챙겨 가셨을까. 올 때는 누구나 온 세상을 다 움켜쥘 듯이 두 손을 앙다물고 오지만 갈 때는 빈손으로 간다지 않는가. 어머니 역시 가는 길은 빈손으로 가셨을 게다. 오남매의 막내딸로 유별난 사랑을 받으셨다지만 월급쟁이 남편을 만나 넉넉지 못한 살림을 꾸리셨던 어머니. 채마밭을 가꾸고 울안에 돼지를 키워 살림에 보태는 살림꾼이었지만 티끌 한 점도 못 가지고 가셨을 것이다.

돌아가시던 해 설날, 아들과 며느리를 데리고 어머니를 뵈러 갔었다. 아들이 제 할머니 손을 잡으면서 안타까운 표정으로 말했다.

"할머니, 제 색시가 아기 가졌어요. 할머니 증손자가 생겼어요."

오랜 기간 병상에 누워 말 한마디 못하는 어머니 얼굴에 아주 가벼운 웃음기가 살짝 스쳤다. 그래도 듣기는 하는지라 반갑고 기쁘다는 듯 눈에는 밝은 기색이 가득했다. 그렇게 삶의 한 가닥 가녀린 끈을 잡고 버티던 어머니는 새 생명의 탄생을 보지 못하고 가셨다.

아들 내외는 '건강하고 예쁜 아이'가 태어나길 바란다면서 뱃속 아이를 '건이'라 불렀다. 건이가 태어나기 한 달 전에는 제 외할머니가 돌아가셨다. 어미 뱃속에 있는 중에 두 차례나 지친至親의 죽음을 겪은 후에야 이 세상과 인연을 맺은 것이다. 아이는 외할머니나 증조할머니와의 상봉을 내세에서의 기약으로 남겨둔 채 이승의 피붙이에게는 슬픔을 떨쳐내고 기쁨을 안겨 준 셈이다. 생과 사의 윤회를 절감하게 된다.

누구에게나 부모가 돌아가신다는 것은 살아가면서 겪게 되는 가장 큰 슬픔 중의 하나일 것이다. 한편, 내 혈과 육을 이어받아 나오는 새 생명의 탄생 또한 절대자로부터 부여받은 생애 최대의 선물이고 기쁨일 것이다. 잉태는 부정모혈의 인연으로 시작된다. 열 달의 산고 끝에 태어난 생명은 분명 나의 분신이자 먼저 가신 조상의 또 다른 환생이라 해도 틀린 말은 아닐 것이다.

출생은 이 세상과의 약속이다. 잉태할 때 백魄이 먼저 들어오고 세상으로 나올 때 혼魂이 깃든다고 한다. 이 혼백魂魄은 생명이 존재하는 한 몸속에 같이 머물다가 죽음을 맞아서 육신을 떠난다. 하찮은 한 포기의 풀이나 한 마리의 벌레라도 그 태어남은 이 세상에서 생명의 고리를 이어가고자 하는 소중한 약속이다. 그중에서도 사람으로 태어난다는 것은 더할 수 없는 크나큰 행운이고 축복임에 틀림없다.

달려드는 손자놈을 덥석 안을라치면 한순간 모든 시름이 흔적도 없이 사라진다. 황홀경에 빠진다는 말이 결코 지나치지가 않다. 무슨 요술인지 모르겠다. 어머니의 정령精靈이 나를 거쳐 아들에게 이어지고 이 아이에게 스며들었을 것이라는 생각에 이르면 생명에 대한 경외심에 숙연해지고 옷깃을 여미게 된다. (2008)

그미와의 만남 그리고

그날은 가을이 막 문을 열기 시작한 어느 토요일 오후였다. 만나기로 약속한 이 층 다방은 문이 잠겨 있었다. 잠시 망설이다가 나무 계단을 성큼성큼 내려가는데 올라오고 있는 한 여인과 마주쳤다. 그녀의 눈과 마주친 순간 직감적으로 '이 사람이구나' 싶었다.

"저기, 임재연 씨…."

"아, 예."

"다방 문이 닫혔네요. 어디 다른 데로 가시지요."

그녀를 만난 첫 느낌은 언젠가 내 마음을 사로잡았던 엷은 하늘빛이 도는 항아리를 떠오르게 했다. 동시에 어릴 적 큰집 화단에서 봤던 백합꽃 생각이 어렴풋이 났다. 이어서 아련히 꿈에 젖어드는 듯한 기분이 들었다.

어머니와 친자매처럼 지내시는 분의 소개로 그녀를 처음 만났다.

그 아주머니는 그녀에게 "괜찮은 총각이 있으니 한번 만나 보라"고 권했다는 걸 나는 한참 후에야 들었다. 그녀는 그분과는 이웃에 살면서 마치 가족같이 지내는 사이였다. 나는 그런 내막도 모르고 동생의 병역에 관한 상담을 위해서 만나는 것으로만 알고 있었다. 당시 그녀는 지방병무청 비서실에 근무하고 있었다.

만나게 된 계기는 어찌되었든 우리는 그 후 자주 만났다. 같은 청주 시내에서 직장 생활을 하다 보니 만나는 횟수가 늘었고 주말이면 먼 곳까지 나들이를 가기도 했다. 스물여덟 살 남자와 스물다섯 살 여자, 지극히 가벼운 자극에도 그대로 방전이 일어나고 활화산으로 번져 버릴 수도 있는 나이였다. 더구나 그때까지도 여자 친구 하나 변변히 사귀지 못했던 나의 주변머리에 그녀와의 만남은 삶의 새로운 전환점이라 해도 좋았다.

시간이 갈수록 전화통에 불이 났다. 그녀는 가끔 전화기에다 대고 그 무렵 유행하던 노래 '내 곁에 있어 주'를 들려주기도 했다. 만난 지 한 달쯤 지나서 도고온천과 수덕사로 짧지만 긴 여행을 다녀오기도 했다. 그해 가을이 깊어 갈 무렵에는 내장산으로 단풍놀이를 갔었다. 처음 가져보는 데이트에 내 마음은 늦가을 단풍보다 더 붉게 타오르는 듯했다.

우리는 미래를 꿈꾸고 사랑을 이야기했다. 호젓한 단풍 숲길을 걸으며 처음 손을 잡았다. 속에서부터 자꾸만 부풀어 오르는 울렁거림은 어찌할 수가 없었다. 내가 "우리가 좀 더 일찍 만났더라면…" 하고 일찍 만나지 못한 아쉬움을 내비치자 그녀는 살포시 웃음을 머금었다. 그녀는 그 미소 속에 고달픈 삶의 한 자락도 함께 스며 있다는 것까지 헤아리진 못했을 것이다. 그날 밤, 한창 행락철이라 방 구하기가 쉽지 않았다. 도리 없이 한방을 쓸 수밖에 없었다. 방 한가운데 금을 그어놓고 잤다. 그러나 나는 실상 밤새 잠을 설치고 나서 아침에는 어색한 웃음으로 얼버무리고 마는 숙맥이었다.

원래 인간은 두 성姓을 한 몸에 지닌 완전체였다고 한다. 어느 땐가 인간은 신처럼 높아지려는 오만에 빠졌고 신은 이를 걱정한 나머지 인간을 두 쪽으로 나눴다. 한쪽은 남자로, 절반은 여자로 만들었다. 그로부터 인간은 자기의 절반을 찾아 헤매는 존재가 되었고 그 반쪽을 찾아 한 몸을 이루려는 행위가 곧 결혼이라는 것이다. 어느 날부터 그녀는 나의 반쪽임이 분명하다는 믿음이 생기기 시작했다.

우리는 만난 지 삼 개월여 만에 처가에서 약혼식을 가졌다. 일월 이일, 그때는 연초 삼일을 연휴로 즐기던 시절이었다. 대여섯 명 친구들까지 부른 약혼식은 왁자하니 시골 잔치가 되었다. 그날 밖에는 눈이 내렸다. 소담하게 퍼붓는 눈이 마치 우리 약혼을 축복이라도 하는 양 분위기를 한층 밝게 했다. 그러다가 언제 눈이 왔느냐는 듯 이내 숫눈 위로 햇빛이 내리쬐었다. 우리를 축하해 주는 스포트라이트로 여길 만큼 밝은 햇살에 눈이 부셨다.

그해 삼월 첫 토요일, 결혼식을 올렸다. 초봄의 향기가 예식장 안에까지 스며드는 분위기에 세상은 온통 나를 향해서만 미소를 보내는 듯했다. 그녀는 식장을 나서면서 눈물을 보였고, 나중에 사진을 보니 나는 웃음을 띠고 있었다. 만난 지 육 개월여 만에 신혼의 꿈을 설계하고 그 꿈을 가꾸기 시작한 셈이다.

그러나 아내의 연분홍 꿈은 시부모와 시동생과 시누이들과 함께
하는 옹색한 살림 속에서 서서히 시들어 가는 듯했다. 풋풋하기만
한 꿈의 나래는 어느 사이엔가 현실의 길바닥으로 주저앉을 것마냥
기우뚱거리기도 했다. 그런 중에도 나는 어렵사리 승진을 해 일 년
여 만에 첫아이를 안고 분가를 할 수 있었다.

우여곡절을 겪으면서도 우리는 아이 셋을 키우는 가운데 차츰 제
자리를 찾았고 금이 가고 상처 났던 나래도 서서히 아물어 갔다. 우
리는 미처 몰랐던 거다. 꿈과 현실은 그렇게 한참의 시차를 두고 나
타난다는 걸.

"아니, 내 얼굴이 밥이야? 나만 보면 밥밥밥밥밥 하게…!"

텔레비전 토크쇼에서 어느 중견 여자 탤런트가 지난날을 뒤돌아
보며 가족들에게 내쐈다는 푸념을 실감나게 풀어놨다. 어찌나 우스
운지 한참을 웃었다. 아내에게 그러더란 말을 했더니 "우리 집에서
도 내 얼굴이 밥이지 뭐" 하는 말이 돌아왔다.

"그래도 난 번번이 밥밥밥 하진 않았잖아."

대답은 그렇게 했지만 고마움과 미안함에 속에서부터 짠한 게 올
라왔다. '연애시절의 아름다운 추억은 부부에게 소중한 문화재'라는
말이 있다. 아내와 나에게 뭐 대단한 연애담은 없다. 그러나 갑남을
녀인 우리에게는 하루하루의 생활 자체가 다 소중한 보물이 아닐까.

살아오면서 가끔 '사모님이 미인'이라느니, '젊어서는 예쁘셨겠다'
는 소리를 듣곤 했다. 물론 겸양지덕을 발휘하면서도 한편으로

부인하진 않았다. 그런 매력도 긴 세월 앞에서는 한낱 물거품처럼 스러졌지만 그녀의 알뜰한 살림 솜씨와 헌신이 있었기에 두 발을 현실 속에 굳건히 내디딜 수 있었다고 믿는다.

'그미'라는 반쪽과 합침으로써 '우리'라는 온전한 하나가 될 수 있었다는 점은 의심의 여지가 없다. '그미'는 일기장에서 아내에 대한 나의 그리움을 일러 부르는 이름이다. (2009)

왜 그리 옆구리가 시리던지

지난해 유월, 아내가 한 달 남짓 집을 비운 적이 있다. 미국에 사는 큰딸의 산후조리를 위해 집을 비우는 바람에 본의 아닌 독신 생활을 했다. '백수' 신세라서인지 처음 일주일 정도는 그런대로 지낼 만했다. 어떤 면에선 홀가분한 맛도 있었다.

밥 짓는 것은 기본이고 김칫국 정도는 노하우가 있는 터라 준비된 밑반찬과 계란 프라이를 간단하게 부쳐내면 한 끼 식사 준비 끝, 혼자 식사하고 설거지까지 하고 나면 대개 한 시간 정도 걸렸다. 가족이라곤 새벽에 출근했다 밤중에 들어오는 아들이 있지만 집에서 식사하는 경우가 일주일에 한두 끼에 지나지 않으니 크게 신경 쓸 일은 없었다.

사람의 생활이란 게 뻔하다. 여름철이다 보니 땀내 나는 옷들은 적어도 이틀에 한 번은 세탁기를 돌려야 하고 삼사일에 한 번은 집안청소도 해야 한다. 거기다가 가끔은 정장을 입어야 할 경우가 있어 와이셔츠 다림질도 해야 한다.

어느 날 다림질을 하면서 문득 아내 생각이 났다. 가족이 모두 나가 횅한 낮 시간에 집안청소를 한다든지 남편 와이셔츠를 다리면서 어떤 느낌이 들었을까? 즐거운 마음이었을까, 아니면 어쩔 수 없기 때문에 마지못해 하지는 않았을까? 밤늦게 귀가하는 내가 아내의 노고에 대해 따뜻한 위로의 말 한마디 제대로 한 적이 없었던 것 같다. 더구나 위로는커녕 '하루 종일 뭐 했느냐' 면서 짜증을 낸다든지 가사에 무관심했을 때 얼마나 의욕이 꺾였을까?

아내의 입장이 되어 생각이 거기까지 이르자 미웠했던 나 자신에 대해 은근히 부아가 치밀어 올랐다. '홀아비'로 지낸 지 불과 며칠 만에 살림을 챙겨야 하는 주부들의 잡다한 일들이 얼마나 많고 표가 나지 않는 일인가 알 것 같았다. 초가을 아침 개울가에 안개가 낮게 깔리며 냉기가 옷깃 속으로 스며들 때처럼 가슴 한켠에 스산한 바람이 스쳤다.

집사람이 가끔 외식이라도 하는 날엔 '밥 안 해서 좋다'고 마냥 신나 하는 걸 보면서 "그렇게 밥하는 게 싫으냐"고 반문한 적이 있었다. 요즘 직접 겪으면서 이해가 되었다. 물론 사랑하는 가족을 위한다는 명분과 주부가 당연히 해야 하는 가정살림이 아니냐고 강변하지만 직접 겪어 보니 아내의 심정을 헤아릴 수 있겠다.

종종 가사노동의 중요성과 그 가치를 논하면서 주부들의 노고가 크다는 점을 강조하는 보도를 보면서도 피부에 와 닿는 느낌은 별로 없었다. 그저 뜬구름 쳐다보듯 했다. 그러다가 이번에 직접 겪으면서 주부의 노고가 크다는 것과 나 자신이 그 고마움을 너무 모르고 지냈다는 것을 실감했다. 사실 남녀유별이란 고정관념 속에 남자는 밖에서 일하고 여자는 집안에서 자녀 양육하고 살림하는 것이 당연한 역할 분담인 양 여겨 왔다.

요즘에는 손자들이 생겨나면서 '육아'의 고충을 새삼 느끼고 있다. 나 자신도 삼남매를 어떻게 키웠는지, 얼마나 힘들었는지 기억조차 아련하다. 손자들을 보면서 그 재롱에 넋을 놓다가도 보채거나 우는 아이를 돌볼 때는 힘에 겹다. 몇 시간 보살피느라 애를 먹다 보면 희미해진 삼십여 년 전의 기억 속에 아내의 노고가 얼마나 컸을까 하는 생각에 마음이 아렸다. 더욱이 아이들의 터울이 짧아서 어렸을 때는 숱하게 고생했던 일들이 뇌리를 스쳤다.

힘겨웠을 때의 일을 가끔 되뇌곤 하던 아내의 단골 푸념이 있다. 시부모 생신이나 명절 때면 직장에 매인 나보다 먼저 고향에 내려가야 했다. 등에는 젖먹이 아들을 업은 채 한손엔 둘째를 잡고 또 한손엔 보따리를 들고 버스에 오르다 보면 이마에 진땀이 났었다는 이야기. 푸념이 거기에 이르면 유치원생 큰딸이 제 엄마 뒤를 따라 종종걸음치는 모습이 내 눈에도 선했다.

오래전 일들을 회상하는 아내의 표정에는 숱한 애환의 그림자가 묻어났다. 삶의 해거름에 서서 노을을 바라보는 심정으로 아내를 돌아봤다. 주글거리는 손등을 어루만지다 보면 안쓰러움이랄까 서글픔이랄까, 그런 감정에 뭉클해지기도 했다.

홀아비 생활에서 오는 문제의 본질은 가사에 대한 부담감이 아니었다. 아내가 자리를 비우자 곧잘 울리던 전화벨 소리마저 뜸해지고 집안은 적막강산에 생기마저 스러졌다. 아내와 내가 어디다 내놓을 만큼의 '금실 좋은 부부'라고 하지는 못할지라도 금 간 사기그릇의 처지는 아니다. 삼십여 년을 함께한 묵은 정에 닳고 닳아서 투박하지만 윤기 나는 옹기그릇 같다고 자부한다. 그런 상념에 젖다 보니 아내가 눈앞에 없다는 사실에 허전하다는 것만으로는 표현할 수 없는 뭔가 썰렁한 느낌이 속으로 파고들었다.

그와 같은 생각의 단면을 한 꺼풀만 들추어 보면 그 이면에는 또다른 감정의 꼬리가 웅크리고 있는 것이었다. 외출에서 돌아와 현관을 들어설 때면 어린아이가 엄마를 찾는 것 같은 기분이 든다고 할까. 혼자서 묵묵히 밥을 먹다 보면 뭔지 모르게 허영허영한 게 입맛도 십 리 밖으로 달아났다. 화창한 봄날에 갑자기 문틈으로 한기가 새어드는 기분이 들었다. 이제 겨우 보름을 넘기고 있는데 아내의 얼굴이 떠오르면서 목소리가 귓전에 맴도는 것 같은 환청이 스치기도 했다.

예전에 어르신들이 이르길 "부부란 옆에만 있어도 든든하다"던 말씀이 새삼스레 와 닿는다. 며칠만 기다리면 아내가 돌아올 텐데, 왜 그리 옆구리가 시리던지. (2007)

섬숭을 기리다

사돈도 사돈 나름

"뒷간과 사돈 집은 멀어야 한다"는 말이 있다. 사돈이란 대하기가 어려워서 나온 말인 듯싶다. '불가근불가원不可近不可遠'이라고나 할까. 그러나 이제 이런 말들은 폐품으로 처리해도 되지 않을까. 오래전부터 뒷간은 '화장실'이란 근사한 말로 바뀌었고 이제 안방까지 차지하고 있지 않은가. 그러니 사돈도 좀 더 가까이 지내며 우의를 다져야 할 '불가근'이 아니라 '불가원'의 사이가 되어야 하리라.

자녀의 아름다운 인연으로 맺어지는 '사돈 관계'는 양가의 화목한 결합으로 시작된다. 큰딸이 미국으로 시집간 지 사 년이 넘는데, 사돈마저 멀리 있다 보니 아쉬움이 컸다. 어쩌다 통화 한 번 하는 것이 고작이다. 더군다나 큰딸 시어른은 나보다 근 십오 년이나 연상이시라 좀 조심스럽다.

그러던 차에 작은딸이 결혼을 하여 두 번째 사돈과 인연을 맺게 되었다. 작은딸 시아버지와는 나이 차이가 크지 않아 벗하며 지낼 수 있어서 좋다. 사돈댁이 분당에 있어서 우리는 '분당사돈'이라고 부른다.

이런저런 일로 분당사돈네와는 만나는 일이 잦다. 사위나 딸의 생일이라 만나고, 어른들 생신이라고 만난다. 아이들 권유로 영화 구경도 하고 근교 산으로 등산도 하다 보니 자연 친분이 두터워져 이제는 아주 친숙한 사이가 되었다.

종종 여행도 같이 다닌다. 아이들이 결혼하던 재작년 첫 여행은 굴비로 유명한 법성포로 해서 목포를 거쳐 홍도까지 이박삼일이나 다녀왔다. 가는 지방에 따라 그곳의 특색 있는 음식을 찾을 때도 있지만, 안사돈이 음식 솜씨가 좋아 직접 준비해서 식사를 하기도 한다. 승용차 한 대로 여행을 즐기는 우리에게 '사돈 사이'라는 사실을 알고는 하나같이 감탄과 경이의 시선을 보내곤 한다. 사돈과의 좋은 관계로 주위의 부러움을 사고 보니 그 또한 기분이 좋아진다.

지난해 가을에는 강화도 여행을 했다. 돌아오는 길에 강화읍내 재래시장에 들렀다. 그곳 특산물인 순무 씨앗을 사다가 올해로 삼 년째 사돈네와 같이 일구고 있는 주말농장에 심었다. 초보 농사꾼 솜씨라 그런지 순무는 제대로 자리를 잡진 못했다. 그래도 자라나면서 여기저기 순무 특유의 붉은 색깔이 시선을 사로잡았다.

실은 안사돈이 이웃 사람이 놀리는 밭을 같이 부치자는 바람에 어우렁더우렁 어울려 가꾸고 있는 것이다. 이백여 평은 됨직한 밭에다가 온갖 채소를 심고 있다. 절반 정도는 농사짓기 수월한 고구마를

섬송을 기리다

심고 나머지는 고추며 상추, 쑥갓, 가지, 오이, 파, 들깨, 호박 등을 심었다. 특히 고추는 일반고추에 청양고추와 꽈리고추 그리고 피망까지 심어서 식탁에는 한동안 고추요리 퍼레이드가 벌어지기도 했다.

올여름을 나면서는 김장을 대비해 배추와 무, 갓을 파종하고 쪽파도 심었다. 시월에는 가뭄을 많이 타는 때라 물을 자주 줘야 했다. 먼지가 풀풀 날리는 밭에 물을 주면서 바로 옆 밭에 눈길이 갔다. 꼭 내 아이에게만 밥을 먹이면서 배고파 멀거니 바라보고 있는 옆집 아이에게는 물 한 모금 안 주는 것 같은 느낌이 들었다. 옆의 밭에도 한 줄기 물을 뿌렸다.

"아니, 그건 우리 밭이 아닌데요?"

내가 물 주는 것을 본 사돈이 한마디 했다.

"내 아이에게만 주는 것 같아서요, 허허."

"그러고 보니 그렇군요, 허허."

사돈과 나는 마주 보며 한참을 웃었다. 밭주인이 인심이 좋아 우리 말고도 이웃에게 부쳐 먹으라고 빌려 준 밭이 좀 있었다. 구시월 내내 가뭄으로 사람도 농작물도 목말라했지만 이곳 농장은 종종 찾아와 물을 준 덕에 뒤늦게 시작한 것치고는 제법 실해 보였다. 김장배추에 물을 주고 나서 몇 대 세워 둔 늙은 고추나무에서 풋고추 좀 따고 쪽파밭 잡초를 뽑다 보니 열두 시가 넘어섰다. 오랜만에 추어탕이나 먹으러 가자는 소리에 숨어 있던 시장기가 동하면서 손놀림이 빨라졌다. 이런 일상이 사돈 간의 우애를 돈독히 하는 촉매제가 된다.

드디어 고구마 캐는 날이다. 한여름의 폭염에 땅 위의 모든 생명체는 끝없는 성장을 계속할 것 같지만 가을이 깊어 가면서 성장을 멈추고 다음 세대를 기약한다. 무성하던 잎사귀 사이로 꽃들이 자태를 뽐내던 자리엔 어느 틈에 열매가 수확을 기다린다. 대개의 농작물은 첫서리가 내리기 전에 수확해야 한다. 고구마도 마찬가지다. 열심히 고구마 캐기에 매달리던 안사돈이 소리를 치기에 달려가 보니 젊은이 장딴지만큼 큰 고구마가 멀건 몸체를 드러내고 있었다. 얼른 디카를 들이댔더니 바깥사돈이 한마디 했다.

"내일 아침 신문에 나옵니까?"

다들 한바탕 웃었다. 가끔 일간지에 글이나 사진을 기고했던 터라 한마디 한 것이리라. 고구마를 한아름 안은 안사돈의 기념사진을 찍었다.

사돈네는 독실한 크리스천이고 우리는 이름뿐인 불자지만 사돈 간의 정을 나누는 데는 아무 상관이 없다. 요즘에는 손자가 생겨서 오가는 정이 더욱 돈독해졌다. 혈연으로 이어지는 인연의 끈은 실팍지다. 일 년에 한 번 보기도 힘든 친인척보다 아침저녁 얼굴을 마주하는 이웃사촌이 더 정겨울 수 있듯이 '사람 사이'라는 것이 지내기 나름인 것 같다.

이제 얼마 후엔 막내인 아들이 결혼한다. 세 번째 사돈을 맞이하는 셈이다. '딸 가진 부모 마음'이라더니 같은 사돈이라도 딸 쪽 입장에서 아들 쪽 입장으로 바뀐 사돈 관계는 어떤지.

인연은 또 다른 인연을 낳는다. 그런 인연들로 해서 험하다는 세상이 그래도 살 만한가 보다. (2008)

섬을 그리다

그미의 별미

집안에 야릇한 냄새가 퍼졌다. 주방 쪽을 흘깃 건너다 봤다.

"뭔 냄새여…."

"수제비 끓이려고 멸치국물 내는 거예요."

수제비는 그미가 즐기는 별미이자 나의 별식이기도 하다. '그미'는 내 일기장에서만 부르는 아내의 별칭이다. 날이 우중충하니 궂은날이나 군것질이 생각날 때면 가끔 해 내는 음식이다.

그미가 수제비를 뜨고 있다. 왼손에 밀가루 반죽을 한 움큼 쥐고 오른손으로는 갓난아기 손바닥 반만 한 크기로 조각을 떼어 내 얇게 펴서 육수가 끓고 있는 냄비 속에 집어넣었다. 그렇게 손으로 주무르면서 뜯어 넣어야 제 맛이 난다는 게 그미의 지론이다. 온전히 손놀림으로만 하니 시간이 적잖이 걸리지만 수제비는 손맛이 어우러져야 더욱 감칠맛이 나는지도 모르겠다.

어릴 적, 어머니의 수제비 조리법은 달랐다. 우선 밀가루 반죽이 훨씬 질었다. 손으로 만지면 흐물흐물할 정도의 반죽을 나무 주걱에 한 움큼 올려서 폈다. 그러고는 몽당 숟가락을 거꾸로 잡고 주걱 위에 편 반죽을 새끼손가락 크기만큼의 간격으로 잽싸게 쳐냈다. 그러면 수제비는 연신 공중제비를 하며 끓는 물속으로 곤두박질쳤다. 어머니가 뜨던 수제비 얘기를 듣더니 그미는 "옛날 우리 엄마는 바가지에 밀가루 반죽을 담은 채 숟갈로 그냥 잘게 퍼 넣던데" 하면서 또 다른 수제비 만드는 법을 알려 주었다.

수제비 맛은 다양하다. 멸치 우린 물에 수제비만을 넣어 깔끔한 맛을 내기도 하지만, 철따라 어떤 부재료를 넣느냐에 따라 여러 가지 맛으로 변신한다. 겨울이면 신김치를 숭덩숭덩 썰어 넣기도 하고 봄여름이면 호박이나 감자를 잘게 썰어 넣기도 한다.

사실 그미는 밀가루 음식이라면 뭐든지 좋아한다. 수제비는 약과고 국수며 만두는 물론 여러 가지 부침개도 자주 해 먹으니 마니아라는 말이 어색하지 않을 정도다. 워낙 좋아해 구미가 당길 때면 이것저것 만들어 내놓곤 한다. 그중에서도 가장 좋아하는 칼국수는 손이 많이 가는 음식이다. 먼저 밀가루에 물을 부어 반죽을 갠다. 밀가루가 뭉쳐져서 덩어리가 되면 반죽이 얄팍하게 될 때까지 밀방망이로 반복해서 민다. 펑퍼짐해진 반죽을 반 뼘 정도의 폭으로 접은 다음 식칼로 촘촘하게 썬다. 콧등에는 송골송골 땀방울이 맺힌다.

어머니가 국수 반죽을 밀 때는 꽁지를 한 뼘 정도 남기셨다. 그것은 우리들 주전부리가 되었다. 어머니가 칼자루를 놓기가 무섭게 꼬랑지를 집어들고 부엌으로 내달렸다. 아궁이 숯불 위에 올려놓고 노릇노릇 구워지길 기다렸다가 집어내면 더없이 맛있는 군것질거리가 되었다.

칼국수 역시 철따라 부재료가 달리 들어간다. 그미는 손수 만들어 먹는 칼국수도 즐기지만 방앗간에서 뽑은 틀국수로 만든 잔치국수도 버금가라면 서운해할 만큼 좋아한다. 고향 청주 내덕동에는 할머니 칼국수집이 있다. 청주에 갈 때는 어김없이 찾는 단골일 뿐더러 가끔 생각이 나면 일부러 내려가고 싶어 할 정도다.

그미가 국수 못잖게 좋아하는 음식이 만두와 부침개다. 특히 겨울이면 잘게 썬 김치에 두부를 으깨 넣은 만두소를 가지고 미리 준비한 피로 만두를 빚는다. 만두를 빚는 중에 주방에서는 어느새 만두 삶는 소리가 요란하다.

며칠 전에 만두를 먹은 입맛이 가시지도 않았는데 또 부침개 부치는 소리가 들리기도 한다. 그미가 부치는 부침개 재료에는 구별이 없다. 배추 잎과 무에서부터 온갖 채소가 다 재료가 된다. 그런 밀가루 퍼레이드 덕분에 심심찮게 별미를 즐긴다.

한때는 쌀이 부족하여 '분식 장려'가 식생활 정책의 주요 항목이었다. 원조 받는 밀가루로 식량을 충당하던 시절, 쌀만 먹으면 뭔지 영양소가 부족하고 밀가루를 많이 먹어야 좋다고 했다. '알면서도 속고 모르면서도 속는다' 더니 사람들은 그러려니 했다. 그렇게 권장하던 밀가루 음식인데 '분식'이란 이미지는 간데없고 이제는

'별식'이란 이름으로 더 각광을 받는 세상이다.

어디를 가든 뒷골목 식당가에는 할머니 '손칼국수'라거나 '왕만두'니 하는 간판이 눈길을 끌고 입맛을 다시게 한다. 분식을 장려하던 때가 엊그제 같은데 오히려 요즘은 그 귀했던 쌀이 남아돌아 천덕꾸러기가 되고 있다. 참으로 딱한 노릇이다. 문득 떠오르는 게 있다. 쌀수제비란 말은 미처 듣지 못했지만 이참에 쌀수제비를 해 먹는 것도 괜찮겠다는 생각이 들었다.

즐겁게 만들고 맛있게 먹다 보면 부부 금실도 더 여무는 듯하고 웃음꽃이 피기도 한다. 모처럼 아들 내외도 처가 나들이를 하고 단둘이만 있는 호젓한 주말이다. 마주 앉아 막 끓여 낸 수제비를 먹었다. 반죽이 된 만큼 쫄깃쫄깃한 맛이 일품이다. 그 야릇하던 멸치 삶는 냄새는 어디 가고 시원한 국물이 속을 따뜻하게 데웠다.

"더 있어요, 많이 드셔."

그미가 한 국자 더 떠 주었다. 속에서는 과식 아니냐고 손사래를 치는데 숟가락을 잡은 손이 먼저 대접을 향했다.

느긋한 포만감에 이게 바로 '행복'이구나 싶다. 세상에 그 어떤 물건도 살 수 있지만 '행복'만은 어느 곳에서도 구할 수 없다고 한다. 누구도 나의 행복을 가져다줄 수 없고 어디 가서 살 수도 없다는 얘기다. 그래서 누군가는 '행복과 건강은 자가 발전 제품'이라고 했나 보다. 그렇다면 지금 내가 누리고 있는 이 행복이야말로 자가 발전으로 만들어 낸 순수 내 작품이자 우리 작품임에 틀림없다. 막 기우는 오후 햇살이 따스했다.

"현준이가 있으면 잘 먹을 텐데…."

"애들 오면 또 해 주지 뭐."

손자가 생각나서 하는 말에 아내가 부듯한 표정으로 한마디 덧붙였다. 뜨거운 걸 먹느라 살짝 땀기가 어린 그미의 이마에 햇살이 환히 비추었다. (2011)

김장하던 날

　올해는 직접 농사지은 배추와 무로 김장을 했다. 가까이 사는 친구가 소일거리 삼아 부쳐 보라고 내준 열댓 평 남짓한 땅에 배추 모를 심고 무 씨앗도 뿌렸다. 구색으로 쪽파와 대파 그리고 갓도 조금씩 가꾸었다. 하늘이 도운 덕분에 농사가 제법 실했다. 누가 뭐래도 김장은 긴 겨울에 더없이 요긴한 먹거리다.

　김장하기 열흘 전쯤, 아내는 몸살에 장염까지 겹쳐서 숟가락조차 제대로 들지 못할 만큼 앓았다. 몸은 웬만해졌지만 김장은 엄두도 낼 수 없었다. 그런 와중에 기온이 영하 삼사 도까지 떨어진다는 일기예보를 들으니 배추 수확을 더 이상 미뤄서는 안 될 것 같았다. 배추보다 추위에 더 약한 무는 며칠 앞서 이미 뽑아다 둔 터였다.

　그렇게 뽑아다 놓고서도 아내의 몸이 성치 않아 차일피일하는 사이에 일주일이 그냥 지나버렸다. 배추가 상할까 봐 자꾸 신경이 쓰였다. 아내는 더는 미룰 수 없다고 생각했는지 편치 않은 몸으로 용기를 냈다. 겨우 추스른 몸인데 도지지나 않을까 싶어 걱정이 되었다.

전날 저녁에 배추를 절였다. 포기가 큰 놈은 반으로 갈라서 건네면 아내는 소금물에 적셔 낸 다음 배추 잎 사이사이에 소금을 살짝 뿌려 욕조에 차곡차곡 쌓았다.

이튿날 아침, 아내는 서둘러 절인 배추를 씻었다. 그 싱싱하던 배추 잎이 하룻밤 새 서리 맞은 호박넝쿨처럼 풀이 죽었다. 굽혀야 할 때는 굽힐 줄 아는 게 삶의 지혜가 아닐까. 뻣뻣하게 결기를 세워야만 뜻을 관철하는 것도 아니고 고개를 숙인다고 해서 낙오자가 되는 건 더더욱 아닐 것이다. 배추도 숨이 죽어야 김치로 완성된다는 것을 알기라도 한 듯 얌전하게 차례를 기다리고 있다.

배추의 물기가 빠지기를 기다리는 동안 배춧속에 넣을 양념을 준비했다. 나는 팔을 걷어붙이고 무채를 썰었다. 썰었다기보다 채 써는 틀에다 대고 무를 밀었다. 처녀의 미끈한 장딴지 같은 무가 사각사각 상큼한 소리를 내며 칼날을 빠져나가 작은 둔덕을 만들며 하얀 눈처럼 쌓였다.

아내는 무채 더미에 분당 사돈댁에서 보내 온 다진 생강을 한 움큼 넣고 전날 찧어 놓은 마늘도 섞었다. 연이어 생새우와 새우젓을 넣고 멸치액젓을 부었다. 거기에 다시 토막 낸 생선 조각 같은 걸 집어넣었다.

"아니 여보, 그게 뭐야. 웬 생선을 다 넣는 거야?"

김장에 무슨 놈의 생선을 집어넣는가 싶어 엉겁결에 물었다. 아내는 나를 슬쩍 쳐다보며 '황석어젓'인데 그걸 넣어야 김치 맛이 산다는 것이다. 이어서 장모님이 보내 온 고춧가루를 무더기로 쏟아부었다. 그런 엄청난 양념이 들어가는 걸 보면서 맛이야 어떻든 너무 맵고 짜지 않을까 하는 노파심에 안절부절못했다.

양념이 추가될 때마다 고무장갑을 낀 손으로 연신 버무렸다. 마지막 단계에 가서는 짤막하게 자른 갓과 미나리를 수북하게 집어넣고 또 무슨 죽 같은 걸 부었다. 아내는 궁금해하는 내 표정을 흘깃 보더니 어떤 김치든 제대로 발효가 되게끔 하려면 찹쌀풀을 넣어야 한다는 말을 덧붙였다.

온갖 재료가 더해질수록 양념의 양이 부풀어 오르더니 커다란 양푼에 그득 찼다. 골고루 섞이도록 수십 번을 뒤집고 버무리다 보니 여간 힘이 부치는 게 아니었다. "이제 됐다"는 말이 떨어지고서야 버무리기를 멈췄다.

우리 고유 음식을 몇 가지 꼽을 수 있겠지만 그중에서 김치를 제일로 치고 싶다. 대대로 내려온 김치에는 갖은 재료만 들어가는 게 아니라 땀과 눈물은 물론이고 한숨과 웃음까지도 골고루 버무려 넣어야 하기 때문이다. 배추와 무에는 이미 팔월의 땀이 배어 있을 테지만 이따금 생활 속에 젖어드는 눈물도 한 숟갈 들어가고 가끔 한숨도 살짝 쳐야 감칠맛이 나지 않겠는가. 그것만으로는 뭔가 좀 부족하고 행복한 미소도 한 움큼 집어넣어야 제대로 된 맛을 낼 수 있을 것이다.

불현듯 김장을 담근다는 것은 세상살이와 별반 다르지 않다는 생각이 들었다. 어느 사회든 각자 맡은 역할을 충실히 해낼 때 제대로 돌아가듯이 말이다. 배추와 무라는 역할을 맡은 주인공은 물론이고 소금과 같이 부패를 막으면서 간도 맞춤하게 내 주는 사람, 고춧가루나 생강 또는 마늘이 되어 조직에 생기와 활력을 넣어 줄 사람, 또 찹쌀풀처럼 발효제로서 풍미를 더해 주는 그런 존재도 필요할 것이다. 잘 익은 김치같이 웃음과 행복은 물론 눈물과 한숨까지도 골고루 섞여 버무려졌을 때 맛깔 나는 세상이 되지 않을까 싶다.

문득 떠오른 상념을 옆으로 밀쳐내고 본격적으로 양념 넣기를 시작했다. 마침 친정에 다니러 온 둘째 딸도 팔을 걷어붙이고 제 엄마를 도왔다.

절인 배추를 펴놓고 한 겹씩 들추면서 양념을 넣는다. 순간 노란 잎에 붉은 물이 들면서 화사한 꽃으로 피어난다. 붉은 양념을 뒤집어쓴 배추 잎을 하나 집어서 맛을 본다. 간 한번 보지 않고 온갖 재료를 마구 쏟아붓는 것만 같은데도 간이 맞다.

한 포기씩 소를 채우고 겉잎으로 몸체를 깡똥하게 오므려 감아 마무리한다. 모녀간의 끊이지 않는 이야기와 간간이 터지는 웃음소리가 배추 포기에 스며드는 듯하다. 아내는 소를 채운 포기를 냉장고용 김치통에 차곡차곡 담는다.

아내가 앉아 있는 뒤편으로 어머니가 허리를 깊숙이 굽힌 채 김칫독에 포기김치를 쟁이는 모습이 어렸다. 예전에 어머니는 김장을 했다 하면 백 포기씩 하셨다. 김장을 담그기 전에 미리 장독을 묻는 것도 일이었다. 마당 한쪽에 땅 파는 일은 일 년에 딱 두 번, 봄이면

묻었던 독을 파내고 늦가을 김장 때면 다시 묻기 위해 땅을 팠다. 그렇게 묻은 독 속을 어머니는 다시 행주로 깨끗이 닦아 내고서야 양념을 채운 배추 포기를 장독에 쟁이셨다.

웃음소리에 퍼뜩 고개를 드니 장독은 어디 가고 김치가 가득 담긴 통이 가지런히 놓였다. 이제는 땅을 팔 필요가 없는 세월이 되었다.

"에미야, 오늘 늦었더라도 친정에 좀 다녀오너라."

아내는 얼추 일이 마무리되자 막 퇴근한 며느리를 불러 친정에 보낼 것부터 챙겼다. 안사돈이 돌아가신 후로는 사돈댁까지 신경을 쓴다. 겨우살이 반양식이라는 김장에 인정까지 곁들이니 간 한번 보지 않고도 제 맛이 우러나는가 보다. (2011)

에미야, 보아라

    그간 너에게 이메일을 몇 번 쓴 적은 있지만 이렇게 편지를 쓰기는 처음이구나. 네가 애비와 결혼한 지가 벌써 여섯 해가 되는구나. 네가 우리 집 며느리로 들어왔을 때의 기쁨이야 말해 무엇 하겠니. 그 심정은 어느 부모나 다 마찬가지겠지. 더군다나 요즘 워낙 만혼이 넘쳐나는 터에 너희들은 제때 결혼한 것만도 얼마나 흐뭇했는지 모른단다.

    나는 결혼 초부터 네 시어미에게 "여보, 우리 딸 하나 더 있는 것으로 생각합시다" 하고 종종 말했었지. 그래도 사람들은 '딸은 딸이고 며느리는 며느리' 라고 하더라만, 우리 집처럼 한집에 살면서 아침저녁으로 대하는 며느리가 더 가까운 건 당연하지 않겠니.

    더군다나 널 그렇게 생각하는 연유는 결혼한 지 일 년 남짓 만에 외손자 현준이를 보지도 못하고 먼저 가신 친정엄마가 떠올라 더욱 그렇단다. 안사돈께서 돌아가셨을 때의 그 애절함을 차마 무어라 말할 수 있겠니.

그런 네 심중을 헤아려 이런 말을 해 주고 싶었다. '시어머니를 굳이 시어머니로만 보지 말고 친정엄마처럼 생각한다면 좀 더 임의롭고 네 마음도 조금은 더 편하지 않겠니' 하고 말이다.

결혼하고 얼마 안 되었을 때다. 네가 손위 시누이를 '언니'라고 부르는 걸 보면서 '어, 언니?' 하다가 '그래, 그것도 괜찮겠다' 싶은 생각이 들었었다. 그렇게 친동기간처럼, 친 모녀처럼 지낸다면 훨씬 몸도 마음도 편하지 않을까 싶어서 하는 얘기다.

에미야,

우리 가족이 한집에 산 지도 어느덧 네 해째가 되는구나. 세월이 참 빠르다는 말이 절로 나온다. 우리가 합가한 것은, 너희는 출근해야 하는 상황인데 손자는 우리가 돌봐야 되지 않겠나 싶은 마음에서 자연스럽게 이루어진 것이지. 아마 너희도 내심 그렇게 해 주길 바라는 마음이 있었잖니? 결국 이심전심이라고 해야겠지.

요즘 며느리들이 시부모 가까이하는 걸 무척 힘들어 한다는데 너는 어찌 생각하는지 모르겠다. 네가 살림에는 크게 신경을 쓰지 못한다 해도, 직장 일에 시달리랴 애들 건사하랴, 힘들지 않을 리가 없겠지. 그러나 가끔은 역지사지라는 말을 새겨볼 필요도 있다. 할아버지 할머니가 손자들 끔찍이 여기는 것이야 당연하다지만 그만큼 힘들고 어려운 점도 있단다.

현준이가 두 돌 막 지낼 무렵의 일이다. 감기 기운이 있어 소파에 누워 있는 애에게 한술이라도 더 먹이려고 밥숟가락을 들고 오락가락했지. 그런데 어느 순간 보니 애가 축 늘어져서 숨도 쉬지 않는 것 같았어. 기겁을 해서 할머니가 등을 두드리면서 흔드니까 토하더라구. 애를 들쳐안고 어떻게 병원까지 차를 몰고 갔는지 모르겠다. 지금도 그때 일을 생각하면 얼마나 당황했었는지 정신이 다 혼미할 지경이란다.

그런가 하면 네 친정 오빠 결혼식 날 있었던 일은 너무나도 끔찍해서 평생 잊을 수 없을 것 같다. 손자 데리고 지하철 한번 타는 걸 은은히 기다리던 나로서는 현준이가 할아버지를 따라 나서는 게 반가웠다. 그래 가벼운 걸음으로 손을 잡고 나선 길이었지.

매일같이 지하철을 오르내리면서도 "승강장과 열차 사이가 넓으니 타고 내릴 때 조심하라"는 안내 방송을 귓등으로 들었었다. 너무도 대수롭잖게 흘려듣던 그 위험에 대한 경고가 한순간 내 손자에게 덮쳐 올 줄 누가 상상이나 했겠니. 손끝 하나 다치지 않고 어떻게 단숨에 그 어둠의 나락에서 현준이를 끌어올렸는지 지금 생각해도 식은땀이 난다.

애 할머니는 옆에서 고래고래 고함을 쳤다는데 무슨 소리를 해댔는지 난 아무 기억도 없구나. 하느님께 감사하고, 부처님께도 감사하다고 수없이 되뇌었단다. 그 이야기 듣고 너도 어지간히 놀랐을 게다. 그 황당한 일을 겪으면서 언제나 매사에 조심해야겠다는 걸 절감했단다.

에미야,

세상이 이렇게 변하고 있다는데 넌 어떻게 생각하니? 지난해 신문에 난 보도를 보면서 참으로 마음이 답답했단다. 삼대가 한집에 사는 가정이 전체 세대의 오 퍼센트도 안 된다는 거야. 어느새 핵가족화가 그렇게까지 되었나 하고 새삼 놀랐다. 그런데다가 가족에 대한 사람들 의식이 엄청 변했더구나 글쎄. 네 명 중 한 명 정도만이 조부모나 손자를 가족이라고 생각한단다.

더욱 놀라운 사실은 부모조차도 가족으로 여기지 않는 이가 삼십 퍼센트나 된다니, 뭔가 잘못되고 있다는 생각이 들잖니. 그만큼 세태가 각박해지고 개인주의가 팽배해졌다는 증거가 아닌가 싶다. 이웃 간의 정리는 고사하고 가정 자체가 무너진다고 볼 수도 있어서 더욱 마음이 무거웠다.

집에 있는 입장에서도 집안일이 만만찮지만 직장을 나가는 너 역시 밖에서의 어려움도 적지 않을 것이다. 요즘 언론에서는 학교 폭력과 왕따 문제가 심각하다고 연일 시끄러울 정도인데 너의 학교는 어떤지 궁금하구나. 고등학교는 좀 덜하다는 말도 있지만 심지어 학생이 선생을 해코지하는 일도 심심찮게 일어난다니 걱정이다. 손자들도 커가고 더욱이나 네가 교직에 있다 보니 이래저래 신경이 쓰인단다.

에미야,

가정은 한 가족이 삶을 누리는 공간이자 터전이다. 편지 쓰는 참에 한 가지 꼭 해 주고 싶은 말이 있다. 나는 평소 집안의 화목은 여자 하기 나름이라고 생각해 왔다. 물론 가정의 평화가 남자들과 무관하다는 말은 아니고 여성 구성원이 어떻게 처신하느냐에 따라 결정적인 영향을 줄 수 있다는 의미란다.

특히 우리같이 한집에 사는 경우에는 고부간의 관계가 얼마나 원만하냐에 따라 집안 분위기가 달라진다고 본다. 그렇다고 너와 시어미 사이가 안 좋다는 말은 결코 아니다. 너도 매사에 성심성의껏 하는 걸로 알고 있지만 집사람도 하나에서 열까지 집안 살림하랴, 손자들 돌보랴, 가정의 화평을 위해 애 많이 쓰고 있는 것, 이해하리라 믿는다.

옛 어르신들 말씀에 "며느리 사랑은 시아버지"라고 하더라만 그런 말이 나에게는 영 어색하게 들리는구나. 혹여 언짢은 구석이 있더라도 너그럽게 이해해다오. 그리고 할 이야기가 있으면 터놓고 하거라. 속으로만 삭이는 것보다는 그게 훨씬 바람직하다고 본다. 앞에서 말했듯이 친정 부모님 대하듯이 말이다.

에미야,

가정의 화목은 가족 모두가 건강하고 서로 간에 사랑이 흐를 때 얻을 수 있는 것이 아니겠니. 우리 집 행복전선에는 아무 이상이 없다고 보는데 너는 어떻게 생각하니?

이야기가 너무 길어졌구나. 이만 줄인다. (2012)

〈이 글은 우정사업본부에서 실시한 '편지쓰기' 행사 때 며느리에게 보냈던 편지다.〉

이래저래 팔불출

"어머니, 난리가 났었어요."

며느리가 들뜬 기분으로 현관을 들어서면서 아내한테 하는 말이다. 전철에서 주위 사람들이 현준이를 보고 너도나도 예쁘다고 한마디씩 하는 바람에 제법 먼 데서까지 사람들이 몰려들었단다.

며느리의 얼굴에 행복해하는 기색이 역력했다. 따로 사는 아들네가 한 달이면 서너 번 손자 얼굴을 보여 주러 왔다. 외출하려는데 손자가 온다는 기별이 있을 때면 '돌아올 때까지 가지 말라' 고 일러놓곤 했다.

태어난 지 한 달이 지나고 백일을 맞을 무렵부터 하루가 다르게 변하는 아이 모습은 눈을 뗄 수가 없게 했다. 움직임 하나하나가 다 신기했다. 앙증맞게 꼭 움켜쥔 작은 손, 고물거리는 입, 초롱초롱하고 해맑은 눈. 더불어 힘차게 우는 모습도, 재채기나 하품을 하는 모습까지도 예쁠 뿐이었다.

아이가 젖을 먹고 나서는 반드시 트림을 해야 한다는 사실, 곧추 세워 안고 등을 살살 문질러서라도 트림을 시켜 줘야지 그렇지 않으면 자칫 토할 수도 있다는 사실도 알게 되었다. 삼십여 년 전 내 아이들을 키울 때의 기억은 다 어디로 갔는지 새삼스럽기만 하다.

지난해 여름방학에는 교직에 몸담고 있는 며느리가 대학원 학업 때문에 달포 동안 집을 떠나 있었다. 손자는 아내와 내 차지가 되었다. 우유를 먹이면서 눈을 마주하면 그 눈동자에 나의 혼이 다 빨려 들어가는 것 같았다. 두 눈을 맞추고 어르면 입가에 해맑은 웃음을 피웠다. 아이의 '천사표' 얼굴에 모든 근심이 녹는 듯하고 나보다 더 행복한 사람은 없을 것만 같다.

애가 진저리를 치거나 기저귀가 묵직하게 느껴질 때면 어김없이 '쉬'를 한 게다. 아랫도리를 만져 보면 뜨뜻한 기운이 손끝에 전해져 왔다. 딴전을 피우며 놀다가도 얼굴에 힘이 들어가면서 표정이 굳어지면 틀림없이 '응가'를 한 것이다. 아이의 응가까지도 어찌 그리도 예쁜지. 기저귀에 담긴 응가는 호박죽을 한 주걱 엎질러 놓은 것 같기도 하고 노란 국화꽃을 생각나게도 했다. 여린 몸통을 그러안고 뒷물을 시킬 때면 두 손을 움켜쥐고 개운하다는 듯 깜찍한 표정을 지었다.

녀석의 눈을 보고 있으면 하늘의 잔별들이 쏟아져 내리는 것이 아닌가 하는 터무니없는 생각이 들 때도 있다. 또 어떤 때는 등잔만 해 보이는 아이 눈에서 광채가 돌고 꽃잎이 피어나는 듯해 눈이 다

부실 지경이다. 어디에 가든 사람들이 "어머, 애 눈 좀 봐, 어쩜 이렇게 커. 정말 예쁘다" 하는 소리를 자주 듣곤 한다. 보고보고 또 보고 아무리 들여다봐도 지루한 줄을 모르겠다.

거리에서 낯모르는 아이를 보고도 그 천진난만함에 싱긋이 웃으며 바라보곤 했는데, 하물며 내 혈육에 대한 뿌듯함을 어디에 비기랴. 아마도 본능적이라고밖에 달리 할 말이 없다. 가끔은 혼자서 돌보느라 진땀을 빼기도 하지만 힘든 것은 그때뿐, 제 집으로 돌아가고 나면 손자의 모습 하나하나가 눈에 삼삼하다.

집안에는 현준이 모습들이 여기저기 도배가 돼 있다. 자라면서 변해 가는 아이 모습이 벽면을 가득 채울 뿐만 아니라 휴대전화에서도, 컴퓨터에서도 손자는 나를 보고 웃고 있다. 한시도 내 곁을 떠날 줄을 모른다.

우편물을 뒤적이다가 눈길을 끄는 것이 있었다. 칠 개월 된 손자 앞으로 온 우편물이었다. '주민등록번호'까지 적혀 있는 의료보험등록통지서다. 또 얼마 전에는 한 방송 프로에 출연했는데 애 앞으로 출연료를 지급하면서 세금을 공제하더라고 했다. 현준이가 나라에 세금을 낸 것이다. 강보에 싸여 있는 아이가 어엿하게 국민의 한사람으로 인정받고 있다는 사실에 가벼운 흥분이 일었다.

며느리가 휴직기간이 끝나고 출근해야 하는 형편이 돼서 결국 살림을 합쳤다. 이젠 손자가 오기를 기다리지 않아도 된다. 아침저녁만이 아니라 어떤 날은 온종일 내 차지가 되기도 한다. 할 일을 못하는 것은 그만두고라도 내 몸은 파김치가 된다.

그렇게 즐거움과 어려움을 함께 안겨 주는 현준이가 돌이 됐다. 돌이 지나고 나서야 겨우 '따로'를 서더니 며칠 전에는 처음으로 몇 걸음을 뗐다.

"어머, 얘 봐, 현준이가 세 발짝이나 걸었어."

온 식구가 둘러앉아서 몇 발짝 걸음마를 뗀 걸 가지고 난리가 난 듯 법석이다. 그런 기쁨은 오로지 현준이에게서만 받을 수 있는 선물일 것이다. 박수 소리에 녀석도 신명이 났는지 한두 발자국을 떼다간 넘어지길 몇 차례나 되풀이했다.

언젠가 '동물의 왕국'에서 봤던 새끼 '누'의 기억이 생생하다. '누' 새끼는 태어난 지 채 몇 분도 되기 전에 뒤뚱거리다 넘어지고 고꾸라지면서도 안간힘을 다해 어미에게 다가가려 애를 썼다. 그러더니 불과 십 분도 안 돼서 어미젖을 빨기 시작했다.

그 모습은 차라리 경이롭기까지 했다. 더욱 놀라운 것은 몇 시간도 안 된 어린 것이 공격해 오는 하이에나보다도 더 빨리 뛰어서 위기를 모면하는 것이다. 일 년이 다 되도록 걸음마도 제대로 못하는 인간과 야생동물의 생존법의 극명한 대비, 그러나 그 비교만으로 인간의 나약함을 이야기한다면 인간에 대한 모독이 아닐까 싶다.

현준이가 이젠 맨밥도 먹기 시작했다. 제 손으로 움켜쥐려 고집을 부리다 보면 볼따구니며 앞자락은 밥풀 투성이가 된다. 그 밥풀만이 아니라 입안에 있던 것도 뱉어내면 다시 내 입으로 들어가기 일쑤다. 이리저리 녀석과 뒹굴다 보면 '손자와 할아버지'는 하나가 되곤 한다.

오래전에 어느 아버지가 아들에게 썼다는 "아비는 너를 키우면서 너의 재롱과 웃는 모습에서 너의 효도를 다 받았다"는 글을 읽으면서 잔잔한 감동과 깨달음을 얻은 적이 있다. 이즈음 손자를 돌보면서 그 깊은 뜻을 더욱 절감하게 된다.

누군가 말하기를 손자는 온통 마음을 훔쳐가는 '귀여운 도둑'이라고 했지만 요즘 현준이는 나를 '팔불출'로 만들고 있다. 내놓고 손자 자랑하면 팔불출이라고 한다는데, 난 이래저래 팔불출을 면하긴 어렵게 생겼다. (2009)

나보고 먹보래요

나는 현우예요, 서현우. 이제 세 살인데 정확하게 말하면 두 돌하고 석 달 지났어요. 우리 집에는 '하찌' 하고 '할미' 하고 그리고 엄마, 아빠랑 살아요. 아참, '엉아'도 있어요. 엉아는 나보다 세 살 많아요. 식구 중에서 내가 제일 좋아하는 사람은 하찌예요. 하찌도 나를 젤 예뻐하는 것 같더라구요.

그런데 가끔 어른들은 내가 걸음마도 느리더니 말도 더디다고 걱정 아닌 걱정을 해요. 난 아무렇지도 않은데 말이지요. 때가 되면 어련히 하지 않겠어요.

"현우야, 말은 언제 할 거야, 응?"

할미가 그럴 적마다 나는 속으로 '할미야, 말은 때가 되면 다 한다고요. 너무 걱정 마세요' 하면서 웃어요. 그럴 때면 할미는 나를 숨이 막힐 만큼 꼭 안아 줘요. 요즘에는 식구들 부르는 말 말고도

'밥', '응', '아니야' 같은 말은 하는데도 어른들은 답답한가 봐요.

내가 사실은 걸음마도 퍽 늦었거든요. 어른들은 여자애들은 돌도 안 돼서 뛰어다닌다는 둥 하면서 너스레를 늘어놓는 거예요 글쎄. 나는 돌 지나고 겨우 몇 발짝 떼긴 했지만 몇 달 지나면서는 막 걸었거든요. 얼마쯤 지나면 말문이 트여서 말도 잘 할 거예요. 우리 엉아도 세 살이 넘어가자 못하는 말이 없었대요. 할미가 깜짝깜짝 놀랄 정도였대요. 내가 봐도 요즘 엉아는 제법 어려운 말도 잘 하거든요.

그렇지만 나도 잘 하는 게 한 가지는 있어요. 뭐냐 하면 먹는 거예요. 그래서 우리 집에서는 나를 '먹보'라고 해요. 돌 지나고부터 김치랑 나물 같은 것도 먹기 시작했어요. 나는 그런 반찬이 그냥 좋아요. 매운 건 물에 헹궈서 먹여 줘요. 어떤 때는 좀 매워서 혓바닥을 내밀기도 하지만 금방 괜찮더라구요. 어른들은 내가 무척 신통한가 봐요.

"여보, 애 상추쌈 먹는 거 좀 봐요. 아마 이 나이에 된장에 상추쌈 먹는 애는 현우밖에 없을 거야."

지난 여름께였어요. 하찌하고 할미가 상추쌈을 먹는데 나도 먹고 싶더라구요. 말은 못하지만 손가락으로 가리키면서 달라고 떼를 썼지요. 하찌가 기가 막히다는 듯이 너털웃음을 웃으시대요. 그러더니 상추를 내 손바닥 반만 하게 뜯어서 밥 몇 알갱이 얹고 쌈된장을 쌀 한 톨만큼 올려놓은 다음 살짝 접어서 내 입에다 넣어 주는 거예요. 나는 입을 딱 벌리고 받아먹었어요. 어찌나 맛있던지, 더 달라고 보챘더니 하찌는 나를 무릎에 앉혀 놓고 상추쌈을 여러 번 해 줬어요.

며칠 전에는 하찌 생일이라 밖에 나가서 점심을 먹었어요. 그날은 고모네 식구까지 와서 열 식구가 같이 먹었어요. 고기 구워 먹는 집이었는데 내가 상추쌈을 얼마나 먹었는지 식당 아주머니도 깜짝 놀라대요.

"아니, 어짠 어린애가 쌈을 이렇게 잘 먹냐, 신기하다 얘."

그날 하찌가 싸주는 쌈으로만 밥을 다 먹었어요. 고모도 고모부도 어이없어하는 표정으로 날 쳐다봤어요. 고종사촌 엉아들이나 우리 엉아는 아직도 쌈은 안 먹거든요. 이렇게 맛있는 쌈을 왜 안 먹는지 모르겠어요.

뭐 하나 부러울 게 없는 나에게도 한 가지 걱정이 있어요. '쉬' 나 '응가'가 아직 맘대로 안 되는 거예요. 벌써 몇 달 전부터 엄마가 신경을 많이 쓰면서 "현우야, 쉬 해야지, 응가 안 해?" 하고 어르는데, 그럴 때는 안 나오고 좀 있다가 슬그머니 나오는 거예요. 그러면 엄마는 "아이구, 하랄 때는 안 누더니 그냥 바지에다 싸면 어떻게 해, 응" 하면서 내 엉덩이를 찰싹 때려요. 그럴 때면 난 속이 상해 막 울면서 하찌한테 가요. 하찌는 두 팔을 활짝 벌리고 나를 꼭 안아 주거든요.

나는 지난봄부터 어린이집에도 다녀요. 아침에는 하찌가 데려다 주고 저녁때는 할미가 데리러 와요. 요새는 겨울 방학이라 엄마가 데리러 올 때도 많아요. 선생님은 "현우가 친구들하고 얼마나 잘

노는지 몰라요" 하면서 엄마한테 내 칭찬을 막 하대요. 그러면 나도 기분이 좋지요 뭐. 그래도 하루 종일 친구들하고 놀다가 엄마를 보면 그렇게 좋을 수가 없어요.

사실 나는 엉아만큼 잘생기지는 못했어요. 엉아는 정말 잘생겼거든요. 어렸을 때는 텔레비전에도 나오고 애기들 옷 모델도 여러 번 했다는 얘기를 들었어요. 난 아직 그런 거 해 본 적 없거든요. 그런데도 내가 더 예쁘다는 동네 할미들도 있어요. 나는 그러려니 하면서도 듣기 싫진 않아요. 우리 할미도 그 말에 기분이 좋은지 연신 나를 안고는 내 볼에다가 뽀뽀를 해 대는 거예요.

아직은 나이가 나이니만큼 장래 희망이니 꿈이니 하는 걸 말할 수는 없어요. 다만 불만이 딱 한 가지 있어요. 다른 식구들한테는 없고요, 가끔 엉아가 안 놀아 주는 거예요. '렌자고'를 열심히 만들고 있는 엉아에게 같이 놀자고 끼어들 때가 있어요. 갑자기 엉아는 "너 때문에 다 틀렸잖아" 하면서 갑자기 내 얼굴을 쥐어박는 거예요. 그럴 때가 제일 억울해요, 내가 엉아로 다시 태어날 수도 없고.

그동안 엄마 옆에서 잤는데 얼마 전에 아빠가 이층 침대를 사 왔어요. 나는 아래층에서 자고 엉아는 위층에서 자요. 밤 아홉 시면 자기 때문에 아침에는 좀 일찍 일어나는 편이에요. 일어나자마자 먼저 하찌한테 가서 놀자고 막 끌어내거든요. 어떤 때는 하찌가 귀찮다는 듯이 얼굴을 찡그리기도 하지만 그래도 나는 상관없어요. 하찌는 같이 놀아주지, 밥도 먹여 주지, 응가 하면 안고 가서 씻겨 주지, 뭐든지 다 해 주거든요. 나는 하찌가 있어서 정말 좋아요.

며칠 전에는 할미가 하찌한테 이런 말을 하면서 날 빤히 쳐다보는 거예요.

　"위층 형님이 그러는데, 손주들 이뻐해 봐야 다 소용없대. 좀 커봐. 본척만척하면서 제 방으로 쏙 들어가면 그만이라는 거야. 우리 현우도 그럴 거야?"

　아직 말은 잘 못하지만 나는 그러지 않을 거라고 생각했어요. 하찌하고 할미가 나를 무지하게 예뻐하고 나도 하늘만큼 좋아하는데 어찌 변하겠어요. 이제 말문이 트이면 "걱정하지 마세요. 하찌, 할미 좋아하는 마음 변하지 않을게요. 사랑해요" 하고 큰 소리로 말해 줄게요. (2013)

아들네가 이사 가던 날

　같이 살던 아들네가 분가를 하게 되었다. 네 살배기 둘째 손자가 차에 오르면서 "할아버지, 안녕" 하며 손을 흔들었다. 나들이라도 가는 것처럼 즐거운 모양이었다. 그러나 일곱 살인 큰손자는 한참을 머뭇거리며 서 있다가 기어들어가는 소리로 인사를 했다.

　"할아버지, 안녕히 계세요."

　순간 가슴에서 뜨거운 것이 치밀었다. 속마음을 감추고 아무렇지도 않은 듯 손을 흔들며 대답했다.

　"그래, 현준이 잘 가, 할아버지한테 전화해."

　녀석은 아무 말도 없이 고개만 숙이고 있었다. 손주들을 지켜보고 있던 아내는 슬그머니 뒤로 돌아서 버렸다.

　아이들이 떠나고 난 집안은 어수선한데 일이 손에 잡히질 않았다. 아들네와 합가한 지 엊그제 같은데 벌써 다섯 해가 넘었다. 현준이 돌이 가까워 올 무렵 며느리가 직장에 복귀하면서부터였다. 아들이 결혼할 때만 해도 한집에 산다는 것은 생각 밖이었다. 그러나 막상 손자가 태어나고 며느리의 출산 휴직이 끝나자 외면할 수가 없었다.

이듬해 구월에는 둘째 현우가 태어났다. 큰녀석과는 이 년 칠 개월 터울이다. 건강이 그다지 좋지 않은 아내지만 손자를 만지고 으를 때는 그렇게 행복해 보일 수가 없었다. 나 역시 녀석들의 초롱초롱한 두 눈을 들여다보거나 보듬어 안을 때의 뿌듯함은 그 어떤 노고나 희생도 다 보상받고도 남는 기분이었다.

여느 모임에나 종종 손자 이야기가 나오게 마련이다. 이런저런 말 끝에 나는 손자가 여섯이라고 하면 다들 한 번 더 쳐다본다. 그러면서 "벌써 여섯이야? 자네야말로 출산장려정책에 일등공신이구면" 하고 너스레를 떤다. 삼남매가 똑같이 스물여덟에 결혼해 둘씩 낳았다.

또 다른 모임에서 있었던 일이다. 백세 장수시대 얘기에서부터 자식들 타령에 이어 손자 이야기까지 나왔다. 한 동료가 좀 과격한 어조로 요즘 세상에 아들과 한집에 사는 사람이 어디 있느냐는 둥, 손자를 봐주는 건 어리석은 짓이라는 둥, 마치 아들 손자와 같이 사는 것이 무슨 잘못된 일이라도 된다는 듯 열을 올렸다. 옆에서 지켜보던 나는 은근히 부아가 나서 한마디 했다.

"애들하고 한집에 살다 보면 힘들고 불편한 점이 적지 않은 것도 사실이지. 그렇지만 손주들하고 뒹굴며 노는 재미는 겪어 보지 않고는 모를걸."

나는 단연코 말할 수 있다. 손자들로부터 얻는 즐거움은 그 무엇과도 비교할 수 없을 만큼 크다는 것을. 자식 입장에서도 어린 것을 마음 편히 맡길 수 있는 보호자가 있다는 것이 얼마나 큰 위안이고 다행인가. 돌도 안 된 핏덩이를 남에게만 맡긴다는 건 아무래도 좀 불안하지 않겠는가.

그러나 현실과 이상의 차이라고나 할까. 주변에서 흔히 듣는 말이 있다. "손자가 오면 반갑고 갈 때는 더 반갑다"는 말이 가식假飾 없는 심정일진대 같이 살면서 힘들고 버거운 때가 없다면 거짓부렁일 것이다. 자식들에게 차마 내색할 수 없는 불편함이 왜 없겠는가.

아침이면 아내와 나의 손길은 한층 더 분주해졌다. 아들과 며느리는 아침밥도 먹지 못하고 출근했다. 큰손자가 두 돌이 지나면서 어린이집에 보냈다. 아침마다 비상이라도 걸린 듯 바쁘게 움직였다. 아내가 식사 준비하는 동안에 나는 손자들 세수도 시키고 기저귀를 갈아주기도 하면서 손발을 맞추었다. 또 아내가 어린이집 보낼 채비를 하는 사이에 나는 설거지를 했다. 물론 그 역할이 바뀔 때도 있다. 어린이집에 데려다주는 일은 주로 내 차지였다. 아이가 어린이집엘 다니면서 말도 늘고 사회성도 좋아졌을 뿐 아니라 말끝마다 존댓말을 하는 양이 어찌나 예쁜지 모르겠다.

주말이면 며느리도 제대로 쉬지 못하고 아이들에게 매달렸다. 그 모습을 보고 있자면 삼십여 년 전 아이 셋을 키우느라 파김치가 되던 아내 생각이 떠오르곤 했다. 그런 아내가 매끼마다 주방 일에도 힘이 부치는데 설거지까지 하게 내버려둘 수는 없었다. 집안 살림이란 것이 흔히 밑도 끝도 없다고 하지 않던가. 집안청소며 설거지 정도는 으레 도와줘야 되지 않겠나 싶어서 내 딴에는 마음을 쓰는 편이다.

가끔은 다리미질도 했다. 아들 와이셔츠 예닐곱 장에 나의 것 한두 장 정도다. 다림틀 위에 구겨진 셔츠를 펼쳐놓고 보면 직장 생활에 구겨졌을지도 모를 아들의 마음을 보는 듯했다. 일그러진 심기를 반듯하게 펴줘야겠다는 생각으로 손목에 힘을 주었다. 최근에는 유치원에 가는 큰손자의 원복까지 다렸다. 손바닥 두 개만 한 옷을 주무르다 보면 절로 웃음이 번졌다.

삼대가 한집에 사는 가구가 오 퍼센트도 안 된다는 보도가 있었다. 또 조부모나 손자를 가족으로 보는 이가 네 명 중 한 명밖에 안 된다고 했다. "가족의 개념을 '혈연'보다는 '거주' 중심으로 보는 의식이 커진 결과가 아니겠느냐"는 전문가의 분석이 있긴 했어도 놀라운 현실임에 틀림없다. 우리 집은 어디 딴 세상에 사는 기분이 들었다.

큰손자가 내년 봄이면 학교에 간다. 아들은 제가 다녔던 초등학교에 보내고 싶어 했다. 그 뜻을 말릴 수도 없는 노릇이고 결국 아들네는 이십 년 넘게 살았던 한티골로 이사를 갔다.

아내가 집안 정리를 하다 말고 한참이나 창밖을 쳐다보고 있다. 손에는 현준이 장난감이 들려 있었다.

"빠짐없이 다 보낸다고 했는데…."

아내는 남아 있는 손자들 옷가지와 장난감을 챙기며 마음을 달래고 있었다. 내색은 안 해도 허전해 보였다. 여섯 식구가 복작대던 집안은 텅 빈 듯 적막에 잠겼다. 저녁을 먹고 나서 멍하니 텔레비전을 보고 있는데 큰손자에게서 전화가 왔다.

"할아버지, 우리 없으니까 편하지. 그런데 좀 심심하지 않아?"

"그래 이놈아, 편하다. 무지하게 편하다."

문득 손자 녀석들이 눈앞에 어른거렸다. 물끄러미 날 바라보는 아내의 눈이 촉촉해 보였다. (2014)

여보, 고마워요

　지난해 유월 초에 위암 수술을 했다. 삼주간의 입원, 육 개월의 항암 치료를 마쳤다. 내 삶의 마지막 언저리에서 '마의 관문'을 통과했다고 해야 할지, 아니면 또 다른 시험에 들게 할는지는 전적으로 나 자신에게 달렸다는 생각이 들었다.

　수술 받기 두 달 전, 정기 건강검진에서 위에 악성궤양이 있다는 판정을 받았다. 평소 가끔 위염 증세가 있어 속이 더부룩하니 거북해하곤 했었다. 하긴 이십 대 시절부터 위염이 있었고 평생을 달고 지내온 터였다. 막상 위암이라는 진단 결과가 눈앞에 펼쳐져도 담담한 기분이었다.

　집 가까이 있는 대학병원에서 입원 날짜를 잡았다. 입원 전날 밤 책상 앞에 앉았다. 그래도 명색이 '암수술'인데 아무리 초기라고는 해도 뭔가 가족들에게 한마디 남기고 싶었다.

여보, 효진이와 큰 박서방, 명진이와 작은 박서방, 그리고 동훈이와 에미야.

여보, 사랑하오. 내 자식들 다 사랑한다. 그리고 휘찬이와 예빈이, 주영이와 진영이, 현준이와 현우 또한 나의 영원한 사랑이다. 내일 입원하기에 앞서 몇 마디 적어 놓는다.

1. 내 컴퓨터 D드라이브에 있는 문학실〉수필작업실〉작품저장고에 있는 작품들을 이지출판 서용순 대표(02-743-7661)에게 보내서 수필집 출판을 의뢰해라. 책은 1,000부를 찍어서 느티나무문우회, 일현수필문학회, 중구문화원 수필반, 사월애, 그리고 보경회, 청우회, 청고38동기회, 65회, 73회, 46회, 도원회, 농협동인회, 성불회, 동심회, 고덕1동탁구교실 등에 연락해서 전해 줘라. 물론 집안 일가친척들에게도 전해 주거라. 이 책은 현준이와 현우의 자식들에게까지 전해지도록 해다오.

2. 내 컴퓨터 D드라이브 사진방에 있는 사진들은 잘 보관해 두거라. 그 사진들은 다 내가 직접 찍은 사진들이다. 평소 나의 할아버지나 아버지에 관한 사진이나 기록물 같은 자료가 전혀 없다 보니 무척 아쉬웠다. 그러므로 나의 책장에 있는 앨범과 함께 컴퓨터 사진까지도 증손자대까지는 전승되길 바란다.

3. 내 서재의 책과 그 외 소지품들은 적당히 분류해서 처분해도 좋다. 다만 너희 노년을 대비해서 그리고 자손들에게 선대 유품으로 전해 줄 만한 것이라고 판단되는 것들은 적당히 남기고 그 외는 알아서

선승을 기리다

처분해라.

4. 혹시 내가 죽음에 이르면 나의 시신은 화장해서 선산 납골당 주변에 산골 처리하고 대신 나의 유골함에는 나의 수필집을 넣어서 납골당에 안치하거라.

5. 우리네 삶은 더없이 소중하고 또 아름다운 작품이다. 그렇게 소중하고 아름다운 작품이 되도록 하루하루의 삶을 충실하게 엮어 나가야 하겠지. 가치 있는 삶, 행복한 생활인으로 후회 없이 살도록 노력하거라. 애비야, 에미야, 특히 엄마에게 잘해 드려라. 그리고 현준아, 현우야, 할머니 잘 보살펴 드려라. 부탁한다. 여보, 건강하게 백수를 누리시구려.

2014년 5월 26일 저녁에 서장원

입원하는 날, 암으로 투병 중이던 직장 동료의 작고 소식을 접했다. 무슨 암이니 죽음이니 하는 것은 남의 일처럼 여겼던 내게 '죽음'의 그림자가 갑자기 현실로 다가오는 듯한 기분이 들었다.

수술을 앞두고 C/T, Bone Scan, X-ray 촬영, 심전도검사, 혈액검사 등 오만 가지 검사가 이어졌다. 입에는 금식령이 내걸리고 팔뚝에는 링거주사 줄이 줄줄이 매달렸다. 수술이 잡힌 날 아침, 수술실로 실려 갔다. 의사와 몇 마디 주고받다가 나도 모르는 사이에 무의식 상태에 빠졌고 의식이 돌아왔을 때는 수술이 끝나 있었다. 서서히 의식이 돌아오면서 통증이 따라붙었다. 며칠간의 금식이 풀리고 상처가 아물면서 집으로 돌아왔다.

나를 수술했던 의사의 말이 나를 꼼짝 못하게 했다. 암수술 환자 중에 삼사십 퍼센트가 재발한다는 수치를 들이대면서 항암 치료의 중요성을 강조했다. 거기에 대고 한마디 반론을 펼 여지도 용기도 없었다. 치료는 혈액검사를 한 후 네 시간에 걸쳐 항암주사를 맞았다. 그리고 이주간 약을 먹고 일주일은 쉬었다. 그렇게 삼주 간격으로 여덟 번에 걸쳐 육 개월 간 항암치료를 받았다.

항암치료가 그렇게 크나큰 고통을 가져다주는지는 미처 몰랐다. 물론 주변에서 치료를 받다 보면 머리가 다 빠진다느니 '차라리 죽는 게 낫다' 할 만큼 엄청난 고통이 따른다는 소리를 아니 들은 것은 아니다. 그러나 그런 풍문은 그저 귓등으로 흘려들었을 뿐, '남의 죽을병이 나의 고뿔보다 못하다' 더니 내가 직접 겪고 나서야 그것이 얼마나 견디기 어려운 괴로움인지 절감했다.

횟수가 더해 갈수록 항암 치료의 부작용으로 인한 고통은 더욱 심해졌다. 위를 삼분의 이나 절제한 터라 한 번에 먹을 수 있는 양이 적어 하루에 여섯 번은 먹어야 했다. 먹는 일이 가장 큰 고역이었다. 그것도 초기에는 몇 술만 먹어도 위에 공기가 차고 속이 거북하고 느글거려 먹는 즉시 침대에 가 누워야만 했다. 십여 분 이상 지나면 위아래로 가스가 빠지면서 좀 편안해졌다.

엎친 데 덮친 격으로 입맛이 없는 데다가 모든 냄새가 싫다. 음식 냄새는 물론이고 무슨 화장품 냄새조차 역겹다. 음식이 들어오면 씹기는커녕 구역질이 나서 코를 움켜잡고 그냥 삼키기 바쁘다. 아예 삼키기 편하게 여러 가지 음식을 믹서로 갈아서 묽은 미음마냥 만들어서 삼켰다. 치료 기간 내내 씹는 맛을 모른 채 삼키며 지냈다.

식사 말고도 여러 가지 고통이 내 몸을 휘감았다. 기력이 다 빠져 나갔는지 시간이 지날수록 몸은 그냥 주저앉을 것만 같았다. 바깥 출입은 생각도 못하는 마당에 겨울 추위가 더욱 나를 집안에만 꽁꽁 묶어 두었다. 거기에 결정적으로 나를 괴롭히는 것은 손발을 찌릿찌릿하게 하는 저림 증세다. 더군다나 손톱 바로 밑은 피부가 갈라터지고 손가락이 물건에 닿기만 해도 예리한 통증이 전신으로 퍼졌다. 항암 치료가 끝나고 시간이 지나면서 입맛이며 기력이 서서히 돌아오는 데도 손가락의 증상은 쇠할 줄을 몰랐다.

일 년이 훨씬 넘는 투병 생활은 나 혼자만의 투쟁이 아니었다. 그것은 오롯이 아내의 헌신적인 사랑과 희생이 없었다면 불가능한 전투였다. 좋다는 온갖 음식을 만들고 하루 여섯 번씩 미음으로 갈아낸 아내다. 항암치료 받으러 갈 적마다 나를 데리고 다닌 아내다. 하나에서 열까지 집안일은 몽땅 다 해야만 했던 아내다. 내가 괴로워 나뒹굴 때면 돌아서서 눈물지며 안타까워한 아내다.

마침 삼월 팔일은 결혼 사십 주년 기념일이었다. 그러나 어디 외식은 그만두고 아내에게 꽃 한 송이 건네지 못했다. 그저 미안한 마음으로 몇 마디 거들었을 뿐이다. 후유증에서 완전히 벗어난 후에나 어디 먼 데 나들이라도 가야겠다는 다짐을 했다.

인간은 사회적 동물이라고 했던가. 긴 투병 생활 중에 그래도 위로가 됐던 또 한 가지는 자식들과 형제 그리고 주변 친구와 지인들로부터 걸려오는 전화다. 그들의 따뜻한 말 한마디가 위로와 격려가 되었다. 평소 별달리 내왕이 없던 친구가 소식을 들었다면서 연락이 오기도 했다. 더욱 반갑고 고마웠다. 간혹 병중에 있는데 전화하기가 조심스러워서 못했다면서 뒤늦게 걸어온 지인도 있다. 전화 한 통 없어 내심 서운한 마음이 들었던 지인에게서 그런 소리를 들으면 '아! 그럴 수도 있구나' 하는 자괴감이 들기도 했다.

나는 누구의 전화라도 반가웠다. 그래서 전화를 끊으면서 꼭 '고맙다'는 말로 마무리하곤 했다. 오랜 시간 칩거해 있는 내 처지에 통화는 외부와의 소중한 소통의 방편이었다. 물론 자주 찾아오는 자식들과 형제들, 그리고 몸에 좋다면서 먹을거리를 보내오는 친구에게 이르러서는 그 고마움을 말해 더 무엇하랴.

병마 앞에서는 한없이 사그라질 수밖에 없는 게 사람이다. 결코 가벼이 대할 수 없는 병고를 치르면서 여러 가지 생각이 들었다. 무엇보다도 다시는 이 같은 질곡에 들지 않도록 건강관리에 힘써야겠다는 다짐이다. 올해 내 나이 고희다. 요즘 내 얼굴을 들여다볼라치면 고비늙어 버린 듯하다. 나에게 얼마나 여생을 허락할는지 모르겠지만 무엇이든 하는 데까지는 열심히 해 볼 참이다.

앞으로 나의 버킷리스트bucket list에는 무엇을 담을 것인가. 첫째는 아내를 아끼고 사랑하는 일이다. 우선 집안 살림부터 성의껏 돕고 국내외 나들이도 좀 자주 하고 싶다. 또 아내의 건강에 각별히 신경을 써야겠다. 그리고 두 번째는 '수필문학에 대한 열정'이 식지 않도록 이어가는 것이고, 다음은 '연필 스케치'다. 돌이켜보면 아주 어렸을 때 가졌던 꿈 중에 그림이 있었다. 이미 수습修習을 위한 도

구들도 준비해 두고 있다. 아직은 손발 저림이 날 놔두지 않아서 얼마간 유예하고 있을 뿐이다.

"병은 인간에게 삶의 의미를 알려주는 스승이다."

뇌졸중으로 쓰러진 후 이십여 년 자연과 벗하며 건강을 회복한 어느 팔십 대 노익장의 호언이다. 그 말씀에 나름의 울림이 있다. 나 역시 그 가르침을 깊이 새기면서 삶을 마감하는 날까지 나름의 발자취를 남기고 싶다. (2015)

섬 소을
기리다

생활 속의 소품들

구두를 닦으며

  나는 종종 내 손으로 구두를 닦는다. 대개는 아내나 아들 구두까지 집어든다. 구두코에 앉은 먼지를 터는 정도의 솔질은 누구나 하지만 구두약을 발라가며 닦는 사람은 많지 않을 것이다.

  그 이유가 몇 가지 있다. 우선 구두를 들고 어딘가 닦는 곳을 찾아나서야 하는 것이 번거롭기도 하고 약소하나마 절약을 한다는 의미도 있다. 한편으론 가족 사랑을 실천한다는 자부심도 없진 않다. 그런 까닭으로 오래전부터 구두를 닦아 왔다.

  요즘엔 백수 신세라 시간이 넘칠 것 같은데 오히려 구두 닦는 일은 더 뜸해졌다. 게으름 탓인지 사랑이 식은 탓인지, 스스로도 좀 아리송하다.

  한참 만에 구두약과 구둣솔을 들었다. 이놈들은 내가 구둣솔과 약통을 들고 다가서면 이내 알아차리고는 반색을 한다. 화장 맛을 본 지가 언제인지 기억이 나지 않을 터인데도 화장을 시켜주는 것만으로도 고마울 뿐이라는 듯 먼지가 뽀얗게 앉은 얼굴을 내민다.

먼저 겉에 묻은 흙이며 먼지를 털어내고 보드라운 헝겊을 손가락에 거머쥐고 구두약을 살짝 묻혀서 구두 전면에 펴바른다. 엄마가 아이 세수를 시킨 다음 크림을 발라 주듯 골고루 문지른다. 그 다음엔 못쓰게 된 스타킹을 손바닥에 감고는 속도를 내서 마사지를 한다. 아내 구두를 손볼 때는 마치 아내의 발을 쓰다듬는 듯 한순간 착각할 때도 있다. 광택이 나는 구두코는 갓 돌 지난 아기의 새까만 눈동자 같기도 하고 윤기가 자르르 흐르는 검은 새끼염소의 잔등을 쓰다듬는 것 같은 느낌이 든다.

한 켤레씩 닦아 옆으로 밀쳐놓고 보면 멋진 작품이라도 만들어 낸 듯한 기분이다. 구두 표면은 파리가 앉았다 미끄러질 것같이 눈이 부시다. 한 켤레 닦는 데 오륙 분씩은 족히 걸린다. 구두들이 오랜만에 화장 맛을 보는 터라 목을 빼고 차례를 기다린다. 식구들이 신는 구두가 제법 된다. 닦은 구두를 열병하듯 죽 늘어놓은 걸 보고는 아내가 한마디 던진다.

"아유, 수고했어요. 돈 벌었네."

"사람이, 돈밖에 안 보여?"

아침 출근을 서두르는 아들 녀석에게 "어때, 구두 깨끗하지?" 하면서 옆구리를 찔러 절 받듯이 말을 붙였다. 그제야 알아차리고는 "어쩐지…" 하고 계면쩍은 표정을 한번 지으면 그뿐이었다.

누구나 철따라 용도에 따라 몇 켤레의 신발은 있을 것이다. 신발

중에서도 구두는 광택을 유지하기 위해 수시로 손질을 해야 한다. 그렇지 않으면 주인의 체면을 송두리째 구겨 버리기도 한다. 구두 입장에서 '어떤 주인을 만나느냐'는 문제는 생사의 갈림길이라 할 만큼 심각한 것이다.

체면치레 때문에 종종 구둣방을 찾는 주인도 있지만 몇 개월이고 눈길 한 번 제대로 주지 않는 주인도 많다. 더군다나 이 녀석들은 눈길은커녕 마구 짓밟혀도 군소리 한마디 없다. 흙투성이가 되어야 겨우 솔질 한 번 하고 마는 주인에게조차 불평할 수 없는 처지다.

개중에는 동료와의 교대 근무도 없이 몇날 며칠이고 강행군에 시달리기도 한다. 그렇게 지내다 보면 코를 움켜쥐게 하는 고린내에 숨이 막힐 지경이 된다. 신발 신세로는 가장 견디기 어려운 고역일 것이다. 종일토록 숨이 턱에 닿게 다니면서도 주인이 다칠세라, 무좀이 습격해 올세라 걱정이 끊일 새가 없다. 안간힘을 다해 주인을 섬긴다. 참으로 대견하다. 그 인내심과 충성이야말로 구두만이 가질 수 있는 성품이라 할 것이다.

구두의 성품을 되새기면서 나 자신을 돌아보게 된다. 과연 나는 매사에 얼마만큼이나 성심성의를 다하고 있는지.

힘들여 닦다 보면 손은 더러워지게 마련이다. 손바닥이 더러워지는 만큼 구두는 광택이 난다. 구두에 광택이 나는 데 비례해서 마음은 티끌을 쓸어내듯 가뿐해진다. 한손으로는 구두를 닦고 또 다른 손으로는 마음을 닦는 셈이다. 닦아 놓은 구두 켤레 수가 늘어날수록 이마에는 땀이 맺히고 마음은 더욱 개운해진다.

구두를 닦으면서 불현듯 예전 생각이 났다. 사십여 년 전 군대를 마치고 막 사학년으로 복학했을 때다. 어머니께서 이제 사회인으로 나설 때가 됐다면서 양복과 신발을 맞춰 주셨다. 어려운 살림임을 뻔히 아는 처지에 기쁘다기보다는 죄스러움이 더 컸던 기억이 난다.

그땐 시골 대학생 차림이란 게 허름한 점퍼에 막구두나 운동화가 보통이고 검정고무신을 신고 다니는 친구들도 더러 있었다. 대학생이 맞춤양복에 맞춤구두란 대단한 호사라고 할 수 있었다. 그렇게 귀한 어머니 선물을 얼마 못 가 술에 곤죽이 돼서 엉기다가 잃어버리고 말았다. 그리 된 줄을 한참 후에 아신 어머니는 아무 말씀 없었지만 못내 아쉬워하셨다. 구두로선 주인을 잘못 만난 셈이었다. 신사화와의 첫 인연은 그렇게 망가졌다.

구두가 '신사화'니 '숙녀화'란 이름으로 불리는 것은 패션의 마무리이자 완성을 의미한다고 볼 수 있다. 패션에는 머리에서 발끝까지 한두 가지가 필요한 게 아니다. 정장의 대미를 장식하는 구두야말로 패션의 마무리 주자走者다. 외출을 할 때는 마지막으로 구두를 신고 한 번쯤 내려다본다. 구두가 정갈해야 첫걸음이 가볍다. 그런 구두의 노고를 무슨 말로 더 칭송할 수 있겠는가. 그만큼 가장 낮은 곳에서 힘들게 소임을 다하는 것이 구두다.

나를 떠난 신발만 해도 수십 켤레는 될 것이다. 짧게는 오륙 년에서 길게는 십여 년 이상 동고동락하는 동반자였다. 그냥 떠나보내기엔 아까워서 대개는 수선을 해서 더 신었다. 길거리에는 구두 수선집이 여전히 자리를 지키고 있어 반갑다. 요즘은 그 이름도 진화해서 '구두 미용실'이니 '구두 대학병원'이란 이름까지 등장했다.

얼마 전에도 낡은 구두 뒤축을 갈았더니 아주 멀쩡해졌다. 오늘도 그 구두를 닦아 신고 거리에 나선다. 십년지기와 같이 미운 정 고운 정이 들어서인지 발은 편안하고 산뜻한 기분에 발걸음도 가볍다.

(2008)

그래도 이웃사촌은 있다

초인종이 요란하게 울렸다. 아내가 나갔다 오더니 빵을 한아름 안고 들어왔다. 아래층 젊은 부인이 집에서 구운 빵이라면서 가지고 왔단다. 얼마 전에 외손자들이 며칠 머물면서 북새통을 놓고 간 적이 있다. 아이들이 천방지축 뛰놀아 아래층에 꽤나 신경이 쓰였었다. 며칠 후 고구마 수확을 한 김에 한 바구니 전해 주며 양해를 구한 적이 있었다. 아마도 그때의 답례인가 보다. 사연이야 어찌 되었든 이웃 간에 오가는 정이 살갑다.

'이웃사촌'이란 말이 있다. 피를 나눈 사촌보다 아침저녁 따뜻한 인정을 나누는 이웃이 더 정겹다는 뜻일 게다. 그런데 언제부턴가 그 말이 영 어색하게 느껴지더니 아예 없어진 듯한 세태가 되는 것 같아서 안타깝다. 흔히 보고 겪던 이웃 간의 따뜻한 웃음과 정리는 아예 찾아보기 어렵게 되었다.

이웃 주민 오백여 명이 '현대판 놀부'를 고소했다는 보도가 있었다. 차량에 흠집을 내고 남의 우편물을 내다버리고 CCTV 카메라를 엉뚱한 방향으로 돌려놨단다. 이를 항의하는 주민들을 되레 명예훼손으로 고소를 했다는 것이다. 그런가 하면 이웃 간의 사소한 다툼 끝에 칼부림까지 벌이는 사건도 종종 보도되는 세상이다. 그런 일들은 남의 일로만 여겼더니 새로 이사 온 우리 아파트에서도 간간이 주민들 간에 고소 고발 사건이 있다는 것이다. 그런 험악한 꼴을 전해 들으면서 전에 살던 동네에서 겪었던 씁쓰레한 기억이 되살아났다.

그해 여름, 나는 떠밀리다시피 아파트 동대표가 됐고 천사백 세대가 넘는 단지의 '입주자대표회의' 회장까지 떠맡았다. 주민 대표가되고 보니 평소 들리지 않던, 또 듣지 않아도 되는 갖가지 주민의소리를 듣게 되었다. 초겨울에 들면서 추위가 안방까지 스며들자집안에 머물러 있던 불만의 소리가 밖으로 뛰쳐나왔다.

"방바닥이 냉골이에요. 난방을 한 지가 한참 됐다는데 우리 집은기별도 없어요."

일 층에 산다는 주민의 하소연이다. 삼십 년이 넘은 아파트는 난방은 물론 온갖 시설이 다 낡아서 여기저기 고장이 잦다. 중앙집중난방이다 보니 아래층일수록 원성이 높다. 추위가 본격적으로 찾아들자 난방 문제가 표면화됐다.

긴급 안건으로 올려 논의한 끝에 난방 개선 공사를 하기로 결정했다. 역지사지易地思之의 심정으로 이해하고 의결해 달라는 당부까지 했다. 그러나 공사를 한다는 소식을 들은 이삼 층의 일부 주민들이 불만을 나타냈다. 자기네도 일 층 못지않게 추운데 같이 해 주거나 그렇지 않으면 일 층도 하지 말라는 것이다. 요구가 받아들여지지 않으면 집단행동을 하겠다는 위협까지 했다.

중간층에서는 겨울에도 반바지에 러닝셔츠 차림으로 지낸다. 그런 사람들이 냉골에 파카를 걸치고 지내야 하는 이웃이 있다는 걸 나 몰라라 한다. 다시 의논하기 위해 임시회의를 소집했다. 각동 대표들은 거처가 일 층부터 십이 층까지 각각이다. 그만큼 이해득실도 다르다. 중간층은 관심 밖인데다 공사로 난방 요금이 인상될 수 있다는 데에 예민한 반응을 보이는 것이다. 겉으로는 당연히 해야 된다면서도 굳이 꼬리말을 달았다.

결국 비밀투표로 결정하기로 했다. 총투표 인원 열여섯 명 중에 찬성 일곱 표, 반대 여덟 표, 기권 한 표가 나왔다. 당혹스럽고 씁쓸했다. 진정한 이웃은 없었다. 이웃사촌은 고사하고 사람으로서의 최소한의 의리도 없었다. 겨울잠을 자는 짐승도 아닌데 이웃집 보고 동면冬眠을 하랄 수는 없지 않겠는가. 정나미가 뚝 떨어졌다.

그런 각박한 세태 속에서도 간혹 따뜻한 '이웃사촌'을 생각하게 하는 경우도 있다. 지난가을, 사돈네와 함께 지은 고구마를 집안으로 들여놓을 때였다. 이십 킬로그램이 넘는 고구마 상자 대여섯 개를 엘리베이터에서 내려놓으려 하는데 같이 탄 젊은이가 성큼 나서서 도와주는 게 아닌가. 별 대수롭지 않은 일이랄 수도 있겠지만 나에게는 신선한 충격으로 다가왔다. 후리후리하고 미끈해 보이는 그 젊은이에게 호수를 물었다. 다음 날 아내는 그 댁에 고구마를 한 소쿠리 전해 주었다.

얼마 전에는 휴대전화에 메시지가 떴다. 차의 실내등이 켜져 있다는 것이다. 한참 있으려니 또 다른 이로부터도 전화가 왔다. 내내 같은 내용이었다. 아직 이런 이웃이 있구나 싶은 생각에 퍽이나 고맙기도 하고 뿌듯했다.

가까이 있는 친구가 변두리 밭을 일부 내주어서 지난봄부터 푸성귀 농사를 짓고 있다. 십여 평 됨직한 밭을 일구고 상추, 쑥갓, 시금치, 들깨, 파 등 씨앗을 뿌렸다. 가지, 파프리카, 고추 몇 포기씩하고 방울토마토 모종도 열 포기 샀다. 한창 일손을 놀리는데 옆 농장에서 오이와 애호박을 하우스 재배하는 이웃 아낙이 다가와서 참견을 했다.

"그렇게 맨땅에다 심으면 하나도 못 먹어요. 잡초 때문에 채소는 되질 않아요."

그러면서 자기네가 쓰다 남은 비닐이 있으니 갖다가 깔고 심으란다. 남편까지 와서 도움말을 주는 젊은 부부의 인정이 진정 따뜻했다. 일을 마무리하고 일어서려는데 그 젊은 아낙이 시장에 내다 팔고 남은 것이라면서 애호박을 한아름이나 안겨 주었다. 그렇게 순박하고 예뻐 보일 수가 없었다. 아내는 얻어 온 호박 몇 개를 이웃집에 나눠 주었다. 인정이 두 배로 늘어나는 듯했다.

그 젊은 부부는 철따라 애호박에서 오이, 상추, 토마토까지 시장에 내다 파는 농사를 짓는다. 내 갈 상자에 담을 때는 신문지가 필요하다는 걸 알고는 신문지를 따로 모았다가 밭에 갈 때면 전해 주곤 했다. 오가는 인정이 오월의 은근한 봄 내음을 더욱 진하게 했다.

그러나 사회 전반으로 봐서는 '살벌한 이웃과 따뜻한 이웃'으로 갈리는 게 아닌가 싶다. 정을 나누는 이웃이 있는가 하면, 전생에 무슨 원한이라도 있는 것처럼 낯을 붉히는 이들도 있다. 어차피 서로 부딪치면서 살게 마련인데 이웃 간에 소 닭 보듯 해서야 되겠나 싶다.

평소 엘리베이터 안에서 가볍게 인사를 해도 멀뚱하니 반응이 없는 경우가 적지 않다. 그러던 차에 어제는 처음 보는 아래층 아낙으로부터 따뜻한 인사를 받았다. 얼마나 흐뭇하고 반갑던지. 정겨운 이웃사촌이 없다면 만들기라도 해야 할 것 아닌가 싶어서 해 보는 말이다. (2009)

육 개월 만에 날아든 합격통지

갑자기 사방이 깜깜한 암실에 갇힌 느낌이라면 지나친 말일까. 아니면 방향조차 가늠할 수 없는 낯선 어딘가에 내던져진 기분이라고 할까. 직장 생활 삼십 년을 마감하고 집으로 돌아왔을 때의 막막한 기분이 딱 그랬다. 내 앞에 놓인 시간이 그렇게 아득하게 느껴지기는 처음이다. 아무런 계획도, 할 일도 없는 생활이라는 것이 얼마나 무료한 것인지 미처 깨닫지 못했다. 막상 직장이란 틀을 벗어나니 무엇을 해야 할지, 시간을 어떻게 활용해야 할지 실로 난감했다. 자연 신경이 예민해지고 아내와도 괜한 설전을 벌이는 일이 잦아졌다.

잡념 없이 정신을 집중하려면 뭔가 공부에 매달리는 것이 좋겠다는 생각이 들었다. 무슨 공부를 할 것인가. 이 나이에 가능성과 실용성을 고려할 때 가장 현실적인 것이 무엇일까. 며칠을 두고 궁리한 끝에 공인중개사 자격시험에 도전해 보기로 했다.

한 달쯤 지나서 학원 등록을 하고 삼월 초부터 강의를 듣기 시작했다. 과목은 민법과 부동산학개론을 비롯해서 대개 부동산 관련법규들이다. 자격시험이라는 부담감 이전에 대부분 새롭게 접하는 내용들이라서 하루하루 생기가 도는 듯했다. 특히 민법은 실생활과 관련이 깊다 보니 무척 재미있었다. 공부가 즐겁기까지 했다.

그때까지도 경제 위기의 후유증이 남아 있어서 '사오정'이니 '오륙도'니 하는 살벌한 신조어가 떠도는 사회적 분위기 때문일까. 이십 대 젊은이부터 사오십 대 중장년층까지 수강생이 넘쳐났다. 여성이 훨씬 더 많은 현상을 보면서 여성의 사회 참여가 늘어나는 반증인지 아니면 가정경제가 그만큼 어려워지고 있는 조짐은 아닐까 하는 의구심이 들기도 했다.

학원 강의는 두 달 주기로 해서 반복했다. 공부를 시작한 지 얼마되지 않아 청주에 계신 어머니가 넘어져 대퇴부 골절상을 입으셨다는 뜻밖의 소식을 접했다. 한 달 이상 병원 신세를 지다가 퇴원을 하셨다. 거동이 여의치 않아 누군가 보살펴 드려야 할 상황이라 의논 끝에 당분간 내가 내려가 있기로 했다.

한 주기를 마치고 오월부터는 청주 학원에 등록을 했다. 공인중개사 시험 열풍은 지방도 마찬가지였다. 집과 학원을 오가는 단조로운 일상이지만 한 가지 일에만 전념하니 지루하다는 것과는 거리가 멀었다. 한여름이 어떻게 지나갔는지 그야말로 눈 깜짝할 사이에 지나버린 것만 같다. 시험일을 이십여 일 앞두고는 모의고사를 여러 차례 보았다. 역시 민법이 재미있다고는 해도 시험은 무척 어려웠다. 정신이 다 어지러울 정도로 아득해지는 기분이었다.

확신을 갖지 못한 상황에서 구월 하순 시험일이 닥쳤다. 시험장 주변은 어느 대학 시험장을 방불케 할 만큼 응원 나온 사람들이 북적댔다. 첫 시간, 민법은 역시 까다로웠다. 한정된 시간에 내용 자체를 다 읽어 낼 수가 없었다. 마치 절벽 앞에 서 있는 기분이 들었다. 나머지 과목은 그런대로 합격선 이상은 될 것 같았지만 한 과목이라도 과락이 있으면 모든 것이 물거품이었다.

시험을 마치고 나오니 청주에 있는 친구 내외와 아내가 기다리고 있었다. 나의 무표정한 듯 심각한(?) 표정을 보더니 한마디 던졌다.

"아니, 왜 수석을 놓쳐서 그래?"

허물없는 친구의 싱거운 농 한마디에 찌푸렸던 상을 폈다. 친구의 융숭한 점심 대접을 받으며 심란한 마음을 한결 다스릴 수 있었다.

다음 날 학원에 나가 미리 입수한 예상 정답과 맞추어 보니 역시 민법 과목에서 37.5점으로 과락이다. 딱 한 문제에 해당하는 점수가 부족한 것이다. 물론 이개월여 후에 발표한 합격자 명단에도 내 이름은 없었다.

반 년 동안 한 가지 공부에 집중하다 보니 시간에 대한 적응력이 길러졌다. 슬슬 곁눈질을 하면서 딴전을 부려도 지루하거나 무료하지 않게 되었다. 그래도 한 번은 더 도전해 봐야 하지 않을까 싶었다. 이듬해 연초부터 다시 공부에 매달렸다. 이번엔 학원보다는 인터넷 강의를 들었다.

역시 재도전이란 것이 그렇게 만만하지만은 않았다. 재수를 한답시고 자리를 지키고 있어도 머릿속에는 자꾸만 행정심판 결과에만 눈과 귀가 쏠렸다. 낙방생들이 만든 인터넷 카페에는 희망 섞인 예상 결과가 연이어 올라오기도 했다. 그렇게 목을 길게 빼고 잿밥에 맘이 가 있던 사월 어느 날 소식이 날아들었다.

"합격을 축하합니다."

육 개월을 기다렸던 메시지다. 행정심판 결과 민법에서 두 문제가 출제 오류로 판정이 났다. 그중 한 문제가 나에게도 해당된 것이었다. 걸림 없이 무난히 얻은 합격보다 몇 배는 더 기뻤다. 남모르게 앓던 가슴앓이 증세가 한순간에 날아가 버린 듯했다.

합격증은 장롱 깊숙이 잠들어 있을지언정 나로서는 시간을 활용하기 위한 방편으로 시작한 공부였다. 주어진 시간을 알뜰하게 잘 써먹었고 뜻한 대로 목적을 달성한 셈이다. 공부에 매달린 동안에는 앞뒤도 좌우도 돌아보지 않았다. 아마도 내 생애에서 가장 열심히 학업에 매달린 때가 아닌가 싶다.

평생 한우물만 파다가 퇴직을 했기에 백수 초년생에게는 시간의 소중함보다는 시간 앞에 두려움이 앞섰던 것일까. 최선의 노력을 기울여 뜻한 바 만큼 결과를 얻었을 때의 보람과 기쁨은 체험해 본 사람만이 그 크기를 짐작할 수 있는 법. 무언가에 몰두한다는 것이 어떤 의미인지를 뒤늦게나마 절절히 체득했다. '세상만사 마음먹기 달렸다'는 말이 있다. 시간은 곧 삶 자체이고 그걸 스스로 요리를 해야 한다는 사실을 깨우치지 못했던 것이다. 이제는 뭣 좀 알 것 같은데 시간이 태부족이다. (2006)

아직도 담배 피우세요?

"여보, 또 담배 피우는가 봐요. 창문 좀 닫아요."

아래층 사람이 또 담배를 피우는가 보다. 열어 놓은 창문 사이로 담배 냄새가 들어왔다. 삼십 년 넘게 피운 나도 역겨운데 아내는 오죽하겠는가. 아파트 게시판이나 단지 곳곳에 담배 피우지 말라는 경고문이 계속 붙어도 소용이 없다.

사람이 즐기는 기호품은 다양하다. 그중에서 가장 대표적인 것을 꼽으라면 아마 술과 차 그리고 담배가 아닐까. 술과 차는 적당히 즐긴다면 쾌락도 주고 건강에도 도움이 된다고 할 수 있다.

그러나 담배는 아니다. 애연가 중에는 정신건강에 좋은 점도 있지 않느냐고 강변하는 이들도 있을 것이다. 하긴 나 역시 이십 대 초반부터 오십 대 중반까지 줄곧 피웠고 그런 주장에 어느 만큼 수긍도 했던 처지여서 딱 부러지게 부인할 수는 없다. 한창 담배를 즐기던 때는 '식후 불연이면 소화불량'이니 뭐니 해 가면서 애연가인 양 호기를 부리던 때가 있었으니 말이다.

담배를 처음 배운 것은 고등학교를 막 졸업할 무렵이었다. 친구들과 어울리면 담배를 피웠고 으레 내게도 한 개비를 건네주었다. 간혹 담배가 떨어지면 한 대를 가지고 돌려가면서 필터에 불이 붙을 때까지 빨아대기도 했다. 그때는 연기를 깊숙이 들이마시면 한순간 머릿속이 핑 도는 걸 느끼면서 어른이 되는 과정이려니 했다.

학교에서는 이따금 소지품 검사를 했다. 그래서 친구들은 학교 가는 길목 산모롱이에 있는 산소 상석 밑에다 숨겨두고는 하굣길에 들러서 꺼내 피우곤 했다.

한참 담배 맛을 알고 즐겨 피우던 때다. 취직 시험 준비한답시고 처박혀 있을 무렵 친구가 찾아왔는데 마침 담배가 떨어졌다. 좀 한적한 뒷길로 돌아가서 길바닥에 버려진 꽁초를 주워 피웠다. 공짜 술이 더 맛있고 얻어 피우는 담배가 꿀맛이라더니 그때 주워서 피웠던 담배 향내가 지금도 코끝에서 되살아나는 듯하다. 그렇게 시작한 나의 흡연량은 한 갑 가지고 이삼 일 피우는 정도였다.

그 시절에는 군에 가서 뒤늦게 담배를 배우는 이들이 적잖았다. 군에서는 아예 담배를 무슨 필수품인 양 공급했으니 어찌 보면 군대가 흡연자 양성소라 해도 틀린 말은 아니었다. 그런 만큼 육칠십 년대는 흡연자의 천국이라 해도 좋았다. 흡연을 금하는 곳도 별로 없었지만 담배 피우는 이들도 아무 거리낌이 없었다. 어디서든 버젓이 담뱃불을 켜댔으니 지금 돌아봐도 너무 심했다는 생각이 든다.

담배는 친교 수단으로도 으뜸가는 품목이었다. 초면 인사를 나누면 먼저 담배 한 대를 권하는 것을 당연하게 여겼다. 잠시 휴식시간에 피로회복제로도 그만이고 스트레스를 푸는 데도 더없이 유용했다. 그렇지만 멋으로 꼬나무는 이들도 없지 않았다. 영화 속 한 장면인 양 목로주점에 걸터앉아 고뇌에 찬 표정으로 담배 연기를 내뿜는 모습이 근사했다. 또는 석양이 비낀 창가에서, 아니면 가로등 불빛 아래 피어오르는 담배 연기는 왠지 멋져 보였다. 가끔 허공에 동그라미를 그려내는 모습에서 실연당한 사나이의 비애를 엿보기도 했다.

요즘은 남자의 전유물인 양 인식되던 담배를 피우는 여성들을 심심찮게 보게 된다. 예전에야 할머니들이 피우는 걸 이따금 봤다. 어린 눈에도 장죽을 물고 있는 할머니 모습은 보기가 괜찮았다. 그런데 갈수록 젊은 여성 흡연자가 늘고 있다. 새파란 여성이 담배를 꼬나물고 있는 모습을 보면 '장차 애도 낳아야 할 텐데…' 하는 생각이 앞서곤 했다.

이제는 사회 분위기가 담배에 관한 한 매몰차게 변해 가는 추세다. 집안이나 공공시설에서 추방된 지 오래고 거리에서조차 마음대로 피울 수 없는 세상이 되었다. 공원이나 큰길에서 담배를 피우면 벌금을 물린다고 한다. 담배 연기 속에는 발암물질을 비롯한 수많은 유해성분이 들어 있다고 떠드는 데다가 간접흡연이 더 해롭다는 주장까지 나오면서 아예 흡연자는 무슨 죄인 취급을 당하는 지경에 이르렀다.

나 자신은 직장에서 퇴직하기 일 년 전쯤 담배를 끊었다. 어쩌다

선솔을 기리다

몸살감기가 찾아들 때면 덩달아 담배 맛도 시들해졌다. 담배를 끊던 그해 이른 봄에도 그랬다. 몸살 기운이 물러나도 담배에 손이 가지를 않는 자신이 대견스러웠다. 이따금 찾아오는 유혹을 매몰차게 떼버리곤 했다. 삼십오 년 만에 담배와 작별을 한 셈이다.

이제 담배를 떠나보낸 지 십 년이 넘었다. 아쉬움은커녕 내가 왜 그리도 단호하게 버리지 못했었는지, 그 독한 냄새를 식구들은 어찌 말 한마디 없이 견디었는지, 부끄럽기도 하고 한심했다는 생각이 들었다. 그런 담배와의 인연을 아직도 끊지 못하고 있는 친구를 볼 때면 안타까움에 한마디 안 할 수 없다.

"이 사람아, 아직도 담배를 피워? 이젠 끊을 때도 됐잖아."

"아니, 담배마저 끊으면 무슨 낙으로 살어."

생활의 낙을 담배에 의지해 산다는 데에 할 말을 잃었다. 그러면서도 친구는 "손자가 싫어해서 끊어야겠다"는 말을 덧붙이면서 허탈한 표정을 지어 보였다.

흡연은 어디까지나 개인의 재량이고 자유지만 이제는 담배가 '공공의 적' 같은 존재로 급격히 추락하고 있다. 담배를 누구에게 권한다는 건 상상할 수도 없을 만큼 '나쁜 기호품'으로 낙인이 찍혔다. 그래도 나의 추억 속에서만은 또 다른 그림으로 남아 있다. 한때는 삶의 동반자(?)라도 되는 것처럼 애지중지하던 담배, 인연을 끊었다고 해서 반평생이 넘도록 내 삶의 한 귀퉁이를 차지했던 그를 책망하거나 미워할 생각은 없다. (2012)

지공거사

　누가 뭐래도 세상에서 가장 공평한 것이 있다면 아마 시간일 것이다. 하릴없이 게으름을 피우는 이에게나 산더미 같은 일을 앞에 두고 비지땀을 흘리는 이에게나 하루는 다같이 스물네 시간이다. 그걸 어떻게 쓰느냐에 따라 불후의 명작이나 역사에 남을 업적을 남기는 인물이 되는가 하면, 노숙자 같은 삶을 떨쳐 버리지 못하고 마는 이도 있다. 그런 현실은 아랑곳하지 않고 시간은 내 알 바 아니라는 듯 본척만척 해마다 나이 한 살씩 툭 던져줄 뿐이다.

　한참 자랄 적에야 한 살 더 먹는 것이 자랑이었지만 중년 고개를 넘는 순간 나이를 먹는다는 것은 어느덧 숨기고 싶은 것이 되고 말았다. 까딱하다가는 천덕꾸러기 취급 받기 십상이다. '늙은이 십훈' 같은 것이 나돌기도 한다.

　육십을 이순耳順이라 하고 칠십에 들면 고희古稀라 하지만 우리 사회에는 그보다 더 각광받는 나이가 있다. 예순다섯이다. 이 나이가 되면 '지공거사'라 한다. '지하철을 공짜로 탄다' 해서 붙인 호칭이니 그리 자랑할 만한 것은 못되지 않나 싶다. 거기에다가 불편한 심기를 감추려는 듯 '거사'라는 근사한 호칭을 덧붙여 주기도 한다.

지난 연말 즈음, 내 생일날 우리 동네 주민자치센터에 들렀다. 젊은 직원에게 '어르신 교통카드' 발급 신청을 어떻게 하는지 물었다. 그는 날 쳐다보기는커녕 아무 말도 없이 신청 용지를 내밀었다. 내용을 적어서 그에게 건넸다. 일을 처리하고 있는 그에게 시간이 얼마나 걸리느냐고 물었다. 그때서야 그는 입을 뗐다.

"한 이삼 분 걸립니다."

난 적어도 몇십 분은 기다려야 할는지 아니면 하루 이틀 후에 다시 찾아와야 하는 건 아닌가 싶어 물었던 것이었다. 그러나 채 이 분도 안 걸려서 그는 아무 말 없이 카드를 내밀었다. 나는 기대 이상의 신속한 처리에 고마운 마음을 담아 "수고했습니다" 하고 인사를 했다. 그러나 그 젊은이는 아무 대꾸가 없었다. 나는 그를 바라보면서 한 번 더 인사를 했다. 그래도 그는 여전히 아무 반응도 보이지 않았다. 그냥 돌아서려다가 '이건 아닌데' 싶은 생각이 들었다. 나는 언성을 좀 높여서 그와 그 뒤편의 동 직원들을 향해 나무라는 소리를 했다.

"아니, 세상에 이렇게 불친절할 수가 있습니까. 내가 두 번씩이나 인사를 해도 들은 척도 안 하니 이럴 수가 있어요?"

직원 두세 명이 벌떡 일어났다. 그리고 난감한 표정으로 "예, 죄송

합니다. 저희가 교육을 시키겠습니다" 하면서 공익근무요원이라서 그렇다는 투로 얼버무렸다.

그곳을 나서며 묘한 자괴심이 들었다. 늙은이에게 공짜카드 만들어 주자니 심통이 났나 싶기도 하고…. 예전에는 경로사상이니 뭐니 하는 소리도 곧잘 들리더니 근래 들어서는 '늙음'에 대한 관심은 커녕 완전 천덕꾸러기 신세로 전락하는 건 아닌가 싶다. 셰익스피어는 "나이가 든다는 것은 젊음과 지혜를 바꾸는 것"이라고 했다는데 우리 사회에서는 그렇지가 못한 듯하다. 씁쓸하기도 하고 영 마뜩찮은 기분을 떨칠 수가 없었다.

이런저런 모임으로 어울리는 동갑네가 적잖다. 연초부터 공짜 교통카드를 받아들고서 조금은 자랑스레 내보이는 친구들도 있다. 물론 그들도 나이 드는 게 결코 뽐낼 만한 일이라고는 생각지 않을 것이다. 나 역시 어르신 교통카드를 받아들면서 그렇게 흐뭇하거나 홀가분한 기분만은 아니었다. 그래도 국가가 그만큼이라도 배려해 준다는 데에 감사할 따름이다. 언젠가 이 카드 발급에 대해 "복지 차원보다는 경로 차원에서 배려해 주는 것"이라는 주장을 들은 바도 있다.

요즘 교외로 나가는 지하철은 노인들로 만원이라고 한다. 그런 만큼 젊은이들의 눈총이 따갑다는 소리도 들린다. 지하철을 타고 나들이를 가는 것만이 늙은이의 소일거리인 양 바라보는 시선이 못마땅하다. 다만 신구 세대 간에 보다 따뜻한 시선이 교차할 때 그만큼 우리 사회가 화목해질 것이 아닌가 싶어서 자문자답해 본다.

가까운 지인에게서 지난 연말께 문자가 왔다.

'고객님 앞으로 나이 한 살 배송 중입니다. 본 상품은 특별 배송 상품으로 취소, 교환, 환불이 불가합니다. 1월 1일에 배달할 예정이며 행복과 건강도 함께 전해 드리오니 복 많이 받으세요.'

주문하지도 않은 나이가 배달된다는 데에 반갑기보다는 야속하다는 생각이 들면서 동시에 헛웃음이 나왔다. 이 나이라는 작자의 정체가 오래전 어머니 얼굴에 검버섯을 만들어 씌웠고 고왔던 아내의 얼굴에는 주름살을 살짝 얹어 준 바로 그 세월 아닌가. 나이 먹기 싫어 떡국도 안 먹는다는 우스갯말도 있지만 항우장사도 세월을 묶어 둘 수는 없지 않은가.

평균수명이 여든을 넘고 있지만 수명이 길어지는 걸 축복으로만 여길 수는 없을 것 같다. 설사 건강과 경제가 뒷받침된다 해도 무엇으로 어떻게 시간을 요리하느냐가 더욱 중요한 과제가 된 현실이다.

누군가가 "사람이 불안과 슬픔에 빠져 있다면 그는 지나가 버린 과거의 시간에 매달려 있는 꼴이다. 또 미래를 두려워하며 잠 못 이룬다면 그는 아직 오지도 않은 시간을 가불해서 쓰고 있는 셈이다"라고 했다. 결국 나이 듦을 두려워할 것 없다는 뜻 아니겠는가.

연초에 재경보은군민회에서 주관하는 산행에 나갔다가 초면의 고향 후배로부터 뜻밖의 말을 들었다.

"선배님, 동안이십니다. 제가 실수할 뻔했습니다. 저는 몇 년 후밴 줄 알았어요."

나를 보고 '동안'이라는 말에 무슨 말도 안 되는 소리냐고 손사래를 쳤지만 속에서는 '그래, 동안은 아니라도 한 가닥 동심童心은 남아 있잖아' 하는 소리가 들렸다. 늙을수록 아이로 돌아간다는 말도 있지만 마음만은 동심에 젖어 노닐고 싶다.

돌아오는 길에 지하철 개찰구를 들어서는데 들고 있는 어르신 카드가 '너무 기죽지 말고 기운 내시라' 며 지그시 날 쳐다보는 듯했다. (2012)

건망증

   요즘 들어서 이따금 은근히 신경 쓰이는 일이 생긴다. 시도 때도 없이 건망증에 시달리다 보니 그것이 치매로 가는 중간지대라는 말이 혹시 사실일지도 모르겠다는 생각이 든다. "업은 애기 삼 년 찾는다"는 말도 있지만 금방 벗어 놓은 안경이나 손목시계를 못 찾아 온 집안을 헤매는 일이 다반사다.

   몇 년 전부터 그런 일이 반복되더니 지난가을, 어딘가에 벗어 놓았던 안경을 아직까지 찾지 못했다. 노안이 되면서 하루에도 수없이 '꼈다 벗었다'를 반복해야 한다. 그러다가 결국 안경도 괴로웠는지 종적을 감추고 말았다. 건망증을 나이 탓이라고 해야 할지, 부주의한 탓이라고 자책을 해야 할지 난감하다.

   버스가 출발하고서야 '깜박' 모자 생각이 났다. 고속도로 휴게소 화장실에다 모자를 벗어 놓고 나온 것을. 고교동창회 등반대회에서 기념으로 받은 것이라 내 나름으로는 소중하게 여기던 것이다. 허망한 기분을 그냥 꾹 누를 수밖에 없었다. 그에 앞서서는 큰사위에게서 선물받은 모자를 지하철 선반 위에 올려놨다가 그냥 내린 적도 있다. 미국 여행 중에 큰사위가 모교 방문 기념으로 사 준 것이다. 꽤나 애지중지했었는데 '아차' 할 때는 이미 늦은 법, 회오리바람을 일으키며 도망쳐 버리는 전철을 멍하니 바라볼 수밖에 없었다.

작년 봄에는 휴대전화를 잃어버렸다. 번호를 눌러 놓고 집안을 아무리 헤매도 벨소리는 들리지 않았다. 어디엔가 내 기억의 저편으로 숨어 버린 것이다. 잃어버린 휴대전화는 큰딸이 쓰던 것이다. 큰애가 결혼하면서 미국으로 나가게 됐고 그 무렵 퇴직한 내가 물려받았다. 그래서 더욱 애착이 가는 것인데 아쉽기 짝이 없다.

휴대전화 없는 생활이 여러 날 이어졌다. 얼마 후 친구에게서 헌 전화기를 얻었다. 잃어버린 것과 모델이며 색깔까지 똑같았다. 내 번호를 입력해서 그대로 썼다. 집 나갔던 자식놈이 돌아온 양 기분이 좋았고 휴대전화를 잃어버렸었단 기억조차 희미해졌다.

한번은 이런 어처구니없는 일도 있었다. 이웃 동네 '거주자 우선 주차구역'에 주차를 해 놓고 차량 앞 유리창에는 휴대전화 번호까지 올려놨다. 볼일을 끝내고 나오니 어떤 젊은 사내가 견인차량을 대놓고 내 차를 끌고 갈 준비를 하고 있었다. 다가가면서 "지금 뭐 하는 거요" 하고 좀 거친 어투로 물었다. 그는 흘끔 날 쳐다보더니 견인장치를 풀고는 아무 말도 없이 휑하니 가버렸다. 앞 유리창에 끼워 놓은 '견인안내장'을 집어서 들고 있던 책갈피에 끼웠다.

'이건 분명 문제가 있다'는 생각에 '거주자 우선주차제'의 문제점에 대한 시정모니터링 문서를 작성하기 위해 집에 와서 견인안내장을 찾으니 없다. 분명 책갈피에 끼워서 가지고 왔는데 이곳저곳을 들춰도 보이지를 않았다. '귀신이 곡할 노릇'이란 말이 저절로 나왔다.

다음 날 혹시나 싶어 그 책을 다시 넘기다 보니 어제는 보이지 않던 놈이 책갈피에 얌전하게 숨어 있는 것이 아닌가. 기가 막히고 한숨이 절로 나왔다. 장탄식을 토하면서도 스스로의 한계임을 절감할 수밖에 없었다.

드디어 건망증의 결정판이 나를 덮쳤다. 지갑을 분실한 것이다. 거기에는 몇 푼의 지폐도 있었지만 나를 대신하는 것들, 주민등록증, 운전면허증, 은행신용카드, 하다못해 아파트 출입 전자카드까지 몽땅 없어져 버렸으니 나는 허깨비 몸뚱이만 남은 셈이었다.

그날 저녁나절 아파트 현관을 들어설 때에야 지갑이 없어진 것을 알았다. 낮에 문우들과 오찬을 하면서 지갑을 꺼냈던 기억이 불현듯 떠올랐다. 이럴 때 우선 급한 일이 신용카드 분실신고다. 은행에 먼저 전화를 걸고 나서 암만해도 점심 먹은 식당이 의심스러워 연락을 해 봤다. 지갑은 거기에 있었다. 가슴을 쓸어내렸다. 그나마 어떤 흉측한 녀석에게 털리거나 어느 거리에서 흘렸는지도 모르는 최악의 상황은 아니지 않느냐고, 너무 자책하지 말라고 스스로에게 몇 번이고 타일렀다.

건망증은 나만의 문제가 아닌가 보다. 며칠 전에는 퇴직 동료와

오찬 약속을 하고 기다리는데 십여 분이 지나도 나타나지 않아서 전화를 했더니 "아이쿠, 이걸 어쩌나…" 하면서 달려왔다. 까맣게 잊고 다른 일에 정신을 팔고 있었다는 고백이다.

너나없이 때와 장소를 가리지도 않고 벌어지는 이런 현상들을 어떻게 이해하고 받아들여야 할지. 잠깐씩이라도 복잡한 세상사에서 벗어나 무념무상의 경지를 맛보라는 신의 계시인지.

1920년대 러시아에 셰르셉스키라는 인물이 있었다. 그는 자신이 보고 듣고 상대와 나눈 대화 내용까지 모든 것을 기억했다. 머릿속에 들어온 것은 결코 잊어버릴 줄을 몰랐다. 그는 불세출의 '기억술사'로 유럽 전역에 이름을 떨쳤다. 그러나 그의 능력은 아무 데서도 써먹을 수 없었다. 겨우 무대에서 관객에게 그 비상한 기억력을 보여 주는 걸로 연명하다 폐인이 되어 정신병원에서 죽었다고 한다.

그렇다면 적당히 잊어버릴 수 있다는 것은 축복이라고 자위라도 해야겠다. 건망증을 거부할 게 아니라 품에 안고 잘 구슬리는 게 더 현명하지 않을까 싶다. 몸의 가벼움을 위해서는 땀을 빼고, 마음의 가벼움을 위해서는 욕심을 버려야 한다는 말이 있다. 욕심을 빼낸 자리에 건망증을 채우면 마음을 가볍게 하는 데에 도움이 될 듯하다. 결국 건망증도 세상살이에 없을 수 없는 자연의 섭리이려니 하고 마음 편히 먹기로 했다. (2007)

섬숲을 그리다

건어물남

"아휴, 건어물남이야!"

한참 이야기꽃을 피우던 중에 한 여성 문우가 날 보고 하는 말이었다. 건어물이라니…. 이의를 달 생각은 없었다. 잠시 뜸을 들이다가 한마디 던졌다.

"그렇지만 건어물은 오래가도 변하진 않잖아!"

다들 박장대소였다. 평소에 내가 얼마나 무미건조했으면 그런 말을 했을까. 건어물 같다는 말이 오래도록 머릿속을 떠나지 않았다.

어떤 시인은 농사짓는 자신의 아버지를 일러 '직구直球만으로 세상과 맞섰다'라고 썼는데, 내 아버지야말로 변화구 한번 제대로 던지지 못하셨지 싶다. 콩 심은 데 콩 나고 팥 심은 데 팥 나는 그런 분이셨으니 말이다. 아들 녀석 또한 나보다 크게 유들유들하지도 못한 듯하다. 융통성 없기는 삼대가 별반 다르지 않으니 어찌 보면 내 건어물 기질은 내림인지도 모르겠다.

내 고향은 바다와는 거리가 먼 충청도 산골이다. 어려서 생선이라고 접해 본 것은 북어나 오징어, 멸치 정도였다. 그렇잖으면 어쩌다가 밥상에 오르는 자반고등어가 있었을 뿐이다. 북어는 제사상에 오른 것을 바라보는 것으로 다였고, 마른오징어는 난롯불이나 화롯불에 구울 때 코를 찌르는 냄새 때문에 도망치기 바빴다. 멸치 또한 국에 있는 놈 건져내는 걸로 끝이었으니 건어물과 그렇게 친하지도 못했는데 어느 사이에 나의 기질이 건어물을 닮고 말았는지 알 수 없는 노릇이다.

원래가 건어물은 생선을 상하지 않고 오래 보관하기 위한 수단이니 아마도 유구한 역사가 있는 삶의 지혜일 터다. 다만 바짝 마른만큼 요리를 하려면 다시 물에 푹 불려서 부들부들해져야 다루기 좋고 제 맛도 살아난다. 거기에 건어물의 깊은 맛이 있다. 그렇다면 건어물 기질이라고 무조건 타박만 할 일도 아니다.

젊었을 때도 마른 체구이다 보니 물 좋고 살코기 많은 생선에 비유되진 못했던 것 같다. 또 그 말 속에는 그 사람에게서 풍기는 기질까지를 이르는 것이라고 볼 때 건어물을 닮았음을 부인할 수는 없다. 그러나 분명 나의 깊은 내면에도 용암이 끓었던 것 같은데 왜 그 용암은 뜨겁게 분출하지 못하고 휴화산으로 잠자고만 있었을까. 그럴듯하게 여자 친구 하나 꿸 줄도, 반죽 좋게 사귀지도 못했으니 멋대가리 없다는 소리밖에 더 들었겠는가.

젊어서는 그 타령 그 신세였다 해도 중년을 한참 지난 이제라도

선숲을 거니다

달라져야 하지 않겠는가 싶으면서도 어떤 보이지 않는 벽에 부딪치는 것만 같은 기분이다. 그 이면을 들추어 보면 매사에 뿌리를 뽑고야 말겠다는 집념이나 의지 같은 게 부족한 데다가 오지랖마저 넓지 못했다는 걸 인정할 수밖에 없다. 특히 여자 앞에서는 왜 그리 쥐꼬리만 한 용기마저도 내보이지 못했는지. 여자에 관한 한 숙맥 소릴 들어도 할 말이 없다.

근 사십 년 가까이 살아온 아내는 내 건어물 기질을 어느 만큼은 알고 있지 않나 싶다. 그런 아내한테서조차 가끔 얼굴 좀 펴라는 핀잔을 들을 때가 있다. 무덤덤한 기분일 때, 무심코 거울에 비친 내 모습을 봐도 냉기가 흐르는 게 보인다. 무표정한 얼굴에서는 까칠하다는 느낌을 떨칠 수가 없다. 그 딱딱하고 썰렁한 표정에 나 자신도 정나미가 떨어지는데 남들은 어떠하겠는가. 너울가지라고는 서 푼어치도 없는 사람이라고 나무란들 할 말이 없다.

언젠가 이런저런 얘기 끝에 아내가 한마디 툭 던졌다.

"당신은 간이 안 맞아."

'간? 간이 안 맞다니…'

속으로 되뇌는데 불현듯 건어물이 떠올랐다. 아내와의 가벼운 대화에서조차 간을 못 맞춘다는 건 아직도 건어물 기질을 벗지 못했다는 증거가 아닐까 싶었다. 새삼 그런 소리를 듣고 보니 뒤늦게나마 깨달음이 있다.

건어물이란 것이 요리하기에 따라서는 맛이 없기만 한 것도 아니다. 잘만 하면 입맛을 돋울 수도 있고, 널리 인기를 끌 수도 있는 것 아닌가. 멸치볶음이나 오징어부침이 꽤 자주 식탁에 오르는 걸로 봐서 나름의 변신을 꾀하면 색다른 감칠맛을 선보일 수도 있겠다 싶었다. 이제라도 깡마른 기질을 뜨끈한 물에 좀 불려봐야겠다. 속에서부터 온기를 머금고 상대를 끌어안으면 푹 고아진 국물에서 우러나는 구수한 맛 같은 걸 선뵐 수도 있지 않을까.

건어물의 이면에는 '변함이 없다, 오래토록 믿을 만하다'는 의미도 함축돼 있다고 본다. 가까운 사람에게조차 그런 소리를 듣는 것은 내 속이 문제가 아니라 세련되지 못한 처신이나 겉모습에서 풍기는 인상 때문이 아닐까. 지금부터라도 좀 부드러운 말투와 푸근한 표정에 다른 사람의 까다로움까지 품어 주는 여유를 가져야겠다는 생각이다. 그렇지만 워낙 심신이 깡말랐던 터라 이제 와서 얼마나 물렁해질 수 있을지 나 자신도 자못 궁금하다. 그런 맛깔스러운 변신이 쉽게 될 수 있을까 하는 의구심이 드는 순간 속에서부터 느닷없이 종주먹이 솟구친다.

'아이고, 다 그만둬라. 구제불능이군. 그러니 건어물남이라는 소리를 듣지.'

구시렁거리는 소리가 속에서부터 곧장 튀어나올 것만 같았다.

(2010)

한글의 아름다움과 한자의 묘미

    얼마 전 모 일간지에 생활 속의 용어가 너무 어렵다는 기사가 실렸었다. '외계어 같은 금융용어'라는 제목으로 금융이나 법률용어가 난해하다는 분석 기사를 실으면서 '징구', '각입', '구상하다' 등의 예를 들었다. 예로 든 낱말들이 어렵다고는 해도 독자가 어느 정도 한자 능력을 갖추고 있거나 용어 자체를 徵求, 刻入, 求償이라고 한자로 표기했다면 훨씬 쉽게 이해할 수 있었을 것이다.

    우리 언어는 수천 년 내려오면서 어휘가 생성과 소멸을 반복해 왔다. 뿐만 아니라 중국 한자문화에 절대적인 영향을 받았기 때문에 한자를 떼어 놓고는 생각할 수 없는 형편이다. 긴 세월을 함께해 온 '漢字'는 분명 '한글'과 함께 우리의 글자요 국어다.

    오늘날 표현력이 풍부하고 교양 있는 언어생활을 하려면, 그리고 전문분야에서의 지식을 효과적으로 전달하려면 어느 정도 한자

사용은 불가피하다. 아무리 용어를 쉽게 풀어서 사용한다 해도 한계가 있을 수밖에 없다. 물론 전문분야의 어려운 용어는 당연히 쉽게 풀어 쓰거나 좀 더 쉬운 말로 바꿔 나가는 노력도 기울여야 한다.

이미 오래전부터 한글 전용이니 국한문 혼용이니 하는 쓸데없는 논쟁 속에 우리 2세 교육은 엉망이 되었다. 그 결과 젊은이들의 국어 활용 능력은 현격히 저하되어 조금만 어려운 문장이나 낱말이 나오면 아예 헤매는 형편이다. 그나마 근년에 한자에 대한 사회적 관심이 높아지고 있어 다행이라 하겠다.

우리말에는 동음이의어가 아주 많다. 그로 인해 정확한 의사 전달이 잘 안 되는 경우가 많은데 이럴 때 한자는 더욱 요긴하다.

"나야, 저녁 먹고 들어갈 거야. 근데 지금 어디야?"

"상가商街예요."

"아직도 상가喪家에 있어?"

"아니, 지금은 동네 가게에 와 있어요."

아내가 오전에 가까운 친구 친정어머니가 돌아가셔서 문상을 간다고 했던 터라 지금까지 상가에 있는가 싶어서 되물었던 것이다.

'답사答辭, 踏査, 부양扶養, 浮揚, 연패連覇, 連敗, 화장火葬 化粧'

대부분의 동음이의어들은 문맥을 따라가다 보면 그 의미를 대개는 알아차리지만 한자를 안다면 의미가 훨씬 더 빨리 피부에 와 닿을 뿐더러 생생한 감칠맛을 느낄 수 있지 않겠는가. '연패'의 경우, 같은 발음임에도 뜻은 정반대다. 얼마나 기막힌 언어의 기교인가.

이것이 우리글의 한계다. 그러므로 보다 빠르고 정확하게 이해하려면 국한문 혼용은 물론 기본적인 한자는 어려서부터 친숙해져야한다. 그래야 풍부한 어휘력과 교양과 품위를 갖춘 일등 국민으로 키워 낼 수 있다고 믿는다.

그래도 다행인 것은 갈수록 언론과 기업에서 한자의 중요성을 강조하며 입사 시험에 한자 과목을 넣거나 '한자능력고시' 가 인기리에 치러지고 있다. 아주 바람직하고 반가운 현상이다. 물론 '한글' 은 세계가 인정하는 과학적이고도 아름다운 문자임에 틀림없고 한글에 대한 자부심을 한껏 내세워도 좋다.

다음 시를 보라. 얼마나 감칠맛 나는 우리말인가.

강나루 건너서
밀밭 길을

구름에 달 가듯이
가는 나그네

길은 외줄기
南道 삼백 리

술 익은 마을마다
타는 저녁놀

−박목월의 시 「나그네」 중에서

한편, 근본적인 문제는 한자가 어렵다는 선입견만 심어 줄 게 아니라 한자의 기막힌 묘미와 자형의 아름다움을 알고 또 느끼도록 해 줘야 한다는 점이다. 이것은 무슨 말로 설명해서 될 일이 아니다. 어느 정도 한자를 숙지하고 생활화하여 완전히 몸에 밸 때만이 느낄 수 있는 것이다.

> 梨花에 月白하고 銀漢이 三更인 제
> 一枝 春心을 子規야 알랴마는
> 多情도 病인 양하여 잠 못 들어 하노라.
>
> ―고려말 문신 이조년李兆年의 시조

한자를 모른다면 어찌 이런 멋진 시의 참맛을 새길 수가 있겠는가. 물론 이런 글을 시도 때도 없이 읊조리는 것은 아니지만 이런 맛을 느낄 수 있다는 것은 그만큼 우리 삶의 질을 높인다고 생각한다.

양두구육羊頭狗肉, 자승자박自繩自縛, 조강지처糟糠之妻니 하는 낱말을 굳이 쓸 필요가 있느냐고 하겠지만 작품 속에서나 대화중에 적절히 사용한다면 훨씬 맛깔스럽지 않겠는가.

한문학 전문가가 돼서 한시를 줄줄 외고 한시를 짓는 풍류를 즐기자는 뜻이 아니다. 본질적으로 어느 정도 한자를 알고 대하는 경우와는 그 이해도가 다르다. 균형 잡힌 국어교육을 통해 한글의 아름다움과 한자의 묘미를 만끽할 수 있을 때 우리 언어생활이 보다 풍요롭고 행복해지지 않겠는가. (2006)

대나무 숲이 주는 행복

　이제 곧 봄이다. 아니, 경칩이 지났으니 완연한 봄이라 해도 좋겠다. 더욱이나 앉은 자리에서 생생한 봄의 향연을 맛볼 수 있다는 건 또 하나의 기쁨이다. 위로는 푸른 하늘을 이고 백목련이 먼저 그 화사한 모습을 내보이고 땅에서는 '죽순'이 머리를 내민다.

　사월에서 오월에 걸쳐 치솟는 죽순의 모습은 탄성을 자아내기에 충분하다. 도심 아파트 숲속에 수십 년 된 대나무 숲이 있다는 것은 확실히 색다른 풍경이다. 싱그러운 죽향이 맴도는 것 같은 기분에 두 눈을 스르르 감게 된다.

　그런 대나무 숲이 바로 내 집 앞에 있다. 천사백 세대가 넘는 큰 단지지만 내가 사는 동棟 앞에만 우거져 있다. 더군다나 일 층에다 정남향이니 거실에서 바라보는 대숲 풍경은 일품이다. 꼭 숲속에 들어와 있는 기분이다.

사시사철 푸르다지만 계절이 바뀔 때마다 죽림은 미묘한 차이를 보여 준다. 하룻밤 사이에 십여 센티미터는 실히 자라나는 모습은 새삼 생명의 신비를 느끼게 한다. 숲속에 들어가 살펴보면 아이들 팔뚝만 한 죽순들이 여기저기 솟아 있다.

대나무는 여름까지 힘차게 자란다. 대개 작은 것은 삼사 미터에서 큰놈은 육칠 미터까지 뻗어 올라간 모습은 헌헌장부 같다. 여름을 나면서 잔가지와 함께 접혀 있던 잎이 펴진다. 살짝 바람이 불면 '싸~' 하는 소리를 내며 흔들리는 광경은 어느 선비가 친 '풍죽도'를 보는 것 같다. 또 햇볕이 맑은 날 저녁 무렵 댓잎이 무더기로 반짝이면 막 건져올린 은어 떼가 파닥거리는 듯하다. 큰바람이 몰아칠 때는 허리를 깊숙이 굽혔다가는 다시 제자리로 돌아와 하늘을 향해 두 팔을 내뻗는다. 거친 세파에 머리를 숙일 줄 알아야 한다는 지혜를 가르치는 것일 게다.

서서히 찬바람이 불면서 이들과 어깨를 나란히 하고 있는 목련과 오동과 후박은 그 큰 잎들을 뚝뚝 떨군다. 이어서 은행나무도 노란 옷으로 갈아입는가 싶더니 어느 사이에 낙엽이 진다. 그러나 계절이 바뀌어도 대나무는 결이 단단해지면서 그 푸렁만은 변함이 없다. 오히려 한여름까지 연녹색 빛을 띠던 대숲은 짙은 녹색으로 더욱 청청해질 뿐이다. 원래 대나무 키는 일 년에 다 자랄 뿐더러 굵기는 처음 땅속에서 솟아오를 때의 둥치가 그대로 평생을 간다.

뭐니 뭐니 해도 대나무의 풍취는 '설죽雪竹'이 아닌가 한다. 한겨울 물기 머금은 '떡눈'이 소복하게 내려앉으면 그들은 땅에 닿을 듯이 휘영청 늘어진다. 백설과 청죽이 어우러진 설경은 얼마나 멋스런 정취를 자아내는지. 집안에서 통유리창을 통해 내다보는 풍경은 대형 액자 속에 담겨 있는 '설죽도' 바로 그것이다.

철따라 변화하는 대나무 숲 정경을 '디카'에 담았다가 글과 함께 친지들에게 이메일로 보낸 적이 있다. 그 가운데 여행 중에 만나서 우정을 나누고 있는 미국 교민이 있다. 얼마 후 그분에게서 답장이 왔다. 내가 보낸 작품을 보고 자기 이름과 연관 지은 글을 교민사회에서 발행하는 일간지에 기고했다는 것이다.

(중략) 이번에 보내 온 대나무 숲 사진을 보고 나는 깜짝 놀랐다. 도심 속 그것도 강남 아파트 단지 내에 그토록 푸른 대숲이 있다니! 나는 아직까지 그런 울창한 대숲을 실제로도, 사진으로도 본 적이 없다.

나는 어렸을 때 이름으로 인해 많은 곤욕을 치르기도 했다. 초중고 시절 책을 읽다가 '우후죽순처럼…' 이런 구절을 읽으면 반 아이들이 까르르 웃던 일이 한두 번이 아니었고, 늘 그 이름을 부끄럽게 생각했었다.

그러나 한편으로는 아버지는 딸을 처음 얻고 이 세상에서 가장 멋지고 좋은 이름을 고르시다가 '죽순'이라는 이름을 생각해 내시고는 아마도 무릎을 탁 치셨을지도 모르겠다. 갓 태어난 딸이 너무도 소중해서 비 온 뒤 굳은 땅을 뚫고 힘차게 올라오는 대나무의 순(筍)에 비유하셨나 보다.

그분의 이름은 권죽순 여사다. 한자로도 죽순竹筍 그대로다.

대나무는 그 속이 비어 있음으로 해서 '청빈淸貧'의 상징으로 통할 뿐더러 대금이나 퉁소로 변신해 우리 삶을 풍요롭게 하기도 한다. 또한 실생활에서도 식용이나 죽세공품의 원료로 아주 유용하다.

한편으로는 전혀 상반된 측면이 있다. 땅속으로 내뻗는 번식력은 삶에 대한 집착이 얼마나 강인한지를 말해 주고 있다. 뿌리가 뻗어 나가기 시작하면 그 번식을 끊기가 어렵다. 해마다 '우후죽순雨後竹筍' 마냥 솟아나는 데는 이겨 낼 재간이 없을 정도다. 그만큼 욕심이 많다고 나무람을 당해도 변명할 말이 없을 것이다. 이런 속내를 안다면 지조와 청빈의 상징으로만 봐주기도 어렵다.

바로 옆으로 어린이 놀이터가 있어 대숲은 술래잡기 무대가 되기도 하고 전쟁놀이 전투장으로 변신하기도 한다. 자연 아이들 손을 많이 탄다. 여기저기 아이들이 꺾어 놓은 것들이 널려 있다. 대나무란 것이 손아귀 힘만으로는 꺾일망정 결단코 끊어지지는 않는다. 대나무의 고집불통을 보는 듯하다.

대나무가 어떤 이미지로 다가오든 간에 나는 대숲의 정취와 아늑함이 좋다. 이제 이 녀석들은 그 끈질긴 번식력으로 해서 나의 집 턱밑에까지 쳐들어오고 있다. 그래도 나는 이들을 내칠 생각이 전혀 없다. 사철 대나무 숲속에 안겨 있는 것이 그렇게 행복할 수가 없다. (2007)

'강동 아름숲' 고덕산

  고덕산은 우리 동네 뒷산이다. 높이가 백여 미터도 채 안 되는 지극히 평범한 동산이다. 강동구 사람들이나 겨우 알아보는 작은 산이지만 나로서는 어느 곳보다 아끼는 산이고 나의 건강을 보살펴 주는 안식처이기도 하다. 자주 오르내리면서 무척 친해졌다. 몇 개의 오르내리막이 있지만 크게 까탈막진 코스가 없는 게 꼭 내가 지나온 삶의 여정을 닮은 듯하다.

  집을 나서서 이차선 도로만 건너면 바로 산길로 이어진다. 산에는 몇 개의 주 등산로 외에도 수많은 지름길이며 샛길이 퍼져 있다. 마치 대동맥 외에도 이리저리 핏줄이 퍼져 있어 우리 몸을 지탱하듯이.

  고덕산은 나지막하지만 산세가 꽤 의젓하고 청정한 수맥이 흐르는 듯 길손의 목을 축여 주는 약수가 두 군데나 있었다. 그런데 갈수록 산 밑까지 개발되면서 발길이 잦아지더니 수맥에 혈전血栓이

끼었는지 생명수 같던 그 옹달샘이 언제부턴가 폐쇄됐다. 밀려드는 스트레스를 이겨 내지 못했는가 보다. 산이 시름시름 앓고 있다는 징표 같아서 안쓰러운 기분을 떨칠 수가 없다.

산속에는 전쟁의 상흔이 아직도 남아 있다. 어려서부터 흔히 보았던 방공호 같은 구조물이 여기저기 눈에 띈다. 이곳은 서울의 동쪽 외곽, 전쟁 중에는 수도를 지켜야 하는 요충지로서 그 몫을 톡톡히 해냈을 것이다. 그만큼 야무지게 보이는 산이다.

삼사십 분이면 오를 수 있는 산이지만 정상에 서면 바로 발 아래로 88올림픽도로와 한강이 나란히 내달리는 전경이 눈에 들어온다. 가슴이 뻥 뚫릴 듯 시원하다. 팔차선 도로 위로는 차량들이 시간을 다투고 강변 숲을 아우른 강물은 온갖 인고의 세월을 머금고 유장悠長하게 흐른다.

능선을 따라가다 보면 저지난해 사나운 태풍이 할퀴고 간 흔적이 아직도 눈에 띈다. 당시 엄청난 바람의 위력에 맥없이 쓰러진 나무들은 그 후 몸뚱이가 잘려 나갔고 올봄에서야 빈자리에는 젊디젊은 산벚나무와 상수리나무 묘목이 새로 자리를 잡았다. 마치 벌채라도 한 듯 휑했던 산등성이에 새 식구들이 들어앉으니 한결 산 모양새가 어우러졌다.

강동구에서는 이 산에 '강동 아름숲'이란 이름을 지어 주었다. 아직은 좀 가냘파 보이긴 해도 나무마다 앞가슴에 명패를 하나씩 달고 서 있는 모습이 의젓하다. 이름표에는 어린이와 젊은이들이 새겨 넣은 약속들이 귀엽기도 하고 제법 야무지다.

'나무야, 나랑 같이 무럭무럭 자라자.'

'나무야 잘 자라라. 석민이가 사랑해 줄게.'

'안녕, 나무야. 난 네가 내년 봄까지 잘 자랐으면 좋겠어. 죽지 마.'

그런가 하면 '봄, 이 자리에 꿈을 심고 갑니다' 라고 쓴 문학소녀도 있고, '봉사활동 하러 왔어요. 잘 나가게 해 주세요' 같은 솔직한 고백이 있다. 또 '세상에 태어나 자연과 더불어 살고 자연으로 돌아가자' 고 점잖게 가르침을 주는 이도 있다. 거기에 결정적인 펀치 한 방이 너털웃음을 자아냈다.

'잠자다 붙잡혀 왔수.'

고덕산을 찾는 이들은 다양하다. 누구 누구해도 '나홀로' 족이 많고 이웃끼리 오순도순 귀엣말을 나누는 아줌마들도 적잖이 오른다. 또 앳된 아이들을 데리고 오르는 젊은 부부에서부터 등산복에 배낭까지 짊어지고 설악산 대청봉에라도 오를 것 같은 차림의 등산객도 더러 있다.

유난히 무더위가 기승을 부린 올여름이었다. 줄줄 흐르는 땀을 식힐 겸 잠시 길섶 그늘에 앉아 있는데 중년의 등산객이 저만치 뚱뚱한 강아지를 데리고 지나갔다. 혓바닥을 빼물고 숨을 헐떡거리는 모양이 안쓰럽기까지 했다. 녀석도 주인 못지않은 비만에 시달리는 듯했다. 산에서는 남녀노소 구분이 없고 견공조차 한자리를 차지하고 있다.

암사동으로 이사 오기 전만 해도 마음 내키면 바로 오를 만큼 가까운 산은 없었다. 이제 와서 정겨운 이웃이요 친구를 만난 셈이다.

산자락을 휘돌아 오르다보면 능선 따라 난 길섶에서 '어서 오라'고 속살거리는 자연의 소리가 들린다. 때맞춰 산새의 지저귐도 들리고 풀벌레들의 합창 소리가 한결 마음을 가볍게 한다.

팔월 하순 늦더위에 소나기라도 맞은 듯 땀을 흘리며 산 초입에 들어섰다. 무성한 풀숲 속에는 날벌레 길벌레가 제 세상인 양 노닌다. 그중에서도 사마귀 한 쌍이 눈길을 끌었다. 여느 풀벌레마냥 체격이 작은 수놈이 암놈 위에서 짝짓기를 하고 있었다. 잠시 눈여겨보고 있자니 의식을 끝낸 암놈이 수놈을 포옹하듯 끌어안았다. 애틋한 사랑의 몸짓이려니 싶었는데 날카로운 이빨로 물어뜯었다. 수놈은 아주 흔쾌하게 몸을 내맡겼다. 소신공양燒身供養. 내 몸을 내줌으로써 후세를 이어가야 하는 운명에 순응하는 사마귀의 삶이 충격적이었다. 비록 울창한 삼림은 아니라도 이 숲속에도 자연의 속내가 그대로 숨 쉬고 있었다.

산길에는 등산객을 안내하는 이정표만 있는 게 아니다. 가끔은 아릿한 시 한 편이 길손의 발걸음을 멈추게도 한다. 시인 신효섭은 눈물 나게 바라만 보는 임을 향해 "내 그리움, 선 채로 산이 되어 그대 꿈이나마 한 자락 보듬어…"라고 가슴 저리게 외로운 날들을 읊고 있다. 산에는 그런 애잔한 시심이 흐르기도 하고 오늘의 삶을 힘겨워하는 젊은이들에게 내일의 푸른 꿈을 안겨 주기도 한다.

산은 인생의 축소판이다. 아니 인생이 산을 닮았다. 오르막이 있으면 내리막이 있고, 가다 보면 절벽이 있는가 하면 낭떠러지도 있다. 고산준령에 심산유곡이 끝없이 이어지는 걸출한 인생이 있는가 하면 뭐 하나 내세울 것 없는 밋밋한 뒷동산 같은 인생도 있다. 그렇지만 아무리 작은 산이라도 그곳에는 숲이 있고 산새가 우짖고 풀벌레가 노래하는 그 나름의 소중한 삶이 있게 마련이다.

세상이 삭막해지면서 산을 찾고 숲에서 위안을 찾으려는 이들이 부쩍 늘고 있다. 어차피 인간은 자연으로부터 발원한 존재. 그 자연으로 돌아가고자 하는 것은 지극히 자연스러운 현상일 터, 수시로 찾아드는 '강동 아름숲' 고덕산이 나에게 새삼 삶의 의미를 되새겨 주고 있다. (2012)

덕수궁 미술관을 찾아서

　강동문화대학 9기 동기생들과 덕수궁 미술관을 찾았다. 미술관에 입장하기도 전에 입가심 격으로 대한문 앞에서 열리고 있는 수문장 교대의식을 구경했다. 화려한 의상과 군사들의 절도 있는 행동이 어우러져 우리 전통문화를 한껏 뽐내는 자리다. 취타대의 청아한 소리가 낭랑했다. 수백 년 과거의 시간 속으로 거슬러 들어가는 느낌이었다. 신기한 듯 시선을 집중하고 있는 외국인 관광객들도 제법 눈에 띄었다.

　잠시 시간 여행을 마치고 궁 안으로 들어섰다. 덕수궁은 여전히 보석과 같은 품위가 있다. 초여름의 후끈한 열기가 느껴지는 뜰이지만 드문드문 한가하게 거니는 이들의 모습이 여유로워 보였다.

　바로 미술관으로 향했다. 이곳에서는 '근대미술의 중심' 이라는 평가를 받고 있는 「이인성(1912~1950)의 탄생 100주년 기념전」과

2층 전시실에서「꿈과 시 ; Poetry and Dreams」라는 이름으로 한국 근대미술을 조명해 볼 수 있는 대표작가 50여 명의 그림과 조각 등 작품 100여 점을 전시하고 있다.

나는 평소에도 심심찮게 미술이나 서예 전시장을 찾는 편이다. 어린 시절에 가졌던 꿈의 흔적이 가슴 한구석에 남아 있어서인지 미술 작품 앞에만 서면 그냥 좋다. 작품 속에 스민 작가의 숨결과 손맛을 느끼는 재미가 쏠쏠하다. 한국화를 즐기고 유화 쪽은 추상보다는 구상화를 선호하는 편이다. 이번에 찾아간 전시도 두 곳 다 대부분의 작품이 구상화 계열이라서 더욱 맛이 있다.

1930~1940년대 서양화가 막 들어올 무렵 이인성은 이미 '조선의 천재'라는 평을 들었다. 풍요롭고 상징적인 색채를 구사하는 뛰어난 감각을 가진 화가로서 미술사에 중요한 위치를 차지하고 있으면서도 널리 알려지지 않았던 인물이다. 그는 조선의 토속적인 미술을 추구한다는 관점에서 우리 고유의 아름다움을 탐구했다. 결국 우리 정서에 맞는 소재와 색채를 통해서 시대를 대표하는 작품을 많이 남겼다.

1934년 조선미전에서 특선을 한 작품「가을 어느 날」은 향토색 짙은 배경에 벌거벗은 여인과 아이를 적나라하게 보여 주고 있다. 메말라가는 황토 위에는 절망의 기운이 감돌고 여인은 먼 데 시선을 두고 있다. 당시 나라 잃은 조선의 현실을 형상화하지 않았나 싶다. 또「해당화」그림에는 여인들이 계절에 어울리지 않는 긴소매 옷에 머리에는 보자기까지 쓰고 있다. 1944년도 작품임을 새겨볼 때 시대의 엄혹함을 상징하는 것으로 해석했다.

그가 생을 마감하던 해에 그린 「자화상」은 눈을 감고 뭔가 깊은 생각에 잠겨 있는 모습이다. 무슨 고민이 그리 많고 상처가 깊었기에 눈을 감고 있는 자화상을 남겼을까 하는 연민이 들기도 했다.

이인성은 유화만 그린 것도 아니다. 수채나 수묵담채로 그린 풍경화도 적잖이 남겼다. 여느 전시회와는 달리 관련 사진이며 엽서나 책 등 많은 실물 자료도 같이 전시되어 있어서 화가의 생활상이나 이면까지도 눈여겨볼 수 있어 생동감이 느껴지는 전시회였다.

2층 전시장은 내걸린 제목 그대로 그림과 시가 함께하는 공간이다. 이 전시는 1900년대부터 1950년대까지 구한말, 일제시대, 해방, 전쟁 등의 고단한 역사적 현실을 배경으로 하고 있다. 어려운 시대 상황 속에서도 꿈을 노래하고 낙원을 상상했던 예술가들의 작품이 당시 시대상을 함축적으로 드러내는 시와 함께하고 있다. 김환기, 박수근, 오지호 같은 유명 화가들의 눈에 익은 그림과 그림 사이사이에는 이상화, 윤동주, 한용운 같은 시인들의 귀에 익은 시구가 추임새를 넣고 있다.

보는 이는 작품 속에 담긴 '은유'를 통해서만 현실을 얘기할 수밖에 없었던 그 시대의 어둠과 한계를 읽을 수 있다. 이상범의 작품 「초동初冬, 1926년」의 다소 황량한 산야와 이상화의 시가 어우러져 가슴을 저미게 했다.

지금은 남의 땅 – 빼앗긴 들에도 봄은 오는가

나는 온몸에 햇살을 받고

푸른 하늘 푸른 들이 맞붙은 곳으로

가르마 같은 논길을 따라 꿈속을 가듯 걸어만 간다.

-「빼앗긴 들에도 봄은 오는가」 중에서, 1926년

절친한 친구이자 천재시인 이상을 모델로 그린 구본웅의 작품 「초상화, 1935년」는 참 특이하다. 어두운 배경에 모자를 눌러쓰고 초록빛을 띤 흰색 얼굴의 한 남자가 무표정하게 담뱃대를 물고 있다. 시대의 한계를 안고 살아갈 수밖에 없는 두 예술가의 고뇌가 절실하게 묻어 있다. 거기에 이상의 대표적인 시 「오감도, 1931년」에서 첫마디부터 "13인의 아해가 도로를 질주하오(길은 막다른 골목이 적당하오)"라고 주절대는 분위기가 보는 이의 심사를 더욱 암울하게 했다.

지극히 불행했던 화가 이중섭, 전쟁과 가난에 쪼들려 제주도까지 밀려갔던 그는 일본인 부인과 아이들과의 이별을 아파하면서 그린 「부부, 1953년」 그리고 담뱃갑 은박지 위에 토해 낸 절절한 그림들은 보는 이의 속을 먹먹하게 만들었다. 거기에 한용운의 시가 더욱 안타까운 마음을 자아냈다.

하늘에는 달이 없고 땅에는 바람이 없습니다.

사람들은 소리가 없고 나는 마음이 없습니다.

-「고적한 밤」 중에서, 1926년

이 전시에 등장하는 화가는 앞에서 말한 이들 말고도 많다. 김종태, 류경채, 고희동, 김복진, 임군홍, 이마동, 신영헌, 허진, 박고석, 남관, 권영우, 진환, 장욱진 그리고 색다른 십장생도를 그린 채용신 등. 대개는 잘 알려진 이름들이고 작품도 눈에 익은 명품이 적지 않다.

해설사의 잔잔하면서도 재치 있는 설명에 귀 기울이며 만족해하는 문화대학 동기생들의 모습 또한 보기 좋았다. 전시장을 나서며 회원들끼리 조곤조곤 재잘대는 소리가 내 귀를 간질이었다. 오랜만에 갖는 끼리끼리의 담소가 한껏 즐거워 보였다.

밖으로 나오니 유월 오후의 햇살에 눈이 부셨다. 마치 태양이 우리를 향해 환성이라도 지르는 듯했다. 미술관 앞 분수대에서 내뿜는 물줄기가 주는 청량감이 그만이다. 명화名畵를 감상하면서 가붓하니 가슴에 스민 흥분을 살짝 식혀 주었다. (2012)

베도는 추억과 그리움

고향에는 삭정이 같은 추억만 남아

　고향이란 말에는 추억이 묻어나고 그리움이 따라붙는다. '향수'에는 마치 어머니를 생각하면서 느끼는 애틋함 같은 것이 묻어 있다. 이북에 고향을 두고 온 실향민이나 멀리 타국에 가 있는 이들의 향수는 절절하다 못해 처절할 것이다. 그런 이들에 비하면 고향 타령을 한다는 게 내겐 사치라 할 수도 있겠다.

　속리산으로 유명한 보은報恩이 고향이다. 중학교를 마치며 떠났으니 고향땅에서는 새싹이 돋아나 떡잎이 채 지기도 전에 삶터를 옮긴 셈이다. 평범한 환경에서 웃자람도, 시들음도 없었다. 그런 유년을 보낸 고향을 떠난 지가 반세기가 넘어 간다. 고향에 대한 추억의 갈피에는 별반 내놓을 만한 게 없어 빈 곳간마냥 허허롭다.

　조상에 대한 보은도, 고향에 대한 보은도 잊은 채 일상에 쫓기며 살아왔다. 무엇 하나 보은하는 자세로 살지 못했다. 거기에다가 고향을 자주 찾지도 못하는 편이다. 추석 명절 때 조상님들 산소에 성묘하러 들르는 게 고작이다. 그래도 어쩌다 찾은 고향의 산천을 대하면 반백년의 세월을 훌쩍 뛰어넘어서 흐릿하나마 유년의 풍경들이 뒤죽박죽 떠올랐다.

초등학교 때의 소풍은 꽤 먼 거리도 걸어서 갔다. 산길을 가다 보면 가로질러 가는 산토끼를 만나기도 하고 산 그림자를 담고 있는 개울도 만났다. 그 산등성이 위에 걸쳐 있는 뭉게구름이 개울물 속에도 잠겨 있고 구름 사이에서는 송사리 떼가 한가로이 놀았다. 이마에 땀을 훔치고 허리를 굽혀 개울물 한 모금 마시고 간식 하나 먹으면 스며들던 허기도 가셨다. 개울에 발을 담그고 물장구를 치면 뭉게구름도 송사리 떼도 어디론가 숨어 버렸다. 어릴 적 소풍은 그렇게 자연과 하나가 되어 즐기는 놀이였다.

중학교 때였다. 우리 집은 군소재지 읍내에 있고 큰집은 삼십여 리나 떨어진 산골에 있었다. 한 살 위인 사촌 형이 중학교에 진학하면서 우리 집에 와서 다녔다. 유학을 온 셈이었다. 주말에 형은 집에 다니러 갔고 나도 가끔 형을 따라 큰집엘 가곤 했다. 몇 십 리 길도 으레 걸어 다니던 시절이다. 신작로보다는 주로 샛길로 질러 다녔다. 참꽃을 따먹고 알밤도 주우며 수리티재를 넘어가면 사철 마르지 않는 옹달샘도 나왔다. 떡갈나무 잎을 말아서 물을 떠먹다 보면 물 마시러 온 다람쥐와 눈을 맞추기도 했다. 해가 한참 기울어서 다리에 힘이 풀릴 때쯤이면 동네 어귀가 나타났다. 그 마을은 내가 초등학교 입학 전까지 살던 곳이다.

그해 겨울방학이 되자 형과 나는 들뜬 기분으로 길을 나섰다. 눈보라가 휘몰아치는 날씨였다. 귓불이 찢어지는 것 같고 손가락은 얼어 터질 듯 아렸다. 마을 초입에 다달았을 때는 눈물까지 찔끔거렸다. 나이에 비해 야무졌던 형 뒤를 훌쩍거리면서 따라갔던 기억이 난다.

그 이듬해 늦여름 어느 주말에 큰댁에 갔다가 태풍을 만났다. 일요일에는 태풍 소식과 함께 큰비가 줄기차게 내렸다. 주춤주춤 나서지 못하다가 월요일 아침에야 길을 나섰다. 엉성한 우비를 걸쳤으나 온몸은 이내 빗물에 흠뻑 젖었다. 평소 쉽게 건너던 개울은 범람해서 중학생 몸으로는 도저히 건널 수가 없었다. 길도 없는 산모롱이를 돌고 돌아 수풀 덩굴을 헤치다 보면 가시에 할퀴기도 하고 넘어지기도 했다. 어린 마음에 오로지 학교에 늦지 않아야 한다는 생각만으로 '사투死鬪'를 벌였다. 추위와 배고픔까지 겹쳐 절박했던 기억이 생생하게 남아 있다.

그렇게 애잔한 정감이 스며 있는 고향 마을은 반세기가 지나는 동안 황폐하다고 할 정도로 변했다. "산천은 의구한데 인걸은 간 곳 없다"는 말도 이젠 틀린 말이라고 해야겠다. 인적은 물론이고 산천도 변했을 뿐만 아니라 마구 뒤엉켜 버렸다. 동네 바로 이마 위로는 고가고속도로가 시야를 가리고 마을 초입에 있던 양철지붕과 기와집은 흔적도 없다. 여기저기 집이 있었음을 말해 주는 흔적들만이 잡초 사이에 나뒹굴고 있다. 성묘 때면 한 번씩 들러 보지만 아는 얼굴 하나 없이 황량한 느낌에 착잡할 뿐이다.

선송을 기리다

아버지는 평생에 살림집을 세 번 지으셨다. 두 번은 보은 땅에다, 한 번은 청주에서 퇴직한 후에 지으셨다. 얼마 전 집안 혼사가 있어 고향에 내려갔다가 아버지께서 처음 지으신 집을 찾아가 봤다. 회인면 소재지에 있는 그 집은 초등학교 들어가기 전에 일 년 정도 살았다. 겨울이면 마룻바닥에 내리쬐는 햇볕이 무척 따스했었다. 세월은 그 따뜻한 포근함마저 거두어 가 버렸는지 눈앞에 보이는 옛집의 형해形骸는 희미한 기억만큼이나 추레했다. 퇴락해 가는 농촌의 현실을 재확인하는 것 같아 서글펐다. 추억은 흑백 영상이나마 가슴속에 뚜렷이 남아 있는데 고향의 현실은 초라한 몰골을 숨기지 못하고 있다.

맑게 흐르던 냇물은 댐 속에 묻혀 버렸고 옹달샘 가의 다람쥐는 전설이 되어 버렸다. 미루나무 가로수가 길게 늘어서 있고 자갈길에 먼지가 풀풀 날리던 신작로는 까만 아스팔트로 덮여 온통 침묵을 강요당하고 있다. 아이들이 재잘대던 초등학교는 비림碑林박물관으로 변신한 지가 여러 해 전이다. 고향은 그렇게 변색되고 또 탈바꿈하고 있다. 고향에 대한 추억마저 삭정이마냥 메말라 가는 것 같아 안타깝다.

두 시간 남짓이면 찾아갈 수 있는 고향, 고향을 가까이 두고 있다는 것만으로도 다행이라고 해야 할지, 행복하다고 해야 할지. 누구나 어머니 품을 그리워하듯 누구에게나 고향은 무형의 탯줄인 것이다. 고향에 무슨 '보은' 은 못할지언정 고향을 향한 향수나마 포근히 보듬어야겠다. (2008)

그때는 '국민학교'라고 했지

　모교인 보은 삼산초등학교 개교 백 주년 행사에 참석했었다. 졸업한 지 반세기가 넘었으니 아득한 세월이다. 교문이며 교정은 옛 기억을 모조리 지워 버릴 만큼 변해 있었다. 지금은 초등학교라 하지만 내가 다닐 때는 '국민학교'라 했다. 그때를 떠올리다 보면 짙은 안개 속에 시야가 흐려지는 기분이다. 흐릿한 기억의 잔상들이 갈피없이 앞뒤로 줄을 섰다.

　먼저 떠오르는 것은 입학하던 날의 풍경이다. 초등학교 입학하기 직전에 우리 집은 회인면에서 수한면 후평리 물방아거리로 옮겼었다. 거기에서 어머니를 따라 가서 입학했다. 그 해가 1953년이니 육이오 전쟁이 아직 휴전 전이었다. 햇살이 따스한 사월, 여덟 살짜리 눈에 학교 운동장은 한없이 넓었고 교사는 나를 압도할 만큼 큰 집이었다. 영락없는 판잣집인 일학년 교실 바닥은 울퉁불퉁한 맨땅이었고 좀 서글프다는 생각이 들었다. 그나마 책상과 의자가 있다는 게 다행이었다. 내가 46회 졸업생이니 그 당시 이미 마흔 살을 훌쩍 넘긴 장년의 학교였다지만 전쟁의 상흔이 그대로 남아 있었던 때다.

이어서 떠오르는 장면은 어머니의 배웅을 받으며 봄볕이 쨍쨍하니 내리쬐는 신작로를 걸었던 기억이다. 첫아들을 입학시킨 스물여섯 젊은 어머니는 아침마다 신작로까지 나와서 "해찰하지 말고 어서 가라"고 연신 손사래를 치셨다. 뒤돌아보며 걷는 여덟 살배기에게 오 리 길 신작로는 한없이 멀기만 했다. 자갈이 발길에 차이는 비포장길은 미루나무가 양편으로 늘어서 있었고 갓 이사 와 낯선 곳이라서 길동무도 없었다. 학교를 파하면 으레 아버지가 계신 금융조합 사무실로 갔다. 뒷문을 슬며시 열고 아버지를 불렀다.

"아부지…"

어린 아들이 얼마나 기특했을까. 아버지는 눈깔사탕이나 과자를 사 주셨고 나는 다시 한낮의 시골길을 타박타박 걸어 집으로 왔다. 일 년쯤 지나 우리 집은 읍내 한 귀퉁이에 보금자리를 마련했다. 집과 학교와는 찻길 하나 사이였다. 학교 정문까지는 어린 걸음으로 꽤 걸어야 했지만 바로 길 건너편에 있는 학교 울타리에는 개구멍이 있었다. 우리는 당연한 듯이 그 철조망이 뚫린 샛길로 드나들었다.

가장 기억에 남는 것은 역시 봄 소풍과 가을 운동회다. 한 십 리쯤 걸어가 숲이 있는 개울가에서 도시락을 까먹는 게 다였지만 마냥 즐거웠다. 또 가을이면 그 넓은 운동장에 펄럭이는 만국기 아래 펼쳐지는 축제는 어린 가슴을 들뜨게 하기에 충분했다. 달리기는 꼴찌에서 두 번째를 하면서도 왜 그리 신명이 났던지. 아마도 삶은 달걀에 김밥과 사과를 먹는 재미가 좋았기 때문이었을 게다.

고학년이 되면서 공부는 더 뒷전이었다. 몸은 책상머리에 붙어 있어도 귀는 온통 골목에서 노는 동무들 소리만 들리고 엉덩이가 연방 들썩이는데 공부가 머릿속에 들어올 리 없었다. 그중에도 앞집 동철이와 옆집 인수가 제일 단짝이었다.

놀이터는 철따라 달랐다. 봄에는 주로 동네 어귀가 놀이터지만 때로는 앞산에 참꽃을 따 먹으러 가기도 하고 논에 물 대러 가는 동철이를 따라가 물레방아를 돌리기도 했다. 여름이면 동다리 밑 개천이 단골 놀이터가 되었다. 물놀이에 정신을 팔다 배가 출출해져 밖으로 나오면 입술은 파래지고 온몸은 덜덜 떨렸다. 쫄쫄 굶고 집에 와서 삶아 놓은 고구마라도 있으면 다행이었다. 가을에는 메뚜기를 잡아 풀줄기에 등을 꿰거나 병에 담아 오면 맛있는 반찬거리가 되었다. 또 겨울이면 동네 미나리꽝에서 썰매를 타다 '메기'를 잡으면 모닥불에 젖은 양말이며 바짓가랑이 말리느라 정신을 팔기도 했었다.

그렇게 초등학교 시절을 꽉 채웠던 두 동무는 언제부턴가 기억의 둔덕을 넘어 버렸다. 동철이는 공부보다 집안 농사일에 쫓아 다닐 때가 더 많았고 결국에는 중학교도 못 가고 얼마 후에 온 식구가 서울로 떠나가서는 그만이었다. 인수는 어려서 마차에 치었다는데 한쪽 다리를 심하게 절었다. 그래도 잘만 뛰어다니던 인수도 중학교를 졸업하고 우리 집이 청주로 이사를 하면서 역시 소식이 끊겼다.

그런 쪼가리 기억들을 떨쳐 내고 나면 외할머니에 대한 추억이 날

설레게 한다. 어머니는 오남매의 막내딸이었다. 외가는 오 리 남짓 떨어진 시골에 있었는데 장날이면 읍내에 자주 나오셨다. 장보기보다는 막내딸네 집에 더 오고 싶으셨는지도 모를 일이다. 내 기억 속의 외할머니는 호호백발에 꼬부랑 할머니였는데 막내딸의 첫아들인 날 유난히 귀여워하셨다. 한겨울, 외사촌들이 없는 사이에 광에서 꺼내다 주는 고욤 범벅이며 홍시 맛은 방금 먹고 난 것처럼 지금도 그 맛이 혀끝에 감도는 듯하다.

깊숙이 묵혀 두었던 기억의 창고 속에서는 별스런 이야기의 잔챙이들이 뒤엉켜 나오기도 했다. 육이오 전쟁 직후라서 건듯하면 공비 잡아왔다는 소문이 돌았다. 그럴 때면 우리는 경찰서로 달려가곤 했다. 마당에는 거적으로 덮어 놓은 주검들이 무거운 침묵 속에 누워 있었다. 우리는 그들이 누구인지, 왜 거기에 누워 있는지 알지도 못한 채 호기심 어린 눈으로 지켜봤던 기억도 났다.

오십여 년 전의 기억들이 두서없이 자리다툼을 하는 사이에 개교 백 주년 기념행사가 시작되었다. 모교의 역사를 되짚어보고 이름을 빛낸 동문들이 단상에 올라 공로패를 받고 내빈들의 축사가 이어졌다. 오랜만에 만난 동기들은 단상의 정경은 제쳐 둔 채 묵은 이야기에 여념이 없다. 한동네 친구들의 소식을 물어봤다. 동철이도 인수도 딱 부러지는 소식은 없다. 다만 옛날에 중동을 다녀왔다느니 이민 갔다는 소문을 들었다느니 하는 막연한 이야기만 오락가락할 뿐이었다.

왁자하니 과거와 현재가 뒤섞여 오가는 사이에 기념행사도 막을 내렸다. 이마에는 초여름 오후 햇살이 따가웠다. 인파가 쓸려나간 교정에는 백 년을 말해 주는 기념 비석만이 덩그러니 서 있다. 나의 '국민학교' 시절의 것들은, 교사도 교정도 교문도 그리고 인적까지도 기억 속에만 존재하지 '현장'에는 흔적조차 없다.

윤곽마저 희미해진 옛일을 되새겨 본들 무슨 의미가 있을까. 다 부질없는 짓이 아닐까 싶다가도 뿌연 안개 속 같을망정 추억을 그리다 보면 그때가 마냥 행복했었노라고, 그리고 슬프도록 아름다웠었다는 기록 한 줄은 남겨야 되지 않을까 싶다. (2009)

서울뜨기

서울에 터를 잡은 지 삼십칠 년째다. 사람 사는 게 다 우연의 연속이라지만 내가 서울로 올라오게 된 것도 온전히 우연이다. 이삼십 대 젊은 시절, 서울은 내 삶의 영역에서는 한참 벗어나 있었다. 충북 괴산 산골에서 삼 년째 근무하면서 우물 안 개구리를 면치 못하는 생활 반경에 만족하고 있었다고나 할까.

점차 지루해질 즈음, 청주로 나가볼까 하는 궁리를 하며 지낼 무렵이었다. 1978년 9월 어느 토요일, 뜻밖에도 농협중앙회 새마을지도부로 발령이 났다. 나의 뜻과는 전혀 무관한 발령이라서 한순간 어리둥절한 채 멍한 기분에 빠졌다. 촌뜨기가 하루아침에 전혀 새로운 낯선 환경에 던져진 셈이었다.

월요일 상사에게 양해를 구하고 서울로 향했다. 발령받은 부서에는 마침 대학 선배가 근무하고 있었다. 그 선배에게 다가가서 귀엣

말로 물었다.

"권 선배님, 여기로 발령이 났는데 어떻게 된 거예요?"

그러나 그 선배도 전후 사정을 전혀 모르고 있었다.

얼마 후 서울로 올라오게 된 연유를 알게 되었다. 같은 부서에 근무하는 차장이 괴산 출신이었다. 차장의 부친은 내가 근무하던 군 소재지 농협 조합장이었다. 내 아버지보다도 훨씬 윗 연배인 그분과는 업무상 거의 매일 얼굴을 마주할 만큼 가까웠다. 큰 자제가 중앙회에 근무한다는 사실도 알게 되었다. 그러나 나는 그를 본 적도 없고 고등학교 대선배라는 사실도 나중에 알았다.

그 조합장은 이따금 내려오는 아들에게 넌지시 내 얘기를 흘렸던 모양이다.

"애, 그 군조합에 지도참사 일 보고 있는 젊은 친구 있잖아. 기회 봐서 서울로 좀 끌어 줘라."

그런 말이 빌미가 돼서 상사는 마침 부서 내에 빈자리가 나자 선뜻 나를 추천한 모양이었다. 당사자 의사를 묻기는커녕 전혀 알지도 못하는 상황에서 서울로 발령이 난 터였다.

하루아침에 시골 살림을 접고 서울로 올라왔다. 버스 차창 너머로 몇 번인가 스치듯 했던 낯선 서울, 그 서울에서 단칸방 셋집을 얻었다. 넉넉지 못한 형편에 자리가 잡힐 만하면 이삿짐을 쌌다 풀었다 하면서 점차 서울 생활에 익숙해 갔다. 딸 둘을 데리고 올라와서 이듬해는 아들도 낳았다. 아내는 월급쟁이 봉급에 쪼들리면서도 세 아이와 함께 억척으로 살림을 꾸렸다. 나와는 무관한 듯 세월은 흐르고 그에 발이라도 맞추듯 가족들은 녹록지 않은 대도시 생활에 적응해 갔다.

　시골 생활 삼십삼 년에 서울 생활 삼십칠 년이 더해져 내 나이 올해 일흔을 헤아리게 됐다. 그간 온가족이 전주로 내려가 삼 년여 살다 올라온 적은 있어도 나머지 시간은 온전히 서울을 떠난 적이 없다. 다만 직장 관계로 나만 고향 충북과 서울을 두 차례 오르내렸다. 그것도 나에겐 더없이 소중한 삶의 편린으로 오래도록 간직하고 싶은 추억이 되었다.

　오로지 농민과 농업과 농촌을 생각하며 지낸 삼십 년 농협 생활을 별 탈 없이 마쳤다. 그 세월을 돌이켜보면 가슴에 맺히는 아픔도, 큰 자랑거리도 별반 없는 지극히 평범한 생활이었다. 그래도 셋방살이 설움을 새기며 산 지 십오 년 만에 내 집을 마련한 것이 가장 행복했던 것 같다. 그 직장이 내 삶의 기반이 되고 내 가정을 건사했다. 새삼 서울 생활을 시작할 즈음을 돌아보면서 나를 이끌었던 선배를 떠올렸다. 아내와 함께 내외분을 정중하게 초대하는 자리를 마련했다.

　"선배님은 기억하시는지 모르겠지만 제가 옛날에 선배님이 끌어주셔서 서울에 올라왔잖아요. 기억나세요?"

　"그랬나? 그래, 생각나. 그때 시골에 내려가면 아버님께서 자네 얘기를 하곤 하셨지. 젊은 사람을 촌에서 썩게 할 수는 없지 않냐고 하시면서 말이야."

　"그 당시 저는 서울은 생각도 못하고 있었는데 선배님 덕분에

서울 사람 다 됐습니다. 이 사람도 항상 고마워하고 있어요."

"나야 뭐 잊고 있었는데 그렇게 생각하다니 반갑구먼."

선배는 새삼스레 흐뭇해하는 기색이었다. 우리는 삼십여 년 전 고향 이야기며 직장 이야기로 꽃을 피웠다. 이야기 끝에 아들 이름에 얽힌 사연을 꺼냈다. 아들을 낳고 나서 이름을 지을 때의 일이었다. 집안 돌림자가 동녘 동東자라서 '동현'을 떠올렸는데 마침 그 선배 이름과 같아서 망설이지 않을 수 없었다. 이리저리 재다가 '동훈'으로 호적에 올렸다. 선배는 그랬느냐며 박장대소했다.

그 아들이 장성해서 장가를 가고 이제 두 아이의 아빠가 되었다. 그만큼 세월이 흘렀고 그동안 서울도 수도首都로서의 면모와 국제도시로서의 모습에 걸맞게 엄청 변했다. 상경한 지 삼십칠 년, 그 세월 동안 서울의 변화도 필설로 다하기 어렵지만 나와 내 가정도 많은 변화가 있었다. 겨우 아장아장 걷거나 서울에서 갓 태어난 아이들이 모두 일가를 이루었고 내 슬하에는 손주가 여섯이나 생겼으니 이보다 더 큰 변화가 어디 있으랴.

나의 일상생활은 서울이라는 울타리 안에서 인연의 나래를 펴고 접는다. 이제 나에게 서울은 제2의 고향이자 보금자리다. 어찌됐든 남은 생에서 결코 서울을 떠나지는 않을 작정이다. 그만큼 서울 생활에 적응한 때문인지 이제 나도 서울내기가 다 된 모양이다. 내 생의 전반이 시골뜨기였다면 후반은 서울뜨기로 마감을 할 것이다. 그렇다고 고향에 대한 아련한 향수마저 떨쳐 버릴 수는 없다. 수구초심首丘初心이라 했거늘 어찌 고향을 잊을 것인가. (2015)

섬숲을 거닐다

'쫄병' 사십 개월

또 6 · 25가 다가왔다. 6 · 25전쟁 또는 한국전쟁으로 알고 있었는데 달력에는 '6 · 25사변일'이라고 돼 있다. 나 자신 북한의 불법 남침과 그들이 저지른 전쟁의 참상에 공분公憤을 감추지 않으면서도 그 호칭을 제대로 알지 못하고 있었다니 낯이 뜨겁다. 요즘 다시 남북 간의 긴장이 높아지는 마당이라 심기가 영 불편하다.

대한민국에서 '군대'는, 특히 남자에게는 어떤 의미일까? 건강한 남자라면 누구나 거쳐야 하는 국민의 의무. 그러나 기꺼이 가기보다는 어쩔 수 없어서 가는 곳. 아마 대부분의 사람들은 그렇게 생각할 것이고 나 역시 그런 마음을 떨치지 못했었다. 요즘도 어떤 수단방법을 써서라도 군대에 가지 않으려고 발버둥치는 이들이 적지 않은 현실이다.

한편에서는 이미 국적마저 떠났던 젊은이가 제 발로 입대를 지원하거나 병역의무 면제자임에도 스스로 부적격 조건을 고치면서까지 자원입대하는 젊은이도 적지 않다. 그들의 국가관과 애국심이 놀랍다. 그렇게 당당하고 떳떳하게 입대하는 젊은이들을 보면서 미적지근했던 나 자신을 돌아보았다.

대학 삼학년을 마치고 1967년 12월 1일자로 공군 기술병 제170기로 입대했다. 주위 친구들보다 좀 늦은 편이었다. 자진 입대라는 허울을 썼지만 국방의무를 다한다는 마음보다는 마지못해 끌려갔다고 하는 것이 더 솔직한 표현일 것이다.

당시 대전 유성에 있던 훈련소에 들어가면 먼저 머리를 깎았다. 초겨울 한기가 옷깃에 스며드는 허허벌판 연병장에서 삭발을 했다. 손가락이 오그라들 것 같은 얼음물에 머리를 감고 나면 오히려 훈훈한 기운이 감돌았다.

두 달간의 신병 훈련은 만만치가 않았다. 정신훈화에 제식훈련이며 구보 같은 기본훈련 말고도 총기 다루는 요령이나 화생방 교육에 눈물을 쏟기도 했다. 한겨울 눈밭에서 포복을 하고 한밤중에 팬티 바람으로 연병장에서 부동자세로 서 있을 때의 심정을 '체념', '절망' 같은 말로 표현하기에는 마땅치 않다. 훈련소 생활 두 달을 마무리할 무렵 국가적인 위급 사태가 벌어졌다.

'1·21사태.'

1968년 1월 21일, 북한에서 내려온 김신조 일당의 청와대 습격이라는 사건이 터졌다. 특히 현역병에게 그 후유증은 컸다. 즉각 복무 기간이 육 개월씩 늘어났고 향토예비군이 생겨났다. 삼십육 개월이

선송을 기리다

었던 공군 복무기간이 반 년 더 군복을 입어야 하는 신세가 된 것이다. 사복으로 갈아입을 날만 기다리던 '제대 말년' 들은 날벼락을 맞은 셈이었다.

신병 훈련을 마치자 기상관측 특기를 명받았다. 이어 대전기술교육대에서 특기교육 삼 개월을 마치고 오월에 강릉비행장 기상파견대로 배치되었다. 기상관측이란 매일 일정한 시간에 기온을 재고 바람의 방향과 풍속을 측정하는 것이다. 지상에서뿐만 아니라 하루에 한 번씩 커다란 풍선을 띄워 고공高空의 바람도 기록해야 했다. 또 구름의 종류와 양을 눈으로 쟀다. 예보관은 그런 기상 관측 기록과 한반도 주변의 기상 정보까지 모아 기상도를 그렸다. 그 기상예보가 전투기 조종사에게는 가장 요긴한 비행정보가 되는 것이다.

파견대 식구라야 부대 밖에서 거주하는 파견대장이 있고 안에는 하사 한 명과 사병 서너 명뿐이었다. 물론 내가 제일 '쫄병' 이어서 궂은일은 도맡다시피 했다. 평소에는 가족적인 분위기라 군대 내무반이라고 할 수 없을 정도지만 언제나 화기애애한 것만은 아니었다. 군대 이야기 중에 으뜸은 기합에 관한 것이 아닐까. 대여섯 명밖에 안 되는 데도 분위기가 좀 산만하다 싶으면 별 대단한 이유도 없이 집합에 '빳다' 가 등장하곤 했다.

배속돼 간 지 얼마 안 돼 처음 빳다 맛을 본 날도 그랬다. 군기가 빠졌다는 것이 이유다. 저녁잠도 설친 이튿날 아침, 막사 앞마당을 쓸다가 하늘을 올려다봤다. 서러움이 복받쳐 올랐다. 어머니 얼굴이 떠오르면서 나도 모르게 눈물이 주르르 흘러내렸다. 나는 그날의 눈물을 지금도 잊을 수가 없다.

비행장은 강릉시 교외 바닷가에 있다. 활주로 한 끝은 바다와 닿아 있고 바다는 다시 하늘과 이어져 있다. 비번일 때는 종종 바다로 나갔다. 일렁이는 푸른 파도 위에다 마음으로 쓴 편지를 고향을 향해 띄워 보내곤 했다.

뭐니 뭐니 해도 군 생활에서 가장 즐거운 것은 휴가다. 억눌린 젊은 혈기가 해방된 기분을 어떻게 표현할까. 우리에서 뛰쳐나온 맹수가 포효하는 것과 비교할까. 가슴이 터질 것 같은 기분으로 부대 정문을 나서지만 휴가기간은 정신없이 지나가고 귀대 날짜는 야속하리만치 빨리도 다가왔다.

경부고속도로가 막 개통되고 한껏 멋을 낸 고속버스 안내양이 뭇시선을 끌 때다. 휴가 마지막 날, 아버지는 청주버스터미널까지 나와서 나를 배웅하시곤 했다. 병석에 누워 계신 어머니를 두고 집을 나서는 내 마음은 천근만근 무거울 수밖에 없었다. 그렇게 별다른 추억거리도 없이 막상 귀대하는 날은 늘 풀이 죽어 들어가곤 했다.

강릉에서 이 년 남짓 복무한 후 서울 대방동에 있는 공군본부 기상본대로 옮겼다. 충청도 촌놈은 그때 처음으로 서울의 맛을 좀 봤다. 서울로 온 지 일 년 몇 개월 만인 1971년 3월 31일 제대했다. 삼 년하고도 사 개월 더 '군대 짬밥'을 먹은 셈이다.

제대 명령을 받고 부대를 나서던 그 순간의 벅찬 감정, 그것은 이제껏 살아오면서 누렸던 그 어떤 희열보다도 강렬했다. 세상에 더 이상 나를 얽매는 일은 없을 것만 같은 기분. 하늘을 뚫을 듯한 패기도 흥분도 세월 속에 잦아들었고 이제는 그 기억만이 또렷이 남아 있다.

군복을 벗은 지 사십 년이 훌쩍 지났건만 아직도 국방안보의 중요함에는 조금의 차이도 없다. 오히려 더욱 치열해지는 남북 간의 갈등이 우리네 삶을 더욱 피곤하게 만들고 있다. 새삼 국방의 의무를 되짚어 보면서 이십일 개월(공군은 이십사 개월)도 길다고 하는 요즘 젊은이들의 푸념에 나는 '사십 개월'의 깃발을 치켜든다. (2011)

'워낭 소리'

　고향 마을 어귀로 접어들면 보이는 언덕배기, 널찍한 풀밭에서 황소가 풀을 뜯고 있다. 우람한 녀석이 기운깨나 쓰게 생겼다. 보는 이의 마음까지도 푸근하게 하는 여유로움이 있다. 가까이 다가가니 잔등에는 윤기가 흐르고 선한 눈망울이 나를 쳐다본다. 아무리 전생에 선업善業을 쌓은 이라도 소만큼 선해 보일까. 풀을 뜯던 소가 머리를 들어 먼 데 하늘을 올려다본다. 소의 눈망울이 어딘지 모르게 좀 슬퍼 보이는 것은 지향 없이 흔들리는 내 마음 때문이었는지도 모르겠다.

　'워낭 소리'가 잔잔하게 들녘을 가로질러 퍼져 나간다. 워낭 소리와 개울물 소리의 어울림은 어느 작곡가가 만들어 낸 화음보다도 더 음악적이다. 아주 오래전 이십 대 시절, 어느 여름날의 풍경이다.

　얼마 전 영화 '워낭 소리'를 보았다. 생사고락을 함께한 마흔 살

소를 떠나보내야 하는 늙은 농부 내외의 일상을 담은 다큐멘터리다. 한평생을 같이한 늙은 아내로부터 매일 타박이나 받는 여든의 촌로, 그리고 그들과 함께하는 황소가 주인공이다. 젊은 날, 소와 함께 땅을 일구며 구남매를 길렀으나 이제는 늙고 병든 노부부의 애환이 무척 서정적으로 펼쳐졌다. 경상도 봉화 산골에서 농사일로 버텨 온 부부와 그들의 동반자인 늙은 소 한 마리가 팔십 분 내내 화면을 가득 채웠다.

수명이 십오 년 남짓이라는 황소가 사십 년을 살았다면 사람으로 치면 백수를 훨씬 넘긴 셈이니 움직일 기력조차도 없을 법하다. 그런 고령임에도 소는 수레를 끈다. 그 위에 짐과 노인을 싣고 오르막길을 오르는 소의 걸음은 느리기만 하다. 백수 노인에게 등짐을 지게 한 것이나 마찬가지다.

황소는 짐을 싣고 시장에도 가고 밭이나 논을 갈기도 한다. 소도 사람도 숨이 턱에 닿아 헐떡거린다. 노인과 늙은 소는 서로를 쳐다보는 눈길이 불쌍해서 못 견디겠다는 듯하다. 노인은 몸져눕는다.

"이놈의 소 때문에 내 팔자가 죽을 맛이여, 얼른 내다 팔아요."

안노인은 소 때문에 사람 골병 든다면서 잔소리를 해댄다.

"안 팔아."

몸은 제대로 운신을 못하면서도 소는 처분할 수 없다는 고집이 그야말로 황소고집이다. 새벽이면 쇠죽을 끓여 주는 노인과 소는 한 가족이나 진배없다.

쇠잔한 황소의 커다란 눈망울, 그 눈에서 흘러내리는 눈물, 삐쩍

말라 등허리 위로 뼈마디가 울뚝불뚝 튀어나온 소는 발걸음을 내딛는 것이 천근만근 무겁다. 할아버지는 힘들어하는 소가 안타까워 달구지에서 짐을 덜어 자신의 지게에 옮겨진다. 그 순간 그는 일개 촌로가 아닌 성자聖者가 된다.

뭉클한 감성이 속에서 치받는다. 마지막 길이 될지 모르는 소를 향한 촌로의 연민과 배려는 보는 이에게까지 그 따스함이 고스란히 젖어들게 한다.

"언젠가 수레 위에서 잠이 들었는데 깨고 보니 집인 게라, 이놈이 참말로 신통한 소라니께."

황소를 바라보는 노인의 눈에는 안쓰러움이 가득 어린다. 한평생을 머슴살이와 농투성이로 살아온 늙은이의 얼굴은 농사일에 대한 집념과 회한이 서려 있다. 흐드러지게 핀 개나리 꽃길을 따라 깡마른 소가 천천히, 아주 천천히 걸음을 옮긴다. 이어지는 화면에서 들녘은 초여름 기운이 완연하고 산그늘에서는 뻐꾸기 소리가 귓전을 파고든다.

못자리가 푸르러 가는 한낮, '음매~' 하고 길게 늘어지는 소 울음소리가 정적을 깨운다. 햇볕은 쨍쨍 내리쬐고 매미 소리는 노인의 가슴을 헤집어 놓는데 아무리 재촉을 해도 기력을 다한 소는 일어나지를 못한다.

"어르신, 이제 마음의 준비를 하시지요."

수의사는 숨 거둘 시간이 다가왔음을 알려 준다. 노인은 '워낭'을 떼어내고 코뚜레를 풀어 준다. 죽음을 목전에 두고서야 소는 천형

天刑과도 같은 굴레를 벗는다.

"좋은 데 가거라. 밭 갈고 나무도 많이 해다 놓고…, 참말로 고생 많았다."

소 잔등을 쓰다듬는 노인의 손마디는 한평생 흙과 함께한 형적이 그대로 묻어 있다. 예부터 '부리는 소'에게 등에는 길마를 얹고 코에는 뚜레를 꿰뚫고 굽에는 징까지 박으니 이보다 더한 형벌이 어디 있을까. 그런 형극의 길에서도 소는 제 할 일을 다 했으니 성물聖物이 따로 없었다.

"자식을 위해 헌신한 우리의 아버지와 소에게 바친다."

영화의 마지막 영상 자막에 눈길이 머물면서 감정의 한 가닥이 촉촉하게 젖는다. 한없이 초라하고 허름해 보이는 산골짜기의 노부부와 늙은 황소가 빚어내는 일상이 가슴 먹먹하게 한다.

자연의 한 자락으로 스며드는 인간과 동물 간의 교감이 퍽 감동적이었다. 그들은 사람과 가축 이상의 관계였다. 소는 할아버지의 불편한 다리를 도와주는 교통수단이었고, 할머니의 끝없는 지청구를 떨쳐내는 핑계거리였으며, 불만이나 짜증도 묵묵히 받아 주는 친구였다.

태어나고 죽는 것은 지극히 자연스러운 순환이며 순리다. 이제 그들은 갔다. 세상도 많이 변했다. 들녘에서 한가하게 풀을 뜯던 목가적인 풍경도, 논밭을 갈던 모습도, 등짐을 지고 자갈길을 타박타박 걷던 모습은 기억조차 가물가물하다. 더불어 '워낭'도 자취를 감췄고 '워낭 소리'도 더 이상 들을 수 없다. 인적이 뜸한 벽지나 외딴

섬마을에는 아직 그런 풍경을 볼 수 있을지는 모르겠지만.

수천 년 동안 인간과 고락을 함께해 온 소, 한 식구마냥 언제나 가까이했기에 왕방울 눈이 더욱 애처로워 보였던 그런 소는 이제 우리 주변에서는 점점 더 보기가 어렵다. 다만 영화 속에 남아 있고 기억 속에서만 존재한다.

영화의 여운을 되씹다가 '워낭 소리'를 '무형문화재'로 보존할 수도 있지 않을까 하는 엉뚱한 생각이 들었다. 그것은 분명 우리 정서를 살찌우고 메말라가는 사회에 한 가닥 위로가 될 수도 있겠다는 상상에서다. (2009)

섬송을 기리다

봄과 여름 사이에

삼월이 오기 전부터 땅속 생명체들의 미묘한 움직임을 감지하게 된다. 해토머리 무렵이면 여기저기서 봄기운이 움트고 있음을 본다. 흙을 비집고 올라오는 여린 싹이 기특하다. 그 생명의 조화는 어디서부터 오는 것인지 신비롭기만 하다.

그러나 봄은 마음씨 좋은 산골 새색시처럼 그렇게 사뿐한 걸음으로 오진 않는다. 매양 머뭇거리고 비틀거리며 마지못해 오는 듯하다가는 무엇에 삐쳤는지 아예 되돌아서기도 한다. 그럴 때면 꼭 앙칼진 질투의 화신化身인 양 살기 돋친 한설풍이 사납게 휘몰아친다. 꼭 계절의 바퀴를 되돌려 세울 것만 같은 몸서리를 안겨 준다.

앙탈을 부리던, 게으름을 피우던 잎샘추위는 물러가고 봄의 화신花信은 찾아오게 마련이다. 따지기의 문턱에 들어서기도 전에 남녘에서부터 동백이 꽃바람을 일으키면 뒤이어 개나리며 진달래가

치장을 하고 아양을 떤다. 침묵했던 대지에는 온갖 색조의 향연에 더하여 갖가지 날것들이 만들어 내는 교향악이 조화를 이룸으로써 자연은 더욱 풍요로워진다.

분당 사돈네와 수년째 고구마 농사를 짓고 있다. 건달농사라고는 해도 계절의 변화에 좀 민감해졌다. 매번 봄비가 훼방을 놓는 바람에 삼월 마지막 날에야 밭엘 나갔다. 명색이 '농사' 라는 이름을 붙이기에는 한참 늦은 때였다.

지난해 고구마를 거두어들이고 난 흔적이 밭이랑마다 그대로 널려 있다. 우선 밭을 일구자면 고구마 줄기더미부터 치워야 했다. 이틀 전 내린 빗물을 흠뻑 먹은 탓에 엄청 무거웠다. 그래도 거기엔 노동의 즐거움이 있다.

물기 머금은 흙을 한 움큼 쥐어 봤다. 온몸으로 전해져 오는 감촉이 남달랐다. 손바닥에 스미는 보드라움은 신방의 이불솜 같았다. 사월에 접어들자 햇볕이 베푸는 활력이 산야에 가득했다. 밭두둑에는 연한 풀이 제법 모양새를 갖추고 있다. 훈풍에 일렁이는 연녹색 물살이 넘실거렸다.

햇살의 속살거림을 귓전에 흘리면서 고구마 두둑을 만들었다. 그 위로는 검정 비닐을 씌웠다. 일렬종대로 누워 있는 두둑이 군기 잡힌 꼬마 장병들의 대오隊伍를 연상케 했다.

사월이 깊어 갈 무렵 봄의 향취를 맡으러 고구마 밭 대신 남산으로 갔다. 문우들과 어울려 간 남산은 이미 초입부터 벚꽃이 흐드러지게 피어 있었다. 환한 햇살이 방금 헹구어 낸 옥양목같이 눈부셨다. 화사한 날씨에 일요일이라 한결 상춘객도 많았다. 살짝 스치는 미풍에 벚꽃잎이 화려한 군무를 추듯 흩날렸다.

"어머, 꽃비가 내리네."

앞서가던 젊은 여인네가 탄성을 질렀다. 산 위로 오를수록 펼쳐지는 진경산수화는 어느 화가도 감히 그려낼 수 없는 절경이었다. 연한 초록빛 틈새에서 벚꽃에 뒤질세라 산수유와 영산홍이 무결점의 봄빛을 발산하고 있다. 초록의 수해樹海 위로 노랑색과 연분홍의 파문이 빠르게 번져가고 있다. 어떤 물감으로도 빚어 낼 수 없을 듯한 색조는 천상의 풍경이 이렇지 않을까 싶었다.

거기에 못지않게 나무의 때깔 또한 저마다 달랐다. 같은 회색이거나 갈색이라도 연하거나 진하거나 차이가 있다. 그 사이로 한 줄기 바람에 가녀린 꽃잎들이 나래처럼 흩날렸다. 수은주가 더위에 밀려 올라가면서 나무들도 한창 연초록 봄옷으로 갈아입는 중이었다.

오월을 계절의 여왕이라 하지만 대지의 긴 동면을 깨우는 삼월이 있고 희망을 싹 틔우는 사월이 있기에 오월은 여왕으로 등극할 수 있을 것이다. 그렇게 찾아온 오월이지만 요즘은 오는 듯 가버리는 게 오월이다.

한낮의 햇살은 이미 살가운 따스함과는 거리가 멀었다. 이마에 땀방울이 맺혔다. 절로 그늘을 찾게 만들었다. 피천득은 「오월」에서 "유월이 되면 '원숙한 여인' 같이 녹음이 우거지리라. 그리고 태양은 정열을 퍼붓기 시작할 것이다"라고 했다. 그 유월이 왔고 태양의 정열을 기약하면서 고구마를 심었다. 생명의 근원은 빛과 물과 공기일

진대, 순筍을 심은 날 밤에 내린 비는 고구마 농사의 풍작을 예보하는 듯했다.

한여름에 접어들면서 밭에는 고구마 순보다 잡초가 더 무성해졌다. 선조들은 말하기를 '상농'은 잡초가 나기 전에 김을 매서 아예 잡초의 싹을 도려내는 것이라 했다. 그러니 상농의 꿈은 아예 접고 볼 일이었다.

제초 작업을 하면서 느끼는 것은 쓸모없는 잡초일수록 생명력이 모질다는 점이다. 잡초를 뽑고 나서 허리를 펴고 뒤돌아서면 벌써 한 뼘은 자란 듯했다. 그 질긴 생명력에 혀를 내둘렀다.

얼핏 엉뚱한 생각이 났다. 잡초도 분명 이 땅 위에서 함께 살아갈 권리가 있을 터인데 사람의 필요에 따라 차별받는 처지가 억울하기도 할 법했다.

민주화를 부르짖던 시절, 눌리고 짓밟히는 백성을 일컬어 '민초'라 했다. 탄압의 강도가 높아지면 질수록 더욱 인권과 자유를 부르짖는 '민초'의 생명력은 모질기만 했다. 질긴 잡초를 보면서 이들 역시 "우리도 민초다. 우리의 생존권을 보장하라"고 항변하는 소리가 들리는 듯했다.

우리나라 기후가 '아열대화'하고 있는 게 아닌가 하는 우려가 나올 만큼 칠월의 태양은 뜨겁다. 온몸을 적시는 땀은 한증막을 나무랄 정도다. 땅에서 내뿜는 생명의 힘은 감히 인간이 다스리기에는 어림도 없는 만용이거나 어리석음이란 것을 절절하게 느끼면서 잡초를 뽑았다. 사이사이에 건듯 스치는 바람의 맛이 일품이다.

사계절을 다 느낄 수 있다는 건 크나큰 축복이다. 자연의 조화는 생명의 순환으로 완결된다. 태양의 양기와 대지의 음기 그리고 공기의 융합으로 생명은 움트고 성장하면서 내일을 열어간다.

한여름의 정열이 꼭짓점을 향해 치달을 즈음이면 땅 위의 덩굴은 더욱 무성해지고 땅속 고구마도 하루가 다르게 살집을 불려 갈 것이다.

자연은 우리에게 일용한 양식을 주고 거기에 더해서 철따라 안겨주는 즐거움은 덤이라 해야겠다. (2009)

늦가을의 단상

  벌써 늦가을이다. 봄철 꽃보다도 더 화사한 단풍의 향연이 벌어지고 있다. 이미 산과 계곡에는 잎이 지고 있다는데 아파트 단지에는 곱디고운 색색의 단풍이 한창이다. 삼십 년이 넘는 세월의 흔적이 묻어나는 우람한 고목들이 즐비하다. 나무마다 그 때깔을 달리하는 미묘한 색상이 숨을 멎게 한다.

  누군가는 가을을 조락凋落의 계절이라 하지만 나는 동의할 수가 없다. 몰락에 앞서 펼치는 색과 빛의 향연을 두고 어찌 그 초라함을 먼저 이야기할 수 있는가. 결실과 수확의 계절을 말하기 전에 가을이 만들어 내는 푸짐한 눈요깃거리를 칭송해야겠다. 마음이 풍요로워지기 전에 눈이 먼저 사치를 누린다.

  키가 훤칠하니 커서 순해 보이는 목련의 진갈색 낙엽에서는 금방 볶아 낸 커피 향이 코끝에 스치는 듯하고, 단풍나무의 새빨간 정열과 은행나무의 샛노란 변신은 또 다른 희열을 느끼게 한다. 오순도순 섞여 있는 느티나무, 오동나무, 백목련에 라일락까지 저마다 몸치장을 달리하고 있다. 그들이 어울려서 연출해 내는 조화는 환상적이다. 또한 미풍에 살랑거리며 만들어 내는 화음은 전원교향곡이라도 울려 퍼지는 듯하다.

거실 너머에는 대숲이 있고 펑퍼짐하니 듬직한 오동나무가 한눈에 들어온다. 오동잎은 유난히 넓다. 무에 그리 부끄러워 제 얼굴을 가리려는지, 아니면 세상에 추악한 것은 다 덮어 버리기라도 하려는 듯 큼지막한 잎사귀가 너울거린다. 거기에 곱게 물든 단풍과 푸른 대나무 숲의 조화는 어느 화가의 작품보다도 윗길이다. 통유리창을 통해 보이는 풍경은 커다란 유리액자에 담겨 있는 한 폭의 풍경화다. 그 뒤로는 가을이 영글어 가고 파란 하늘에 서린 냉기가 시선을 타고 피부에 와 닿는다. 오싹한 느낌에 마음이 먼저 추위를 탄다.

제법 세찬 바람이 분다. 아침신문에는 '가을을 보내기 전에 겨울이 왔다'는 성급한 기사가 실렸다. 영하를 예고하는 듯 스산한 바람 속에 큼직한 목련 잎이 공중제비를 한다. 크고 작은 색색의 낙엽들이 흡사 군무를 추는 듯하다. 이따금 지저귀는 텃새가 날아간 자리에서 오동잎이 떨어진다. 간밤에는 된서리가 내린 듯, 나무 밑 승용차 위에는 은행잎이 수북하게 덮여 있다. 동화 속 황금마차를 닮았다. 창밖에는 가을이 꼬리를 감추고 겨울이 손짓을 한다.

마음이 먼저 으스스해지는 늦가을, 가파른 세월의 길목에 서서 나무가 낙엽을 떨어뜨리는 의미를 새겨본다. 누군가는 '낙엽은 떨어지는 게 아니라 스스로 내려앉는 것'이라고 했다. 그렇다. 제 살을에는 아픔도 마다 않고 잎을 지우는 데는 그 나름의 섭리가 있지 않을까. 한여름의 폭염을 이겨 낸 잎이 제 소임을 다했다는 듯 사선을 그으면서 낙하한다. 거리에도 광장에도 산기슭에도 지난 계절의 잔해들이 널브러져 있다. 발길에 밟히면서 신음하는 낙엽이 마치 전장의 시신마냥 소리 없는 울음을 울고 있다. 그러나 죽음이 있어야 새로운 탄생도 기약할 수 있는 것. 낙엽은 또 다른 시작을 알리는 전령이다. 새로운 출발을 위한 약속이다.

그 황홀한 색의 향연에 이어 한 잎 두 잎 또는 무더기로 떨어뜨리는 해탈의 모습에서 가을의 두 얼굴을 보게 된다. 어미가 제 몸을 새끼의 먹이로 던지는 가시고기의 희생마냥 낙엽은 땅에 떨어져 썩어야만 새 움을 틔우는 데 유용한 자양분이 될 수 있다. 인적이 드문 거리에서 또는 어느 산모롱이에서 쓸쓸한 최후를 맞이할지라도 그 소임을 다한 낙엽은 숭고하고 아름답다.

가야 할 때가 언제인가를 분명히 알고 가는 이의 뒷모습은
얼마나 아름다운가.
봄 한철 격정을 인내한 나의 사랑은 지고 있다.

시인 이형기는 가야만 하는 격정의 계절을 그렇게 노래했다. 낙엽의 한살이도 그와 마찬가지로 하나같이 소중한 인연을 다한 것이다. "어디서 왔으며 어디로 가느냐?"는 선승의 물음에 길을 몰라 입을

다물고 말았다는 일화는 우리를 슬프게 한다. 선승의 경지는 못되더라도 나름의 삶의 방도는 살필 줄 아는 생활인이고 싶다. 가을엔 같은 길을 가는 도반道伴의 맑은 인연이 그립다. 서늘한 기운에 옷깃을 여미고 고즈넉한 찻집에 마주 앉으면 국화와 같은 고고한 품격이 배어나는 사람. 눈빛만 바라보아도 미소가 흐르고 그윽한 향기가 풍기는 사람. 산등성이의 은빛 억새처럼 은은하면서도 기품이 있고 속이 더 아름다운 그런 사람이 그립다. 아니다. 내가 그렇게 그윽한 향기가 묻어나는 사람이고 싶다.

이순을 넘겼다면 분명 늦가을 어디쯤일 것이다. 하늘을 질러오는 한기에 잎들을 붉게 물들인 고목과도 견줄 만하지 않을까. 차디찬 비바람에 낙엽은 떨어져도 고목의 자태는 고고하다. 연륜이 켜켜이 쌓여 갈수록 그 의연함은 더해 간다. 아니, 갈수록 당당하다. 인생도 연륜을 쌓아 가면서 비록 외모는 노쇠함을 피할 수 없을지라도 그 정신만은 당당함과 의연함을 잃지 않아야 하겠다. 그렇다고 불필요한 허세나 과장은 오히려 혐오의 대상이 될 터. 그보다는 겸손과 한발 물러남이 노년의 아름다움에 보탬이 될 것이다.

요즘 술자리에서 '당신 멋져'를 자주 외친다. 당당하고 신나고 멋지게 살되 져주며 살자는 뜻이다. 후세대에게 길을 터주고 보다 나은 삶의 방도를 터득할 수 있는 길잡이가 된다면 이보다 더 좋은 삶은 없지 않을까. 봄부터 여름 내내 생명의 불꽃을 피웠던 수목들이 가을을 마감하면서 새 생명을 기약하듯 우리 삶에서도 후대를 위한 자기희생은 아름답다. (2008)

"항상 조심해라"

　이십여 년이 지난 지금도 그 일을 떠올리면 등골이 오싹해진다. 1991년 5월 어느 일요일, 자동차를 산 지 이 개월 정도 됐을 때 겪은 낭패담이다.

　직장 동료의 자녀 결혼식이 있어 차를 끌고 성균관에 갔다. 예식이 끝나고 간 김에 대학 뒤쪽 산을 휘돌아 난 순환도로를 따라 드라이브를 할 생각에 산길로 들어섰다. 얼마만큼 가다 보니 길이 막혔다. 군부대로 가는 길로 잘못 들어선 것이다. 무심코 부대 코앞까지 갔다가 백여 미터를 후진으로 내려오는 중이었다.

　한순간 이상한 느낌이 들었다. 급히 브레이크를 밟았다. 차창을 열고 아래를 내려다보니 눈에 들어오는 것은 허공뿐이었다. 기역자로 꺾인 데다가 제법 경사가 급한 언덕길을 무심코 뒷걸음질하다가 벼랑으로 떨어지기 직전에 멈춘 것이다. 0.1초, 아니 0.1미터만 더 나갔더라면 아내와 나는 어떻게 됐을까. 순간 머릿속이 텅 비면서 전신이 마비되는 듯했다.

브레이크를 채우고 먼저 아내를 차에서 내리게 했다. 무게의 중심이 내 쪽으로 쏠려 차가 곤두박질하지나 않을까 오금이 저렸다. 나도 오른쪽 좌석을 타고 넘어 조심스럽게 내렸다. 내려서 보니 차체가 거의 공중에 떠 있는 모양새였다. 겨우 세 바퀴만 땅을 부여잡고 왼쪽 뒷바퀴는 허공에 매달려 있었다. 거의 수직에 가까운 절벽이 오 미터는 될 듯싶었다. 온몸이 초긴장으로 굳어지고 혼이 빠져나간 것 같았다. 차를 잘못 건드렸다가는 그대로 낭떠러지로 떨어질 판, 발만 동동거릴 뿐 휴대전화도 없던 시절이라 난감했다. 이리저리 궁리 중인데 지나던 행인들이 조언을 해 주었다.

"저기 군부대에 가서 부탁해 봐요. 전에도 몇 번이나 이런 일이 있을 때 부대서 끌어 준 적이 있어요."

부대 앞 초병에게 다가가서 어렵사리 말을 꺼냈다. 초병은 잠시 기다려 보라면서 부대 안으로 연락을 취했다. 십여 분을 기다리니 군 트럭이 나왔다. 운전병은 트럭을 가까이 대더니 와이어를 내 차 앞 범퍼 밑에 있는 견인 고리에다 연결했다. 그리고 트럭에 올라 시동을 걸었다. 트럭이 앞으로 몇 미터 전진하자 쇠밧줄이 팽팽해졌다. 그 쇠줄이 내 몸을 옥죄는 듯했다. 곧바로 허공에서 허우적대던 바퀴가 언덕 난간을 부여잡고 올라왔다. 그 순간 내 몸도 초긴장에서 단박에 풀려났다.

'이 고마움을 무엇으로 표해야 하나.'

잠시 망설였다. 마침 주머니에 몇 장의 푸른 지폐가 있어 다행이었다. 그때의 그 황망했던 기억만은 언제까지나 잊을 수가 없을 것이다. 지금도 그 일을 떠올리면 등줄기에서 진땀이 날 지경이다. 차를 끌면서 조심하고 또 조심해야 하는 안전운행의 교훈을 단단히 얻었다. 낭패를 맛본 후로 큰 사고 없이 몇 년을 잘 지냈다.

  그 후 면역력이 떨어졌는지 또 한 번 미숙한 사고를 일으켰다. 출근길 양재대로에서 차선을 바꾸기 위해 뒤차에 신경을 곤두세우다가 앞차를 들이받았다. 영락없는 초보자 수준의 사고였다. 앞차 운전자는 뒷자리에 유치원 아이를 태운 젊은 엄마였다. 정중한 사과는 물론 가해자로서 사고 뒤처리에 최선을 다했다. 별 트집 잡히지 않고 끝낼 수 있었다.

  교통사고는 운전자의 착오나 방심 때문에 일어나는 것이 거의 다라고 할 수 있다. 그러나 억울한 경우도 있다. 청주에서 근무할 때다. 월요일 아침 서울 집에서 이른 새벽에 출발했다. 고속도로에는 밤새 내린 눈이 꽤 많이 쌓여 있었다. 교통량은 많지 않았고 속도는 대개 삼사십 킬로미터였다. 어느 순간 브레이크를 살짝 밟았나 싶었는데 차체가 너덧 바퀴나 빙글빙글 돌면서 갓길로 미끄러졌다. 나는 두 눈 번히 뜨고 운전대를 부여잡았으면서도 '어~어~' 소리만 했지 어찌할 도리가 없었다. 불과 이삼 초 사이에 차는 도로변 방호벽에 가 부딪치고서야 멈췄다. 천만다행으로 바로 뒤따라 오는 차량은 없었다. 차에서 내려 보니 십여 미터 거리에 나마냥 미끄러진 운전자가 멍하니 서서 담배 연기를 허공에 내뿜고 있었다.

자가용차 없는 집이 거의 없을 만큼 세상이 변했다. 그런데도 교통질서는 여전히 어지럽기만 하고 교통사고는 빈발한다. 그 이유를 어디서 찾아야 할지 난감하다. 아마도 '방심放心'을 '조심操心'으로만 바꿔도 사고의 태반은 줄일 수 있지 않을까 싶다.

살다 보면 뜻하지 않게 벼랑 끝에 몰리는 경우가 있다. 사기사건에 휘말려 하루아침에 패가망신한다든지, 예기치 않는 병고에서 헤어나지 못한다거나 계획한 일이 어긋나 파탄에 빠지기도 한다. 한편으로는 세상이 하도 무질서하고 탈법이 판치다 보니 뜻하지 않게 낭패를 당하는 일도 잦다. 미친 차량이 내달려 덮친다든지 생면부지의 불한당에게 불의의 칼침을 맞는다면 이보다 더 억울한 일이 어디 있겠는가. 그렇지만 현실은 이런 불행한 일들이 매일같이 일어나고 있다.

어찌 보면 우리 삶의 하루하루가 벼랑 끝에서 허우적대는 것이라고 해도 크게 틀린 말은 아니다. 한 다리는 난간에 걸쳐놓고 어떻게든 삶을 부지하려고 발버둥치는 게 우리가 살아가는 모습이 아닐까. 낭패를 당하지 않으려면 언제나 마음의 조리개를 너무 느슨하게 풀진 말아야겠다. 적당히 긴장을 유지하면서 전후좌우를 살피는 조심만 해도 막바지로 내몰리지는 않을 것이다.

삶의 핸들을 너무 과격하게 꺾지 말고 완급緩急을 적당히 조절하는 것이 삶의 지혜일 터, 나는 집을 나서는 자식들에게 늘 이르는 말이 있다.

"항상 조심해라." (2013)

물수제비

얼마 전 아내와 근교 유원지로 봄나들이를 나갔었다. 한참을 거닐다가 큼직한 연못가에 이르렀다. 가까운 곳에서 오십 대 장년 서너 명이 물수제비를 뜨고 있었다. 물수제비뜨는 걸 본 지가 얼마 만인가. 아주 까마득하게 느껴졌다.

갑자기 수십 년을 거슬러 고향 초등학교 운동장 가에 있던 연못이 떠올랐다. 조무래기 친구들과 어울려 놀다가도 연못가에만 가면 으레 물수제비놀이를 했었다. 수제비는 부엌에서만 뜨는 게 아니었다. 강이나 호숫가에서도 떴다. 물가에 가면 흔히 심심풀이 삼아 돌멩이를 집어던지던 장난, 그런 장난이 커가면서 자연스럽게 물수제비뜨기로 발전하지 않았을까 싶다.

하지만 그것도 봄부터 가을까지만 허용되었다. 겨울에는 꽁꽁 언 연못 위로 돌멩이를 던져 보지만 돌은 파문도 그리지 못하고 곧장 맞은

편 뭍으로 달려가 숨어 버렸다. 대신 펑펑 쏟아지는 함박눈 속에서 눈싸움이나 눈사람 만들기는 물수제비 못지않게 재미있었다. 또 미나리꽝이나 눈 덮인 언덕배기에서 타는 썰매는 정말 신나는 놀이였다.

그 시절, 숲이 우거진 강변이나 호젓한 호숫가에서 데이트를 하던 청춘남녀라면 한두 번쯤은 물수제비 맛을 봤을 것이다. 그것은 잔잔하게 고여 있는 연못이나 둠벙에서 떠야 제대로 동그라미가 그려졌다. 남자는 맞춤한 돌을 주워 물수제비를 뜨면 돌은 잔잔한 수면 위로 날렵하게 날아가고, 그걸 바라보는 연인은 가벼운 흥분 속에 박수를 치고. 청춘영화의 주인공인 양 종종 물수제비를 뜨면서 사랑을 키우기도 했다. 물수제비는 실제 영화 속에서도 맛깔스런 양념 구실을 톡톡히 했다.

물수제비뜰 때도 나름의 요령이 필요하다. 우선 돌을 잘 골라야 한다. 둥글넓적한 게 크기와 얇기가 알맞아야 한다. 너무 커도, 너무 두꺼워도 젬병이다. 돌을 쥔 손을 머리 뒤로 돌리면서 동시에 허리를 옆으로 굽히고 돌을 수면 위로 힘껏 던진다. 돌은 물찬 제비처럼 물 위를 스치며 날아간다. 날렵한 수영선수가 자맥질하며 내달리듯 수면을 가른다. 놈은 수면을 몇 번 살짝살짝 스치며 몇 개의 징검다리를 만들고는 물 밑으로 자취를 감춘다.

돌이 스칠 때마다 만들어 낸 파문은 물 위에 동심원을 그린다. 동심원은 서로의 마음이 닿듯이 또 다른 동심원과 겹치면서 멀리멀리 퍼져 나간다. 동그라미로부터 전해 오는 파장이 손끝에 미세하게 느껴지는 듯하다. 여러 개의 파문이 또렷하게 그려지면 환성이 터지고 그 함성 소리는 동심원을 더욱 멀리멀리 밀어낸다.

고등학교 일학년 가을 소풍을 갔을 때다. 물수제비뜨기를 하다가 대판 싸움을 벌인 적이 있다. 열댓 명이 두 패로 나눠서 어느 쪽이 더 많은 수제비를 뜨는지 내기를 했다. 몇 명은 돌을 주워 나르고 몇이는 수제비를 떴다. 누가 더 동심원을 많이 그리느냐 하는 걸로 승부를 가리기로 했다. 그런데 물 위의 동그라미를 헤아린다는 게 말처럼 쉬운 게 아니었다. 파문이 퍼져 나가다 보면 원과 원이 겹쳐지고 맨눈으로는 센다는 것이 불가능할 만큼 파문은 생기는 듯 마는 듯 희미해졌다. 그 동심원의 흔적이 땅 위의 자국마냥 수면 위에 고스란히 남는다면 오죽 좋으련만.

한참 환호성을 올리며 즐기던 게임은 다툼이 되어 주먹다짐 일보 직전까지 가는 불상사로 이어지고 말았다. 물론 돌아오는 길에 다투었던 친구들은 언제 그랬느냐는 듯이 웃음꽃을 피웠지만.

그 후로도 기회만 있으면 물수제비뜨기는 추억을 되살리듯이 즐기는 놀이였다. 아내와 데이트를 하던 때는 고향의 명암방죽을 거닐면서 수제비를 뜬 적도 있다.

"아유 멋지네요. 돌멩이 날아가는 게 꼭 물새가 파닥거리는 것 같아요."

그녀가 칭찬마냥 던지는 한마디에 나는 몇 개의 수제비를 더 떴다. 그때에는 어디든 물가에서는 심심파적으로 으레 물수제비를 떴다. 오늘날에도 물수제비뜨기는 꽤 쓸 만한 사랑의 묘약이 될 수 있을 터인데, 요즘 젊은이들은 그 묘미를 알기나 하는지 궁금하다.

섬숲을 거리다

요사이 청소년들이 즐기는 놀이에는 뭐가 있을까. 워낙 다양한 놀이문화가 발달하고 널리 알려져 있는 터다. 그중에서도 많은 이들이 컴퓨터 게임에 빠져 있어 걱정이 이만저만이 아니다. 어린 아이부터 어른들까지 게임이 지나쳐 중독에 빠진 이들이 많아 심각한 사회문제가 되고 있는 현실이다. 혹시 인터넷 게임 중에 '물수제비뜨기' 같은 종목이 있는지 모르겠다.

　그러나 누가 뭐라 해도 물수제비는 물가에 나가 마우스 대신 돌을 쥐고 심호흡을 하면서 던져야 제 맛이다. 화면 속에 펼쳐지는 장면이 아무리 재미있더라도 먼지와 전자파만 뒤집어쓰지 자연 속에서 맛보는 맑은 공기와 풋풋한 기분을 어찌 상상할 수 있을까. 물방울을 튕기며 사뿐히 날아가는 돌을 바라보는 청량감은 몸소 체험해 보지 않고는 결코 느낄 수 없는 맛이다. 게임 중독에 시달리는 사람들에게 꼭 권하고 싶은 청정 스포츠이자 중독 치료제가 될 수도 있다고 본다.

　이제는 혹시 물수제비뜨기 시합을 한다 해도 예전마냥 다투는 일은 없을 것이다. 아니 다툴 이유가 없다. 몇 개의 동심원을 그리느냐 하는 판정은, 어떤 경기든 심판은 동영상을 찍어 한 치의 간극이나 한순간의 시간차까지 판별해 내듯이, 디지털 카메라가 가려낼 수 있을 테니까. 그렇지만 '물수제비뜨기'가 전국체전이나 무슨 국제대회 종목에 오르는 일은 없을 것이다. 그래도 혹시 모르지 않는가. 만일 공식 경기종목으로 채택된다면 육상종목으로 해야 할까, 수상종목으로 해야 할까. 그게 살짝 고민이다. (2012)

호롱불

　얼마 전 전국적인 규모의 정전停電 사태가 나서 꽤나 시끄러웠었다. 언론에서는 정전의 심각성을 지적하면서 만에 하나 '대정전'이 일어나는 날에는 모든 것이 끝장난다는 식의 엄포를 놓기도 했다.

　세상에 종말이라도 올 것만 같이 겁을 주었는데 그 말이 엄포만은 아닐 수도 있다는 생각이 들었다. 오늘날 전기가 없다면 우리가 누리는 문화생활 자체가 거의 불가능한 상황이 벌어질 수도 있기 때문이다. 그런 생각 끝에 불현듯 칠흑같은 어둠을 밝히는 호롱불 한 점이 떠올랐다.

　불은 어디에서 왔을까. 태초에 이 지구는 불덩어리였다지만 인류가 출현한 이후의 불은 아마도 자연발생적으로 피어났을 것이다. 다만 그 불을 꺼뜨리지 않고 생활 속에 이용할 수 있었던 것은 역시 원시시대부터 인간이 터득한 지혜의 덕이라 하겠다.

불은 빛과 열로써 우리 삶에 유익함을 준다. 무엇보다도 빛은 어둠을 밝혀 줌으로써 밤을 보다 유용하게 써먹을 수 있게 했다. 인간의 슬기를 깨우치고 지식을 넓혀 나가는 데 큰 도움을 주었음에 틀림없다. 또 불이 내뿜는 열로써 사냥해 온 고기를 굽는 등 먹을거리를 익혔고 움막집에는 온기를 채워 주었다.

까마득한 세월의 저 건너에 호롱불이 있다. 곧 쓰러질 것만 같은 토담집 부뚜막 위에 놓여 있는 호롱불, 희미한 불빛에 겨우 제 몸을 드러낸 자그마한 호롱에는 석 달 열흘 씻지도 못한 듯 땟국이 얼룩져 있다.

아주 어릴 적, 시골 큰집에 가면 사랑채에서 희미한 등잔불을 켜놓고 새끼를 꼬거나 가마니를 짜는 어른들을 보았다. 그 여린 불빛에서 나는 포근한 안식 같은 걸 느꼈던 기억이 난다. 그만큼 호롱불이라는 것은 뇌리에서 지워질 수 없는 우리네 삶의 바탕 같은 것이 아닐까.

호롱불은 등잔불이라고도 하고 등불이라고 해도 괜찮다. 석유가 없던 때에는 식물이나 동물의 기름을 이용해 불을 켜거나 소나무에서 관솔을 얻어 불을 밝혔다. 예전에 끼니를 걱정할 만큼 가난한 집에서는 호롱불마저 켜기 어려웠지 않았겠는가. '형설螢雪의 공'이라는 말에서 보듯 반딧불에 비추어서 글을 읽고 눈 위에 내려앉은 달빛을 벗 삼아 책을 가까이했다는 야화野話에 가슴 한켠이 싸하니 저려온다. 그런 선비에게 하나의 호롱불은 내일을 일러주는 길잡이로써 그 어떤 가재家財보다 소중했을 것이다.

알전구가 천장에 매달려 있긴 해도 시도 때도 없이 전기가 나가던 시절. 기약 없이 전기가 들어오기를 기다리면서 식구들은 호롱불 옆에 옹기종기 모여 앉아 이슥도록 이야기꽃을 피웠다. 겨울밤 문틈으로 스며드는 냉기에 등허리는 서늘해도 흐릿한 호롱불빛이 더 따뜻하게 느껴졌다. 찐 고구마에 동치미 국물 한 모금으로 긴긴밤 허기를 달래는 식구들의 얼굴에 떠오르는 미소에는 온기가 스며 있었다.

아주 어릴 적, 어머니는 가끔 밤늦도록 돌아오지 않는 아버지를 기다리다가 등불을 받쳐들고 고샅 밖에까지 길마중을 나가시곤 했다. 나는 어머니 치마꼬리를 잡고 따라나섰다. 비가 오는 날은 등에 우산을 씌워 들고서라도 나가셨다. 지루해져서 그만 집에 들어가자고 칭얼대도 어머니는 마냥 골목 어귀만 바라보시는 거였다. 난 그게 그렇게 야속할 수 없었다. 아무도 오가는 이 없는 골목에 흐릿한 불빛만이 아버지를 기다리는 어머니의 반려였다. 기다리다 지쳐 갈 무렵, 아버지의 발걸음 소리가 먼저 들리고 이어서 흐린 불빛에 아버지 모습이 어른어른 나타났다.

초등학교 고학년 때, 바로 밑 여동생이 심하게 아팠다. 하다하다 안 되겠는지 어머니는 집안에 무당을 들여 푸닥거리를 했다. 무녀는 호롱불만 켜놓은 안방에서 징을 치고 옷깃을 너울거리면서 끝도 없이 주문을 외웠다. 깊은 밤 윗방에 누워 있으면 무당의 몸짓에 따라 일렁이는 그림자도 춤을 추었다. 그 그림자의 너울거림이 꼭 저승에서 보낸 사자使者의 부름이 아닌지, 그래서 동생을 데려가려

수작을 부리는 건 아닐까 싶어 조마조마하니 겁에 질렸던 기억이
또렷하다.

　　피리를 불어 주마 울지 마라 아가야
　　산 넘어 아주까리 등불을 따라
　　저 멀리 떠나가신 어머님이 그리워
　　너 울면 저녁별이 숨어 버린다.

　1940년대 엄혹했던 일제시대에 서민들이 겪었던 설움을 읊은 노
래 '아주까리 등불'이다. 피눈물로 얼룩진 애옥살이를 견디지 못하
고 아주까리 등불을 따라 고개를 넘어간 어머니를 그리는 아가의
울부짖음이 얼마나 애처로웠을까. 또 어린 자식을 두고 떠나간 부
모의 심정은 어떠했을까. 그 등불은 집안을 밝혀 주고 앞으로 나갈
길을 비추어 주는 길잡이가 되었을 것이다. 칠십여 년 세월이 흐른
지금도 우리 마음속에는 그 등불이 빛을 발하고 있다.
　경사스런 축제날에는 거리에 청사초롱이 내걸리고 부처님 오신
날에는 사찰마다 중생들에게 자비심을 내도록 기원하는 연등이 줄
을 잇는다. 불심이 깃든 등불이 고단한 삶에 희망을 던져 주는 것이
다. 흔히 나라의 지도자나 민족의 선구자를 일컬어 내일을 밝혀 주
는 겨레의 등불이라 불렀다. 그런 등불은 영원히 꺼뜨릴 수 없는 나
라의 수호신과도 같은 존재다.
　이제 호롱불은 생활 속에서는 물론이고 기억 속에서마저도 사라

졌다. 그러나 가슴 한구석에 자리잡고 있는 그 등불만은 꺼트려선 아니 될 것이다. 비록 '대정전'의 참극은 오지 않는다 해도 우리 내면에는 분명 양심을 일깨우고 정의를 세우고 희망을 밝히는 등불 하나씩은 간직하고 있어야 하지 않겠나 싶다. 불빛이 희미해 앞이 잘 보이지 않을 때는 심지를 돋우어서라도 내일을 찾는 데 한 가닥 도움을 줄 수 있는 마음속 호롱불 말이다. (2012)

우리 동네 투표소 풍경

　지난 오월 마지막 날 치러진 지방선거 때 난생 처음 투표참관인 노릇을 했다. 흔히들 선거는 '민주주의의 꽃'이라 한다. 그렇다면 투표는 꽃밭에서 벌이는 한바탕 잔치라 할 것이다. 이번에 꽃잔치 마당에 들어가 벌 나비가 노니는 모습도 관찰하고 가지가지 꽃들의 자태도 완상玩賞했다.

　내가 사는 동에는 투표소가 다섯 군데나 설치돼 있다. 참관은 아침 여섯 시부터 열두 시까지 담당하는 전반부와 열두 시부터 저녁 여섯 시까지 담당하는 후반부로 나뉜다. 나는 오전에 투표를 한 다음 제2투표소에서 후반을 참관했다. 참관인은 각 정당별로 한 명씩 세우고 무소속은 후보별로 한 명씩을 세울 수 있다.

　민주주의의 핵심은 선거이고 그 결과는 우리 생활을 옥죄기도 하고 윤기와 희망을 주기도 한다. 투표장에 들어서는 시민들 대부분은 가벼운 차림에 표정은 밝지만 다들 진지한 자세다. 투표장에 들어서는 이들 중엔 관계자들과 정다운 인사를 나누기도 했다.

"안녕하세요, 투표하러 나오셨어요?"

"아이고, 수고 많으십니다."

유모차를 끌고 나온 젊은 엄마, 반바지에 슬리퍼를 질질 끌고 오는 젊은이, 강아지를 바구니에 담아 어깨에 메고 들어오는 중년 아줌마, 배꼽티에 핫팬츠를 입고 당당하게 들어서는 아가씨, 배낭을 메고 나온 아저씨 등 민주주의의 꽃을 피우려는 민의의 행렬은 끝이 없다. 선거에 임한다는 엄숙함보다는 즐거운 나들이에 나선 듯한 차림새요 표정들이 보기 좋았다.

투표는 우선 신분을 확인하고 그 증거로 사인을 한다. 이어서 기초단체장과 기초의회 의원 그리고 기초의회 비례대표 정당에 대한 투표용지 석 장을 받는다. 유권자는 투표용지를 들고 기표소에 들어선다. 들어서자마자 이내 천막을 들추고 나오는 이가 있는가 하면 한참 뜸을 들인 연후에야 굳은 표정으로 나오는 이도 있다. 아마도 마지막 순간까지 낙점을 하지 못해 고심을 거듭하느라 그러지 않나 싶었다.

"접어서 넣어요? 한꺼번에 넣을까요?"

적어도 대여섯 번은 선거를 치렀을 법한 중년인데도 조심스럽게 물었다. 투표함에 투표지를 넣는 모습 또한 가지가지다. 석 장을 편 채로 정중하게 넣는 이, 접은 줄이 생기지 않을 정도로 살짝 접어서 넣는 이, 정확하게 절반을 꽉 접어서 넣는 이, 접고 또 접고 두 번을 접는 이, 접더라도 석 장을 한꺼번에 접는 이, 한 장씩 따로따로 접어서 넣는 이도 있다. 또 투표지를 집어넣고서는 투표함을 툭툭 치는 이도 있다. 얼마나 정확을 기하려는 자세인가. 내 한 표가 기어이 민주주의의 기초를 다지겠노라는 그런 의지가 역력했다.

"네가 넣어 봐…."

따라온 대여섯 살 아들에게 민주주의를 경험케 하는 자상한 아빠도 있다.

먼저 기초단체 관련 투표를 하고 나면 이어서 2차 광역단체 관련 투표를 하도록 돼 있다. 자연스럽게 잘 흘러가다가도 가끔 그 맥이 끊기기도 한다.

"아줌마, 이쪽으로 오셔서 한 번 더 하셔야지요."

그냥 돌아서 나가려는 중년 아주머니에게 참관인은 소리를 쳤다. 그런가 하면 '서울시장 투표는 안하느냐' 고 묻는 젊은 아가씨도 있고 '왜 투표용지가 석 장밖에 없느냐' 고 따지는 성미 급한 이도 있다. 오후 한 시가 넘어가자 점심때라 그런지 대기줄이 끊어지면서 장내가 한산해졌다.

오전 내내 팽팽한 긴장감이 돌더니 오후에 들면서 오월의 길어지는 햇살과는 반비례로 유권자들의 발길은 뜸해졌다. 두 시 삼십 분 현재 투표율이 46퍼센트라고 관리인이 귀띔해 준다. 50퍼센트도 넘기기 어렵지 않을까 하는 걱정이 들었다. 그러나 세 시가 넘으면서 다시 대기인원이 십여 명씩으로 늘어났다.

개중에는 투표소를 잘못 찾아오는 이들도 있다. 하기야 선거 때마다 장소가 바뀌는 통에 그럴 수도 있겠다 싶기도 하지만 그래도 그렇지, 자기가 투표할 곳이 어디인지 챙겨보지도 않고 집을 나섰다는 것은 좀 그렇다.

어느 칠십 대 어르신이 잘못 찾아왔나 보다. 종사원이 해당 투표소를 일러드리면서 "어르신, 고생하시겠네요" 하니 돌아서면서 하시는 말씀.

"안하면 그만이지!"

퉁명스런 한마디에 한순간 장내에 잔잔한 웃음이 번졌다. 창밖을 보니 그래도 그 유권자는 일러준 투표소 쪽으로 향하고 있었다. 차마 기권은 할 수 없었나 보다.

이어서 노부부가 앞서거니 뒤서거니 들어섰다. 지팡이를 짚고 있는 할아버지는 용지 석 장을 들고 기표소를 나서는데, 한참 뒤에 나오는 할머니 손엔 한 장만 들려 있다. 종사자의 안내에 따라 다시 기표소에 들어갔다 나와서야 투표를 끝냈다. 할아버지가 망연茫然한 눈길로 할머니를 바라보는 모습이 못미더워하면서도 푸근해 보였다.

오후 네 시를 넘으면서 다시 대기자들의 줄이 길어졌다. 그래도 결국 투표율은 58퍼센트에 그치고 말았다. 나라가 제대로 돌아가서 민초들이 정치를 잊고 살 만큼 된다면야 투표율이 하락한들 대수겠는가. 그러나 우리 형편은 아직 그렇지 못하다. 참여하면서 잘잘못을 따져야 설득력도 있고 '집권자들'에게 보다 큰 힘을 발휘할 수 있지 않겠는가.

아무리 아름다운 꽃밭에서 벌 나비가 노닌다 해도 '꽃가루받이'가 제대로 돼서 꽃이 수정을 하고 열매를 맺어야 다들 제 소임을 다했다고 할 것이다.

그런 생각에 잠겨 있는데 투표장 관리책임자가 여섯 시 정각이라며 '투표 마감'을 선언했다. 그 순간 삼십 대 후반의 젊은 부부가 아이를 데리고 황급히 투표장에 들어섰다. 그렇게 믿음직해 보일 수가 없었다. (2006)

선송을 기리다

펴낸날   초판 1쇄 2015년 12월 18일
            초판 2쇄 2016년 12월   1일

지은이   서장원
펴낸이   서용순
펴낸곳   이지출판

출판등록   1997년 9월 10일 제300-2005-156호
주 소   03131 서울시 종로구 율곡로6길 36 월드오피스텔 903호
대표전화   02-743-7661 팩스 02-743-7621
이메일   easy7661@naver.com
디자인   박성현
인 쇄   (주)꽃피는청춘

ⓒ 2015 서장원

값 13,000원

ISBN 979-11-5555-036-6 03810

이 도서의 국립중앙도서관 출판예정도서목록(CIP)은 서지정보유통지원시스템 홈페이지(http://seoji.nl.go.kr)와
국가자료공동목록시스템(http://www.nl.go.kr/kolisnet)에서 이용하실 수 있습니다.(CIP제어번호: CIP2015030647)